Bello animal

Seix Barral Biblioteca Breve

Fanny Buitrago
Bello animal

Diseño colección: Josep Bagà Associats
Cubierta: «Susana» (1989) de Rosa Vélez, técnica mixta,
cortesía de Ediciones Forma y Color Colombia Ltda.

Primera edición: octubre de 2002

© 2002, Fanny Buitrago
© 2002, Editorial Planeta Colombiana S. A.
Calle 21 N° 69-53, Bogotá

COLOMBIA: www.editorialplaneta.com.co
VENEZUELA: www.editorialplaneta.com.ve
ECUADOR: www.editorialplaneta.com.ec

ISBN: 958-42-0398-3

Impreso por Printer Colombiana S.A.

*A José Ramón Ripoll y Teresa Romo Escasany,
desde el verano indio.*

I

RESONANCIAS

1

—Gema Brunés se muere —cantó la grabadora—: Gema Brunés está en peligro.

La voz sonaba fatigada, trémula, como surgida al extremo de una avenida atascada por múltiples accidentes o en un aeropuerto donde todos los vuelos estuviesen retrasados.

Aurel Estrada oprimió el botón y escuchó de nuevo. Alguien que conocía sus costumbres se tomaba demasiadas molestias. Cuando estaba hacia el final de una campaña iniciaba su trabajo al amanecer, sin la presión directa del teléfono. La grabadora disuadía a su esposa Carmiña de reclamos y efusiones intempestivas... ¿o con el uso perdía efectividad? «Gema Brunés se muere», seguían los mensajes.

Los falsos suicidios, secuestros, accidentes y relaciones escandalosas enriquecían el caudal de las bromas capitalinas. De tanto lidiar tragedias verdaderas, los virtuosos del ocio las anticipaban por rachas. A los periódicos y noticieros llegaban declaraciones espontáneas por fax, Internet, cartas, grabaciones telefónicas, comunicados y videos en donde las firmas, voces e imágenes de los personajes de moda eran imitadas a la perfección. Los Ociólogos, como se llamaban a sí mismos, lograban engañar a los periodistas más avezados y se especializaban en burlas sangrientas. Divididos en invisibles, pornógrafos, televiciosos, cibernautas, politólogos e historiadores, tenían predilección por Gema Brunés. A menudo la casaban, divorciaban, convertían en figura de revelaciones escabrosas, que las revistas de farándula explotaban con el debido *Se dice*. Los virus de computador bautizados en su nombre se sucedían con alevosa regularidad.

—Gema Brunés ha muerto —repitió la máquina.

Cada vez que la agencia Mex o la casa de modas Satín-Gema lanzaban una campaña, colección o producto, él repetía una lección aprendida a golpes. Todo hecho que lo relacionara con Gema implicaba conflictos. Marcó entonces el número de Marlene Tello, quien tenía excelentes canales de información. Figura de la televisión considerada inaccesible para el gran público, dispensaba a sus amistades una lealtad inconmovible, sin fisuras. En el caso de Estrada, inmerecida.

La agencia Mex dirigía su programa, quizás el más exitoso, controvertido y rentable de los últimos cinco años, puesto que los temas y entrevistas resultaban tan impactantes como los comerciales.

—Gema moribunda... No lo creo. Es un invento odioso y sin bases. Las noticias no dicen nada y hace rato estoy despierta; ¡recemos porque sea cierto! —bromeó—. Le sobran motivos para suicidarse.

—¿Motivos? ¿En pleno éxito?

Marlene emitió zumbidos risueños, aclarándose la garganta:

—Son éxitos profesionales, que no le interesan tanto como los de cama; ¿sabes su último cuento?

—¿Qué debo saber?

—Hace unas noches, al terminar una sesión de fotografías para el lanzamiento de su nueva colección, un grupo de modelos le dio una sorpresa.

—¿Qué clase de sorpresa?

—Mejor hablamos después. Mis hijas desayunan conmigo, de otro modo no las vería nunca. Pronto estarán en el comedor. Gema no es para menores.

—Sea lo que sea, quiero la información al detalle. Ojalá hoy mismo; ¿almorzamos?

—Es un rumor, no una verdad revelada. Quizá ni vale la pena; ¿por qué tan preocupado?

—Estamos preparando un video escalera con las campañas más espectaculares lanzadas por Mex desde su inauguración. Nos apoyaremos en hologramas, videos musicales y en una nueva línea de trajes livianos, fantasiosos.

—¿Otra colección?

—Trajes personalizados que se pueden elegir por Internet, con todo y medidas. Es lo último en la industria.

—¿Puedo saber más?

—Son alegres, económicos y cambian de color al modificarse la temperatura ambiente. En el asunto intervienen cristales líquidos y técnicas aplicadas a los televisores de bolsillo y computadores portátiles, si recuerdo bien.

—¿Qué tan económicos?

—Es ropa desechable, ideal para asistir a fiestas, discotecas y conciertos. Te enviaré un folleto. El próximo mes inauguraremos un portal de Internet y varias páginas de promoción. Escoges, pagas con tarjeta de crédito y recibes a las setenta y dos horas.

—Me imagino que Gema es el icono. ¿Y en la pantalla cambiará a cada instante? A su piel no le sientan todos los tonos. Es como para suicidarse.

—Ella es el eje, pero contamos con otras modelos. Lo de su muerte tiene que ser una broma. No hay otra explicación.

—En el caso de Gema, el tema del suicidio, falso o verdadero, puede ser muy rentable. Eso depende del enfoque. ¿Qué tal un especial, digamos, para el viernes en la noche?

—¡Olvídalo!

—Bueno, si lo quieres, no sé nada de nada. Eso sí, el silencio en mis términos.

—¿Cómo es la vaina?

—Quiero la primicia de la colección y la presentación del desfile en vivo. Unos dos o tres programas, si Gema ha muerto en serio.

—Pareces una sepulturera.

—El sepulturero eres tú... ¿No sigues loco por ella? Eso dice la gente.

—Tengo pésima memoria.

—Es tu especialidad, ¿no es así?

—Todo es tuyo, si me prometes guardar unas horas de silencio. Hemos invertido muchísimo dinero en este proyecto.

—Lo quiero por escrito, hoy mismo. No tienes que mencionar lo del suicidio.

—No abuses.

Marlene colgó. Estrada permaneció inclinado sobre el escritorio. Tenía que conservar la serenidad, el dominio de sus actos. Si Gema se colgaba de una viga o anunciaba otro matrimonio, a él no debía afectarle. Su asunto eran los intereses de la agencia.

En seguida confrontó las imágenes de Gema, en las doce pantallas que se alineaban en la pared del fondo, tituladas según las campañas publicitarias. El material era magnífico.

—Habla Leopoldo Maestre —retumbó la grabadora—. Se trata de Gema. Es una emergencia.

Salió de la oficina. No podía llenarse de pánico ni permitir que lo dominaran sus emociones. Caminaba tan rápido que estuvo a punto de estrellarse con el escritorio de Renato Vélez.

—Buenos días.

—Buenos días —respondieron dos mujeres con delantales grises y zapatones, que limpiaban el pasillo. Sin apartar los ojos de baldes y trapeadores, como si tuviesen vergüenza de mirarlo.

2

El escritorio, al paso, causaba a todos profunda incomodidad. Cubierto de resmas de papel, diccionarios y revistas, termos, botellas de agua mineral y gaseosa, vasos desechables, era como una ciudadela enemiga enclavada en territorio propio.

Durante una década, Renato Vélez había sido la estrella de la agencia. Pero aunque su eficiencia y habilidad no tenían freno, con su salario era posible contratar a tres ejecutivos, seis creativos jóvenes y hasta diez estudiantes de comunicación. Se optó por lo más sencillo: reestructurar la agencia y solicitar su renuncia. Renato se negó. Según la ley laboral, su despido valía una fortuna. Tampoco quiso estudiar un arreglo que contemplaba pagos diferidos y un aceptable interés sobre la deuda. Ni respondió al juego de la despedida sorpresa, multitudinaria, con todo el personal de la agencia, clientes y gente de los medios como invitados. Los miembros de la junta directiva decidieron vencerlo por cansancio. Una mañana, encontró a otro ejecutivo instalado en su oficina y su escritorio en el pasillo. El departamento de mantenimiento había prohibido lavar, aspirar, lustrar sobre o alrededor del mueble. La atención de la cafetería le estaba negada. No podía utilizar los baños.

Renato Vélez era el primero en llegar a trabajar y el último en marcharse. Se las ingeniaba para atraer nuevos clientes y cuentas rentables. Es decir, no percibía un solo peso que no hubiese ganado. Y la situación era la misma. Su despido valía una millonada. La mugre, las colillas, cortezas de pan, platos y vasos desechables con restos de ensaladas, Coca-Cola, café, sopas, acumulados debajo y alrededor del escritorio, formaban un basurero que sumaba casi el año. Ninguna descarga de oxígeno podía limpiar el ambiente envenenado ni atenuar el hedor a madriguera.

Estrada se prometió tratar el asunto en la próxima reunión de la junta directiva. Así como los demás socios de Mex, fingía ignorar la presencia de Renato. Pero ¿hasta cuándo? Si tal farsa continuaba, Vélez y sus abogados eran capaces de quedarse con la agencia.

En la cocina, amplia y clara, dos ayudantes cascaban huevos de yema pálida en un cuenco vidriado. El cocinero saludó con un «Buen día, hay milanesa para almorzar». Cuando Mex preparaba un lanzamiento, creativos y secretarias preferían desayunar, almorzar en la agencia. Surgían cocteles, cenas improvisadas. No faltaba el cliente que a última hora pedía un plato típico, ni las modelos y ejecutivas a dieta.

Se instaló frente a una de las tres estufas eléctricas destinadas a los ejecutivos. El café era parte de su rutina diaria. Moler el grano tostado, medir el agua, colar la bebida en un filtro limpio, mantenerla caliente sin hervir, desayunar en el jardín interior anexo a su oficina. Pero la reiterada mención de Gema destruía su apetito. ¿En qué embrollo estaría metida? Era preciso evitar que el lanzamiento de la colección bautizada «Gaia» se convirtiese en un velorio magnificado.

De nuevo en su oficina, animado por el café, estudió un calendario atacado por diarios y revistas de tendencias conservadoras. Reproducido en las portadas y páginas centrales de numerosas publicaciones alrededor del mundo y objeto de una polémica que había sacudido los magazines de televisión y nutrido la cátedra universitaria. Después de todo Gema, además personaje icono y símbolo, representaba un baluarte en Internet, los *www. Gema.bella@.com, Gema-bell@-soy.com, www.Gema@-única-com, Gema-estrella.org.* y otros cincuenta identificaban portales, directorios de moda, páginas escalera, enciclopedias dedicadas a la belleza o el vestido, juegos y numerosos concursos.

La planta de empleados entraba a las nueve. Ejecutivos, creativos, fotógrafos, camarógrafos sin horario fijo, hacia las diez. Estrada decidió telefonear a Leopoldo Maestre mientras se encontraba a solas. ¿Gema muerta? Improbable. Estaría en la cama con alguien, un nuevo y eterno enamorado, decidida a fastidiarlo.

—¡Buena pesca! —se dijo—. Tomó un marcador rojo y, como un sumo sacerdote al iniciar herméticos rituales, marcó una fotografía.

—Holaaaa Holaaaa.

Felisa Riera entró con aire febril. Su cabello claro chorreaba sobre una chaqueta azul índigo. En una mano cargaba, con ganchos y entre fundas transparentes, un traje de terciopelo negro y un abrigo cereza; en la otra, un maletín y una organeta. Cruzaban su pecho un bolso deportivo y una cartera de gamuza.

—Hola. Hola. Un beso.

—Buenos días. ¿Dónde es el safari? ¿Por qué tan madrugadora?

Escuchó su propia voz, en tono casual, como si escuchase a un intruso, su yo rezagado de tembloroso reflejo, pues otro Aurel Estrada corría hacia el sufrimiento y la marejada del *Gema Brunés se muere* y *ha muerto*.

—Es la única hora que tengo libre. Debo estar antes de las diez en el hotel Tequendama. Voy a charlar con la gente que maneja el proyecto de Ciudades Ecológicas.

—¿No trabajas en una campaña de automóviles?

—También.

3

Felisa había crecido a la vera de satélites y computadores. A los veinticuatro años ganaba el triple que sus padres. Escribía música, guiones para televisión, cine y juegos de video, y a menudo era invitada a ser jurado en concursos de belleza y publicidad. Sí, casi una diva, pero en la agencia estaba bajo las órdenes de Estrada.

—¿Por qué no me informaron de la reunión? Todavía no estamos listos.

—Ya lo sé, pero es urgente. Renato Vélez está metido en lo mismo, me dicen que ha diseñado maquetas y filmado un corto que incluye mapas, vías y el aspecto de las unidades residenciales. Creí que lo sabías. ¿No leíste el memorando?

—De pronto se traspapeló, pero da lo mismo. Quiero un informe detallado a más tardar pasado mañana. Y la reunión no debe prolongarse.

—¿Qué? —ella acomodó maletín, abrigo y vestido sobre la mesa de su computador. Se frotó los ojos con movimientos de fumadora arrepentida.

—Estaré fuera el resto del día. Te necesito a cargo.

—¡No puede ser! Tengo un almuerzo y necesito la tarde libre. Una despedida para África Sierra, la íntima amiga de mamá; se casa a fin de mes...

Estrada no insistía en recordarles quién manejaba la dirección creativa. Así era más sencillo formar equipo con ciertos publicistas temperamentales y atajar segundas intenciones. Ser socio de la agencia, e hijo de antiguo socio, resultaba una agradable ventaja. De lo contrario, Felisa ocuparía su sitio.

—... por tercera vez —Estrada sonrió—. También estamos invitados. Así que telefonea a Carmín, nos disculpará a los dos.

El departamento creativo no tenía oficinas convencionales sino divisiones de *parterres* sembrados con naranjos y mirtos diminutos que establecían el territorio de cada uno, permitían el paso e impedían que la eficiencia decayera. Las únicas puertas pertenecían a la presidencia y al salón de reuniones de la junta directiva. Estrada pudo advertir el desconcierto que embargaba a Felisa, de pronto convertida en subalterna.

—Como gustés —dijo, y se abalanzó sobre el intercomunicador. Pidió desayuno a la cafetería, tomó un lápiz y se dedicó a garabatear títulos sobre el primer papel a mano.

Estrada comenzó a titubear. Si el suicidio de Gema era falso o real, no tardaría en saberlo. Felisa Riera era el creativo más inteligente y vivaz que había en Bogotá. Capaz de transformar las ideas más conservadoras o absurdas en campañas de arrollador atractivo. Si se aburría en Mex, la competencia empezaría a cortejarla. No era necesario gestar problemas; Renato Vélez constituía un inventario de ellos.

Felisa había conectado una organeta al computador. Sus dedos flacos danzaban y en la pantalla crecía una fila de corcheas, semicorcheas, óvalos negros, óvalos blancos, autitos, puntos erizados, al lado de las variantes de la frase que tecleaba a toda velocidad, proyectada en otra pantalla:

Un hombre sin automóvil es un hombre sin futuro.
Un hombre sin futuro es un hombre sin automóvil.

¿Por qué disgustar a su gente por culpa de Gema?

Necesitaba salir, averiguar la verdad. Felisa era un motor a toda marcha. Le proporcionaba a la agencia clientes satisfechos y dividendos, aunque transmitía los signos de quienes generan y desechan ideas a toda velocidad. Había suprimido el cigarrillo para estar a tono con los planteamientos de la campaña Ciudades Ecológicas y plantado a Renato Vélez, con quien vivió y había pensado casarse. Mejor que asistiera al almuerzo.

—¿Sí? ¡Di que sí! ¡Seré tu esclava por toda la eternidad! Quiero ir a ese almuerzo porque entre los invitados hay un viejo que me trasnocha. Tú sabes, los machos están escasos.

—Está bien, puedes ir pero con una condición: me disculpas con Carmiña. Tengo que atender un asunto urgente, es todo lo que sabes.

Ella lo miró con abierto descaro, sin que lograse ahuyentar de sus pupilas la inquietud y la desesperanza. Quería dedicarse a componer e interpretar su música. Sin embargo, necesitaba dinero y ese dinero lo obtenía creando textos para fomentar el consumo. Estrada sentía pena por ella. Ojalá lograra escapar a tiempo.

—Buenos días.

Elia, la camarera, empujaba un carrito con el desayuno: hojuelas de maíz, leche caliente, pan integral, medio pomelo, miel. Los alimentos también separaban a Felisa de sus padres, de él mismo, de un país donde muchísima gente tomaba caldo, café, chocolate, carne, tamales, huevos, por la mañana.

Felisa comenzó a mezclar leche y hojuelas. Su expresión no comunicaba apetito, sino el placer de «Te la gané, ¡Estrada!». A su lado, Elia, a pesar del uniforme marrón y la cofia blanca, irradiaba vitalidad, lozanía.

—A la orden —dijo Elia al retirarse.

Elia y Felisa tenían los cabellos largos. Usaban aretes vistosos, chaquetas, pantalones o faldas de *jean*, blusas escotadas. El año pasado, Estrada había pensado en filmar la historia de dos, mejor tres, muchachas como ellas. Tan iguales, tan diferentes. La ejecutiva que despedía el aroma imperceptible del perfume caro; la empleada empapada en la colonia barata; la esposa que utilizaba las más exquisitas esencias, según los compromisos sociales y horas del día. Tres muchachas que tendrían relaciones con el mismo hombre, sin que ninguna conociese la existencia de las otras, ni el esposo-amante advirtiese entre ellas diferencias sustanciales. Tanto que, cansado del juego, terminaría enamorándose de una cuarta muchacha.

Era un proyecto que había aplazado dos veces: primero, a causa de su infortunado enredo con Gema, y luego, al casarse con Carmín. Ahora otra temática presionaba. Aunque ya era tarde para estudiar arquitectura, estaba dispuesto a correr riesgos e imitar el verdadero trabajo. Como Felisa, fantaseaba; con grandes construcciones, quizás un

19

diccionario visual de ciudades. Unas reales, otras cimentadas por la leyenda. Sería un placer trazar los planos de la Atlántida y Aztlán, los caminos aéreos y puentes de luz en Akakor, los templos y palacios resplandecientes de Ayuthia, las calles de Abdera asoladas por tropas de caballos humanizados. Las ciudades fundadas por los descendientes de Caín, Mauli, Leeth, Teze, Iesca, Celeth y Tebbath.

La realización generaría un buen negocio a través de Internet y un éxito sin precedentes en la vida nocturna de Bogotá y quizá de otras capitales. Todo el mundo soñaba con una ciudad ideal, fastuosa o secreta. Él iba a cumplir el anhelo de cada quien, proyectando metrópolis y urbes fantásticas en los parques, ejes ambientales y zonas peatonales —con pantallas gigantes— y también a cumplir el suyo.

Miró el reloj: las ocho y media. Tomó el videocelular que estaba sobre el escritorio y lo guardó en un bolsillo interior de la chaqueta.

—Nos vemos.

—Hasta la noche —Felisa se lamió los labios sin tocar el borde delineado con rojo lacre. Su expresión descarada dio paso a la curiosidad.

¿Noche? ¿Qué noche? ¿Cómo pudo olvidarlo? De ahí el equipaje de Felisa. Era la «Noche de los grandes» en la Asociación Latinoamericana de Publicistas. Este año no estaba nominado a los premios, lo cual no justificaría su ausencia.

—No faltaré —comenzó a buscar las llaves y la alarma del automóvil, cuando sonó el teléfono.

4

Gema vestía un traje color lavanda, escotado, liviano, y se apoyaba en un muro construido con espinazos y costillares de res. Entre estómagos abiertos, tripas corrugadas, enormes lonjas de manteca dispuestas como gobelinos, el rostro transmitía candor, indefensión. Los ojos fulguraban. Tras ella, patas y cabezas de carnero colgaban de garfios herrumbrosos, riñones cruzados por estrías grasientas, corazones e hígados de un rojo carmesí. Sus manos extendidas, moreno-pálidas, sin joyas, ofrecían entrega, abandono total, el envase y la fragancia de un delicado perfume, mientras los pies descalzos se empinaban sobre cueros, quijadas, pezuñas, cornamentas. Pero, al alejarse el espectador, la enmarcaban altos edificios, campanarios, humo de chimeneas, terrazas que lo mismo recordaban zonas superpobladas de Bogotá, Lima, Nueva York, Ciudad de México, Puerto Príncipe, São Paulo o Manila.

Rosario Navarro contuvo las náuseas. Detestaba ese videocartel aromatizado. Sentía los verdaderos ojos de Gema tras la expresión deslumbrante, cargados de reproches: «¿Qué han hecho ustedes de mí?». Era una sensación que no podía controlar. A las náuseas seguía un profundo disgusto, como si en lugar de trabajar hubiese contribuido a empresas innobles. Fue ella, Rosario Navarro, quien maquilló a la modelo, hasta perfeccionar el tono canela-oro de su piel, comunicándole un aura translúcida y ultraterrena, en contraste con el brillo cobrizo de los cabellos. Los creativos Aurel Estrada y Marlene Tello consideraron innecesario anunciar una fragancia específica y se limitaron a la marca. La firma X-2, al borde de la quiebra, resurgió debido a una campaña publicitaria donde afloraban mensajes ambiguos:

¡El bien triunfa siempre sobre el mal!
¡Lo maravilloso de ser mujer resurge en la oscuridad!
Y si eres una chica de instintos morbosos ¿qué?
Eso no te impide ser bellísima.

A Gema no la entusiasmó el proyecto pero terminó por aceptar, guiada por uno de sus asesores y abogado, Leopoldo Maestre. Y además de las dudosas ganancias, eligió a Rosario como su maquilladora, rechazando a los mejores profesionales del ramo. Sin embargo, el éxito superaría las expectativas de todas las personas involucradas en la empresa. De empleada a comisión en un salón de barrio, Rosario se había convertido en empresaria. Atendía a una selecta clientela, formada por mujeres de sociedad, artistas y políticos. Cada semana impartía diez minutos de «consejos» en un programa radial dedicado a desarrollar la salud, el optimismo y la belleza.

Detestaba ese videocartel, toda la propaganda alevosa de la agencia Mex y la egolatría de Gema. Sentía rechazo por las fotografías, retratos, hologramas que tapizaban las paredes. Gema-Gema-Gema, única Gema. Sin que la decoración admitiese plantas, porcelanas, cristales.

Rosario cerró la puerta y guardó las llaves en el maletín. Temblaba. El amanecer era frío, brumoso. Deseaba gritar, nunca acopiaba fuerzas para rechazar una petición de Gema. En caso de hacerlo, la modelo no dudaría en cancelar sus servicios y exponer los motivos en las revistas de farándula; sin respetar su lealtad, eficiencia, dedicación.

—Rosario, ¿eres tú?

De corta estatura y nariz aguileña, Rosario Navarro llevaba los cabellos retorcidos desde la coronilla hasta la nuca. El peinado con que asistiera al ensayo general de la colección Gaia, dos noches atrás.

—¿Rosario? —la voz agónica justificaba el acceso de temor que rezumaba la llamada telefónica.

Al final del amplio pasillo, teñido por una claridad malva, la puerta de la alcoba estaba abierta.

—¿Qué tienes? ¿Qué pasa?

Entró a la habitación dispuesta a enfrentar una depresión. En vísperas de un desfile o lanzamiento, Gema se mostraba sensata, amable y exigente. No discutía con diseñadores, costureras, relacionistas, vendedores de publicidad. Les prometía sobresueldos, regalos, bonificaciones, que otorgaba con exactitud antes de despedirlos. No les gritaba a las modelos difíciles; extremaba su paciencia, obtenía lo mejor y no volvía a contratarlas. Rechazaba llamadas personales e invitaciones, pero atendía a los periodistas. Y conseguidos sus objetivos, se derrumbaba.

5

Los muros circulares, bañados por luces opalescentes, creaban una atmósfera irreal. La cama, enorme y ovalada, sobre soportes metálicos, semejaba una nave de dibujos animados a punto de emprender un viaje al espacio. A Rosario le faltaba el aire. Era como una turista extraviada en un escenario de película visitado por equivocación.

—¿Rosario?

Olía a incienso, licor, acidez. Al adaptarse a los destellos irisados, levantó las persianas de madera y abrió las ventanas. El helaje del horizonte lluvioso —cerros y muros grisáceos— aclaraba la evanescencia artificial, los ventanales, la cama revuelta con sábanas azul hortensia, las paredes pintadas de malva. Una alfombra gris ámbar concluía frente a una puerta vidriera que ascendía a una piscina-sauna, rodeada por un borde de cerámica jaspeada y trapecios de margaritas y siemprevivas en macetas. En la alcoba había un único espejo, perpendicular al tocador de mármol. Junto al amontonamiento de cremas, lociones, esponjas, bases, colonias, perfumeros, humectantes, correctores, aceites reafirmantes, sobresalía un portarretrato sencillo donde un muchacho sonreía. Era Helios Cuevas, un exmodelo y asesino. Gema estaba tendida junto a la puerta corrediza del vestidor. De espaldas, los cabellos oscuros apelmazados, el rostro hinchado por el llanto.

—¡Ayúdame, por favor!

Pesaba más el vestido de tafetán azul mar que los huesos. A Rosario no le costó mucho esfuerzo llevarla hasta la cama. Tenía un golpe en la cabeza, arañado el cuello, las muñecas cortadas. Regueros de sangre manchaban el trayecto hacia la piscina.

La ayudó a desvestirse sin hacer preguntas, ni tocar los rastros de vómito que salpicaban el corpiño y la falda bordados con canutillos. Buscó un pijama, le frotó cara y cuerpo con una toalla empapada de agua caliente, y al verla limpia y sosegada, le preguntó qué deseaba tomar.

—No quiero nada. Tienes que maquillarme, y ¡rápido! Siento que me muero.

—No exageres. Te calentaré leche o caldo.

—No voy a morir con el estómago lleno. Haría un papelón. Mejor te das prisa.

Una de las razones del éxito de Rosario Navarro era su actitud ante los caprichos o extravagancias de sus clientes. Sabía que tras cada personaje existe un ente vulnerable. Así que omitía indicar los estragos que una racha de juergas, cansancio, dolor o estupefacientes marcaba en los cuerpos y rostros que eran su trabajo. Pero las reglas en las cuales edificara su prestigio sobraban con Gema. Ella habló despacio, como si le ardiera la garganta, sin el dejo mimoso, nasal, que utilizaba en público.

—En el botiquín del baño hay jeringas desechables y una caja de vitaminas. Quiero que me inyectes una dosis. No tengas miedo, son recetadas. Después me lavarás el cabello.

—Es más importante llamar a tu médico.

—No he pasado en vano la mitad de mi vida trabajando como esclava para convertirme en una encarnación de la belleza. Escúchame, Rosario Navarro: nadie me verá transformada en un esperpento. ¡Y no deliro, no! Estaba deprimida y perdí el control. Eso es todo.

—Estás loca. ¿Qué ganas con tanta soberbia? Hay que respetar la vida y no torear al destino.

—Si me muero, lo haré como lo que soy, la regia Gema, la más atractiva y deseada. Después escucharé el sermón o las trompetas. Ahora quiero un preparado de células vivas. Está en la nevera.

Rosario pensó en el cartel de la carnicería. Allá Gema, los promotores de Gema, y sus conceptos acerca de la imagen y el éxito. Protestó, de todas maneras.

—Las células vivas con el estómago vacío son peligrosas. Necesitas proteínas, yemas de huevo, quizás extracto de carne; ¿qué tal gelatina?

—No quiero.

—No es mi problema, ya lo sé. Pero sería mejor telefonear a tu familia, hospitalizarte en seguida. Puedes tener los huesos fracturados o contraer una septicemia.

—Ni lo intentes, se armará un escándalo. Y no tengo la intención de arruinar tu vida, menos mi muerte. ¿Vas o no a maquillarme?

—No hables como personaje de telenovela —le dijo—. Tienes que tomar líquidos, no debes deshidratarte. De otra manera no me comprometo.

—Vale. Tengo sed.

Después de ayudarla a beber una taza de caldo, desinfectó las heridas, las untó con ungüento cicatrizante y disimuló bajo gasa sujeta con esparadrapo color piel. Gema no se quejó, ni siquiera mientras le lavaba el cabello. A veces entreabría los párpados sudorosos, la cabeza encajada en un lavamanos portátil.

—No olvides enjuagarme con agua fría —el sopor no le impedía exigir.

—Puedes sufrir una congestión. Quedarías desfigurada.

—Tengo la piel curtida y el cuero cabelludo también.

—Te daré un masaje con vinagre. El agua fría te hará toser.

Al cabo de media hora, el cabello relumbraba. Rosario, como si preparase una sesión de cámaras, la bañó con esponja, aplicándole en todo el cuerpo una base humectante que permanecería intacta al menos doce o catorce horas. Después de cortarle las uñas —tenía rotas las del anular y el meñique de la mano izquierda—, les aplicó esmalte transparente.

Lo difícil era el rostro. Superpuso crema nutritiva, colágenos, humectantes, placenta y vitamina E. Afirmó con tónicos y elastina, tornó a humectar (mientras la piel se nutría, limpió el borde de la piscina. Tendió dos toallas para disimular la sangre, ya seca, al pie de la cama y el baño. Depositó en la basura el traje de noche, los zapatos e interiores, una botella de ron vacía). Masajeó las manos y el rostro con hielo y aceite de visón. Luego procedió a maquillarla.

Hacia las seis estaba lista. Fragante, natural, con el aura luminosa que circundara su fama. Rosario la llevó en brazos a un diván. Preparó una maleta con pijamas, batas, cosméticos, cepillos, colonias; así como todo el efectivo que encontró a mano. Gema tuvo ánimos para firmarle un cheque.

—Consulta mi libreta de teléfonos, por favor. Llama a Leopoldo Maestre, Aurel Estrada o Columba Urbano. Uno de ellos se hará cargo. Avisa también a Érica Vera para que se encargue del desfile y de la recepción.

No mencionó a los padres. Ni a Helios Cuevas, preso en la cárcel Modelo. Preguntó:

—¿Estoy muy bella?

—Fuera de serie.

—¿Maravillosa?

—Espléndida.

—No voy a permitir que ninguna otra persona me toque el rostro. Si no muero, tienes que visitarme a diario.

—¿Cómo es que no tienes un directorio electrónico? Se organizan solos.

Gema anotaba nombres y números en desorden, a medida que acumulaba conocidos. El alfabeto nada le decía. Su letra era redonda, infantil. Para localizar los teléfonos necesitó unos diez minutos. Rosario intentó preguntar con quién debía comunicarse primero, y qué decir. Ella había perdido el conocimiento.

—¡Gema!

El pavor trastornó a Rosario Navarro. Veía su nombre en los periódicos y la televisión, envilecido por la policía; un número de convicta, la destrucción de sus esfuerzos, tantos sacrificios para surgir. La bautizarían monstruo si llegaba a saberse que había accedido a maquillar a una suicida en lugar de pedir una ambulancia.

—¡Gema!

Nada, ni un quejido. La modelo semejaba su propio maniquí.

—Llamaré a tus amigos —prometió—. No van a tardar, yo me encargo. Pero tengo que salir de aquí, ¿entiendes? Es por tu bien, el de ambas.

Cambió la cama y la acomodó —estaba yerta y pesada— sobre sábanas limpias. Le delineó los labios con un lápiz rojo encendido, le abrillantó los pómulos. Horrible. El aspecto desdecía de su talento. Necesitaba más tiempo, color e imaginación. La maquillaría otra vez. Lo más probable era que no llegase viva a la clínica, ni sus amistades pudiesen auxiliarla. ¿Por qué marcharse asustada? No podía dejarla a merced de cámaras, fotógrafos y periodistas. Tenía que recibirlos en la cumbre de su belleza. Como un homenaje. Gema la había rescatado de un trabajo ingrato, mediocre, mal pagado. De Rosario, a secas, hizo a Rosario Navarro.

Más tarde, y desde un teléfono público, llamaría a los allegados. Desde el anonimato, por si era posible diluirse en la penumbra.

6

Aurel Estrada respondió el teléfono ante la mirada de Felisa. Era preferible no avivar su curiosidad, ni despertar suspicacias. Con voz rápida y nerviosa, Marlene Tello dijo:

—Gema se muere, agoniza en su apartamento. Su maquilladora acaba de telefonear. Intentó hacerlo en forma anónima, pero conozco la voz. No vale la pena que te involucres en ello. Yo no pienso hacerlo.

—¿Qué? ¿Estás segura?

—Sí, pero se supone que no hemos hablado. Ninguno de los dos tiene ni idea del asunto. Es lo mejor. Un abrazo.

No insistió. Las revelaciones llegarían en su momento y no conseguirían atomizar el dolor, borrarlo, ni disminuirlo. Quizás añadirían un lastre de humillación. ¿Gema se moría? Aún podía controlar los alaridos silenciosos, el derrumbe, los escombros amontonados en su interior. Además de ser el dolor, Gema encarnaba la nostalgia incandescente, el ridículo ante sí mismo. Eso nadie debía sospecharlo. Felisa había perdido interés en él, embelesada ante el sesgo tomado por su última frase:

El automóvil es el mejor amigo del hombre y amante de la mujer.

Escribió un memorando para Ruth, la secretaria del equipo, quien se encargaría de cancelar las citas. Murmuró un «nos vemos», salió por la puerta del fondo, tomó un ascensor de carga y descendió a los garajes subterráneos. No soportaría el circo de Renato Vélez y su basurero particular.

Con un traje de chaqueta azul turquí, pantalones estrechos gris pizarra, camisa amarilla y zapatos de suela gruesa, se movía con agilidad aunque sin prisa. Unos cabellos espesos hasta los hombros suavizaban el rostro de frente amplia, nariz curva, labios estrechos y ojos grises bajo cejas enmarañadas. Los pómulos anchos y la recia mandíbula lo salvaban de asemejarse a un duende. Delgado, blanco, ostentaba una piel dorada con laboriosidad, nunca domada. La blancura subsistía bajo el sol, lámparas bronceadoras, trepaba, acentuaba ojeras de tiza.

Al volante del Volkswagen deportivo se unió al tráfico matinal —en dirección sur— por la congestionada carrera once. Ausente del ruido y el humo y la prisa insolente de los bogotanos que acudían al trabajo recién bañados. Quiso desechar la imagen de Carmín enroscada en la cama gemela cuando salió a la madrugada. Lo indicado sería cancelar el almuerzo. Le faltaba audacia. Ella no soportaría, otra vez, el nombre de Aurel Estrada unido al de Gema; viva o muerta daba lo mismo.

Tardaría doce minutos por la avenida Circunvalar en llegar al parque Nacional, pese a una comitiva de automóviles oficiales con sus escoltas armados, los insultos de conductores, ejecutivas que terminaban de maquillarse, amas de casa y niños camino de las guarderías, estudiantes, el zigzaguear de taxis, camiones, furgonetas. Todos camino al centro con aires y arrestos belicosos. Estacionó en el espacio destinado a los clientes de una institución bancaria, previa identificación y propina al vigilante. En la treinta con sexta timbró en una puerta metálica disimulada en un muro de cemento, entre el moderno edificio del banco y un caserón destartalado.

Leopoldo Maestre, que no empleaba domésticas por la mañana, tardó en preguntar «¿quién?» y accionar el portero automático. Se levantaba hacia las dos, excepto para asistir a matrimonios y entierros. Solía organizar sus negocios por teléfono, leer los periódicos, atender a los amigos, almorzar en la cama. En los últimos años salía poco, en relación con su ritmo anterior. Prefería tener la casa abierta, mesa pródiga y licor sin tasa.

Atravesó el patio empedrado y disfrutó del aire límpido. Por unos instantes se abandonó al placer de contemplar los arriates cuajados de geranios y caléndulas. En la fuente, importada de Andalucía, fluía agua cristalina que en la base formaba una mana artificial y trazaba el arroyo que bordeaba islotes de césped y pinos, junto a los muros y el corredor, antes de retornar al punto de partida. Al fondo, la casa era de líneas simples con ventanales blindados, puertas dobles, cerraduras y llaves fabricadas por expertos. Una caja fuerte empotrada en un escenario de zarzuela. Leopoldo Maestre tenía miedo del secuestro. Él mismo había dirigido los planos —asistido por el padre de Aurel, Héctor Estrada—, supervisado la construcción, ideado una triple plancha de concreto para que nadie lo sorprendiera por los techos.

Cruzó el vestíbulo y entró a la alcoba —dominada por la sólida cama—, decorada en café maduro y oro viejo, con amplios cortinajes que ocultaban un gigantesco televisor de pantalla doble. Junto a Leopoldo, una pelirroja fingía dormir.

—¿Qué pasa con Gema? Aquí el teléfono comenzó a joder desde temprano —se había acostado en camisa, más clara que el cabello gris soda, liso, alborotado. Tenía el rostro abotagado por la falta o exceso de sueño. El perfil de su amiga, la mejilla tersa, los brazos regordetes acentuaban lo cetrino de su piel.

—Dicen que se muere.

—¿Suicidio? ¿Qué barbaridad hizo ahora? —no parecía temeroso sino desconsolado.

—La información procede de Marlene y ella sabe lo que dice. Desde temprano tuve llamadas anónimas con la misma noticia. Necesito cerciorarme, pero no quiero ir solo. Rápido, Leopoldo, hazme el favor.

—Ojalá sea una broma. Justificaría tanta prisa.

—No lo creo.

Leopoldo derrochaba una hora diaria bajo la ducha y frente al espejo, virtuoso de la navaja y la maquinilla, porque no confiaba en la afeitadora eléctrica. Costumbre que —decía Carmín— ya no surtía los efectos esperados. Se notaba demasiado talco en el mentón y acondicionador en los cabellos; olía más a desodorantes que a colonias.

7

Cuando Estrada era un muchacho, Leopoldo Maestre era considerado una de las inteligencias más brillantes del país, con un porvenir ilimitado que no descartaba ni la presidencia. Pero la vida social, el trasnocho, las mujeres y el miedo lo empujaron hacia otros campos.

—La política no es para mí —decía—. No voy a terminar en un ataúd antes de tiempo. Aquí nos sobran los mártires.

Conservaba cierta chispa hasta el último whisky, su charla todavía fascinaba a los recién llegados. Si bien recibía cuidados semanales de un masajista, una manicurista y una cosmetóloga, tenía los ojos rasgados sepultados en grasa, el estómago le colgaba entre las camisas y trajes diseñados a la medida. Su gusto estaba erosionado y las últimas conquistas parecían sacadas de bares y pizzerías de barrio. A veces, una compañera adecuada se le imponía, obligándolo a una relación formal, aunque pronto se cansaba del entrar y salir de los amigos, timbrazos y telefonemas, tantos amantes de la rumba. Tardes, noches, madrugadas, a cualquier día y hora posibles.

Las reuniones de Leopoldo —decía Carmín— eran como una película circular y repetitiva que se velaba a tramos desde su infancia. También ella estaba hastiada de fiestas e invitados que no ofrecían sorpresas, escuchar los mismos chistes, soportar a sus amigas. Todas dispuestas a trasnochar, beber, colonizar por tarea. A entronizar bata, pijama y cepillo de dientes a la primera oportunidad. Además, la casa perdía lustre: licor excelente, embutidos y ahumados de primera, pero la mesa de segunda, la música obsoleta y los hombres de tercera. La ferocidad de sus críticas balanceaba el profundo afecto que Carmín sentía por Leopoldo. No resistía verse tratada de «tú a tú» por mujeres desechables. Iba a saludarlo en su cumpleaños, navidades y año nuevo, asistía a una que otra cena de corbata negra, pero se mantenía distante. Por respeto a su madre, Juana Inés Calero —alegaba—, quien, mucho más joven que Leopoldo y a despecho de sus accidentadas relaciones con él, lo consideraba su consejero, amigo y confidente.

32

En la biblioteca, Estrada esperó a que Leopoldo Maestre se vistiera. Ante la neblina exterior el recinto perdía intimidad, el encanto de luces difusas que lo envolvía en la noche. Las estanterías indicaban un saqueo continuado. De la colección de arte había escasos ejemplares. Lo mismo sucedía con los premios Nobel, clásicos, novelas, obras teatrales. Los libros en inglés y francés graneaban. No se veían nuevas adquisiciones, con excepción de la biblioteca Nabokov, colocada en el estante más alto, y unos cuantos libros de autores colombianos y españoles. Aurel se contentó con hojear unas revistas *Mad* y *Playboy*, que escapaban a la rapiña por encontrarse sobre montones de periódicos amarillentos. Alrededor de los desolados anaqueles el decorado ostentaba un aspecto rebuscado, como si una mujer ingenua y entusiasta hubiese decidido reconstruir un ambiente de revista femenina. El sofá y las sillas estaban tapizados de rojo bermellón. La alfombra blanco hueso resultaba más apropiada para una alcoba y en las paredes rechinaban dos gobelinos. El escritorio antiguo tenía un aspecto pulido, falso. Pinturas originales, ceniceros de plata y cerámica perdían su valor ante numerosos objetos artesanales, sin que tuvieran otro nexo que el capricho de las amantes que los habían adquirido.

Carmín afirmaba que las mujeres como Juana Inés no eran la regla en su vida sino la diferencia. Lo mismo sucedía con Gema Brunés y Marlene Tello, ambas señaladas por la chismografía bogotana como sospechosas de ser sus hijas.

Cuando le rondaba la idea de filmar una película acerca de tres mujeres que se vestían y maquillaban en forma similar, Estrada imaginaba a uno de los personajes como Leopoldo, amigo del protagonista, mentor y cómplice. Menos mal que el diccionario visual de territorios —y ciudades— se impuso como tarea del futuro. Tenía la descripción de Platón para la capital de la Atlántida, con sus puertos, murallas, fuentes, techos dorados, el santuario de Poseidón revestido de marfil y oricalco, que se dibujaría en computador. Aunque las maquetas imaginativas bastarían para lugares como Avalón, Annúminas, Abab, Az, Ad, Adrianópolis; y hasta Agadé, la espléndida ciudad de Sargón, de la cual no existen descripciones. Con Babilonia continuaría el trabajo y el placer, y se prometía un viaje al Museo de Pérgamo para filmar la calle azul de las procesiones. Si bien la concepción tendría como base el cine, la mayor parte de imágenes estaría destinada a los usuarios de Internet y las series de video. Filmaciones Estrada presenta: Guión de N.N. Sobre una idea de Aurel Estrada.

8

Recién graduado en comunicación, a instancias de su padre, Estrada tuvo que aceptar un empleo en el departamento creativo de una agencia recién fundada. Leopoldo Maestre y una de sus amigas emprendedoras, Ofelia Valle, eran socios mayoritarios. Héctor Estrada, arquitecto retirado, adquiriría un treinta por ciento de las acciones a la firma del contrato.

A pesar de sus prevenciones, desde un comienzo estuvo a gusto. En una agencia pequeña era factible empaparse del negocio. Decidir en cuál área deseaba convertirse en experto: ventas, mercadeo, medios, atención al cliente; o si prefería la creatividad y vigilar la inversión paterna. Todavía no se había despertado en él ningún interés por la imagen o el diseño. Pero, quizá, actuaban en él ciertas palabras de Héctor Estrada, escuchadas cuando, al terminar el bachillerato, manifestó la intención de estudiar arquitectura y seguir sus huellas.

—El tiempo de las verdaderas ciudades ha fenecido. Ahora se construyen colmenas de concreto, metal, ladrillo y plástico destinadas a oficinas y dormitorios, en donde lo importante son los satélites, las antenas parabólicas, la televisión, el cable, el computador y los servicios públicos. Los grandes centros comerciales ocupan el sitio de los árboles, las flores, los lagos. A través de las ventanas no se aprecian el horizonte, el verdor, las estrellas y cambios lunares, el rumor del viento y las aves, sino más construcciones, avisos, vitrinas, motivaciones al consumo. El mundo es como un alucinante ojo de mosca.

Aurel había cometido el error de expresar sus intenciones y hacerlo desprovisto de argumentos. En cambio, Héctor Estrada sabía los suyos de memoria y no tuvo reparo en imponerlos a su hijo.

—Estudia comunicación, dame gusto. Ahora todo está manipulado por la publicidad: el comercio, la búsqueda de identidad y placer, la política y la guerra, hasta las relaciones personales. No se escapan ni la religión ni la ciencia ni la muerte. Quien maneja imagen e información tiene a la mosca y sus ojos en el puño. Además, ahora será nuestro negocio.

No obstante, dejaría una puerta abierta:

—Te pido unos cinco años. Después, puedes entrar a la facultad de arquitectura. No te servirá de nada, como tampoco me sirvió a mí. Pero es tu asunto. Si quieres amontonar jaulas para destruir el paisaje y venderlas a buen precio, allá tú. No conseguirás otra cosa que atentar contra tu propia persona.

Héctor Estrada tenía una frustración inmensa y —como decía Carmín— por lo mismo, al terminar un viaje iniciaba otro, sin reposo, como si insistiera en realizar un inventario de todas las ciudades y catedrales, fuertes, palacios, observatorios, acueductos, rascacielos, plazas, torres, avenidas, obeliscos, que no tuvo la oportunidad de edificar. *Las ciudades invisibles*, de Italo Calvino, era su biblia y libro favorito.

Al concluir su primer semestre de trabajo en la agencia Mex, también finalizaba el año; Aurel no tenía vacaciones y estaba solo. Héctor Estrada, que se había divorciado después de su nacimiento, recorría las islas griegas. Así que cuando Leopoldo Maestre lo invitó a su fiesta de San Silvestre, famosa en Bogotá —y hasta sus reuniones informales lo eran entonces—, decidió asistir impulsado por la curiosidad y la idea de haber sido convocado a una suerte de espectáculo.

Leopoldo no sólo frecuentaba diferentes grupos sociales, sino que pertenecía a una generación que aceptaba los cambios sin ejercitar el asombro y utilizaba todo el potencial de la electrónica en sus empresas, desde la música metálica hasta los computadores, sin desdeñar la Internet y la robótica, pero siempre con un aire superior, como si tales cambios cercenaran su libertad, movimientos y placeres. Hombres que podían financiar conciertos de rock y maratones de magia, aunque en privado se empeñaran en mantener vivos géneros como el tango, el bolero y la ranchera.

¿Qué hay de original en una fiesta de año nuevo? El interés de Estrada era el del cinéfilo que espera impaciente el estreno de una película laureada, con la absoluta seguridad de terminar vencido por el aburrimiento. Doce campanadas. El momento cumbre jamás varía.

Salvo unas muelas de cangrejo y ostras de río, flanqueadas por islotes de alcaparras, la mesa ofrecía los quesos, jamones ahumados y panes que se exhibían en los supermercados y vitrinas desde la segunda semana de noviembre. Había pernil de cerdo con ciruelas, como en la mitad de las mesas de sus conocidos; en la otra mitad no faltaría el pavo o el ajiaco. Racimos de uvas desbordaban una hamaca tejida en acrílico transparente y las botellas de licor formaban una pirámide insertadas en hielo.

Los invitados estaban dispersos en el patio, el corredor, las escaleras, el salón y la biblioteca. La mayoría en trajes de gala. Estrada, que no vestía de esmoquin, se sintió encantado porque Leopoldo había preferido la informalidad. Buzo *beige*, chaqueta negra sin solapas con ribetes de seda y listones del mismo material en el pantalón. Vestimenta que describió como «última moda para chulos». Ocurrencia celebrada con risas de grupo en grupo. Había rostros conocidos y nombres citados en las páginas sociales. Entre ellos una mujer alta, corpulenta, de cabellos pajizos, vestida de hombre y acompañada por una adolescente. Era Ofelia Valle, íntima amiga y socia de Leopoldo Maestre, famosa diseñadora de accesorios de cuero, quien firmaba sus creaciones como «Oly».

Leopoldo Maestre recibía abrazos, botellas y paquetes envueltos en papel navideño, pero los saludos respetuosos y deferencia absoluta los captaba el senador Fernando Urbano, cuyo nombre figuraba entre los presidenciables que distintos movimientos independientes apoyarían sin restricciones, si el político —pregonaban sus seguidores— decidiera postularse a la primera jefatura del Estado. Era un hombre altísimo, corpulento, de ojos vivos y delicada nariz, labios sensuales y cuello de toro. Su frente carnosa, las cejas renegridas, manos fuertes, panza, templaban los rasgos hermosos. Estaba solo; esperaba a sus hijos.

Pero la persona que más impactó a Estrada fue Juana Inés Calero. Delgada, majestuosa, vestía un traje de seda negra, sin mangas o adornos, y llevaba el cabello como una aureola embreada alrededor del cutis aperlado. Se decía que Leopoldo Maestre no había tenido otra opción que ofrecerle matrimonio, después de un acoso de año y medio.

Estrada se sintió obligado a expresar su admiración.

—Felicitaciones, Leopoldo. Esa mujer es toda una diosa.

—¿Tú crees? No le llego al hombro y tengo que empinarme para mirarla. Debo esperar a encontrarla sentada para darle un beso. No soy afortunado, sino una víctima de las circunstancias.

—¿Por qué misterios deseas casarte con una estatua? —interrumpió una chica vestida de seda verde—. Me muero de curiosidad.

—Mi hija favorita —presentó sin atender la pregunta—: la señorita Musgo.

—No cambies el tema. ¿No tenías afán de ser libre? Esa fue la disculpa para separarte de mamá.

—Juana Inés es una inversión feliz —la abrazó y besó afectuoso—. No sermonea, no interroga. Me inspira en los negocios y con excelentes resultados. Si yo continuara al garete, me levantaría siempre a las cinco de la tarde y permanecería despierto hasta el amanecer. El whisky está costosísimo.

—¡Juana Inés es una negrera! Todo el mundo lo dice. Te controla a punta de látigo y no te permite ni tocarla.

—Permiso —Estrada no pudo escapar, una mano de Leopoldo se posó sobre sus hombros.

—La mujer que me conviene. Le agrada tomar el aperitivo al atardecer. Jamás permanece en ningún sitio después de la medianoche. Excepto hoy, claro. Es activa y sabe trabajar... A propósito, querida Musgo, aquí está

Aurel Estrada, hijo de mi socio —y, con encantadora sonrisa—: si ustedes me disculpan, voy por un trago.

—¿Musgo es tu nombre?

—Mi apodo. Un capricho romántico de mi madre. Estuvo casada con Leopoldo. Mi apellido no es Maestre, sino Tello. Soy Marlene.

A Estrada le gustó la hijastra de Leopoldo. Pecosa y blanca, de cabellos castaños y rostro cuadrado, poseía unos ojos sonrientes, nariz respingada, boca gruesa y dientes blanquísimos. Inspiraba confianza. Fue lo más natural seguir juntos y recibir el año tomados de la mano.

Hacia la una llegó una barra de gente joven, que entró lanzándose confeti y serpentinas. Hubiese sido imposible no reparar en África Sierra; tenía ojos achinados y cabellos negros, largos y desbastados en sesgo. No se molestó en saludar. Ni el abrigo de lana roja, ni la blusa transparente, ni los pantalones de seda amarilla, a la turca, parecían cubrirla. No era bonita, pero se comportaba como si no existiese otra mujer en el universo. Estaba en la fiesta invitada por Ofelia Valle, que no cesaba de pregonarlo.

—Su mamá y yo fuimos condiscípulas. Conozco a la chica desde que se chupaba el dedo y era bastante fea. Ahora tiene mucho que enseñar. Podemos ser sus alumnos.

Ofelia se interrumpió para abrazar y besar a los hijos de Urbano: Francisco, Simón, Camilo, Ricaurte, Columba y Antonia. Después de brindar con la madre, delicada de salud y que recuperaba fuerzas junto al mar, viajaron durante dos horas en un avión privado —desde Cartagena— para compartir el primer día del año con el senador. Traían dos cajas de champaña y una de whisky.

De repente, comenzó a llover a cielo roto. Música, risas, conversaciones sonaban a batallas perdidas. El patio quedó vacío. Un viento súbito, que debía soplar desde Cerro Azul o Monserrate, aullaba contra los gruesos ventanales. Los camareros se afanaban. Ofelia recorría los grupos, risueña, pues en la cocina el poeta Cáceres, a quien se le atribuían tabiques nasales de marfil, ofrecía pases de nieve:

—¿Coco, coco sin agua, perico real?

—¿Quieres?

—Te quiero a ti —Estrada, medio mareado, tomó a Marlene Tello por los hombros y la besó en los labios.

Marlene respondió con vehemencia. Estrada advirtió que Francisco y Simón Urbano cortejaban a África Sierra. Leopoldo Maestre se integraba al grupo.

—¡Salud! —exclamó Aurel e izó su copa.

—¡Otro trago y otro amor! —respondió Leopoldo, con una expresión triunfalista en los ojos.

—Amor perfecto —Estrada abrazó a Marlene, quien no ofreció resistencia.

La lluvia perdía intensidad. Los abrazos recomenzaban al entrar una pareja de gala, seguidos por media docena de escoltas. Hasta Fernando Urbano se incorporó a saludar a Genaro Fonseca, accionista de una empresa aérea, cadenas hoteleras, centros comerciales, quien siempre salía en los diarios fotografiado de perfil. Su mujer, Catalina, se veía más delicada que en las páginas sociales. Estrada la encontró soberbia. Vestida de muselina color amatista, se destacaba como una orquídea entre las otras invitadas.

—Sólo nos falta iniciar el juicio de París —comentó Marlene—. Tú, Aurel, ¿a quién entregarías la manzana?

—A una chica más linda que todas: le dicen Musgo.

—Favor que me haces, pero tengo hambre. Los Urbano han traído a su cocinera y el desayuno será una delicia... ¿No te huele a café? Vamos.

Se bailaba en la biblioteca, el salón, el corredor. La voz de Fausto, el baladista, cantaba.

Te inventé. Te inventé para mí.

Un efluvio de tierra húmeda, perfumes, marihuana dulce y geranios mojados emanaba del patio abrillantado por la lluvia. Marlene alcanzó las escaleras.

—¿Dónde está Leopoldo? —con un abrigo de piel hasta los tobillos y un pañuelo color espliego sobre los cabellos, los detuvo Juana Inés Calero.

—Por ahí —dijo Marlene. Omitía que lo vieron en el salón y en la corte de África Sierra.

—Por favor, Aurel, ¿quieres buscarlo? —pidió Juana.

—No vayas. Tengo hambre.

—No seas pesada, Marlene. Lo necesito. Estoy fatigada y tengo que despertar a mi hija.

—La casa es tuya. Leopoldo no tiene escondite.

—¿Me acompañas? —Juana Inés Calero lo tomó del brazo, posesiva, sin abandonar el aire distante, superior. Marlene, fastidiada, rechazó su mano y se adelantó mecida por revuelos de seda verde cactus.

9

Cuando hojeaba las viejas revistas, Estrada había recordado aquella madrugada. En el pensamiento estaban los tres ajenos al bullicio, dedicados a la búsqueda del anfitrión. En realidad, rumbo a encuentros ineludibles: Juana Inés a finalizar una etapa de su vida con Leopoldo Maestre; Estrada hacia el hechizo de Gema Brunés, la mujer que marcaría los próximos años de su vida; Marlene Tello a personificar el afecto y la confianza.

En el pasado engañoso era simple ordenar la lluvia y las voces, diálogos, colores, luces, aromas. Su primera percepción de Carmiña-Carmín-niña. Los tabiques nasales de marfil del poeta Cáceres, reales o ficticios, que nunca le permitieron abandonarse al placer que para otros significaba la droga. La confrontación con hombres como Fernando Urbano y el poeta Ignacio Homero Cáceres, acostumbrados a tener el poder, pero vulnerables, tanto que murieron asesinados.

—Estoy listo —dijo Leopoldo Maestre a espaldas de Estrada y una chica desnuda, exuberante, en las páginas centrales de una vieja *Playboy*—. Me tocó bañarme con agua helada. El calentador no estaba programado. ¡Uufff! Si Gema no está muerta, te juro que la voy a moler a nalgadas... —quería bromear, pero la incertidumbre destemplaba su voz.

Las mujeres desnudas le evocaban a Gema Gema Gema Gema, y a veces a Carmín. Estrada intentó poner las revistas en orden, como si tal detalle importara.

—¡Salimos en seguida o vuelvo a la cama! ¿Prefieres tu carro o el mío? —refunfuñó Leopoldo ante las portadas y fotografías de chicas que eran papel gastado hasta para sí mismas.

—El tuyo. Me será más sencillo negar que estuve en casa de Gema.

—Descuida, Carmiña no tiene por qué enojarse. Te lo prometo. Eso sí, iré despacio. Tengo un guayabo espantoso. Me acosté a las cinco. Todavía estoy eructando vodka con tónica.

—No tienes obligación de acompañarme.

—No faltaba más. Gema es más hija mía que de su propia madre.

Leopoldo miraba a su alrededor agredido por la claridad, intruso en su propia casa.

—No hay nada más horrible que un día con problemas y esta casa parece un chiquero recién fregado. Para rematar, tengo un almuerzo al que no puedo faltar.

—¿Eso en dónde? —preguntó por preguntar. Sabía de sobra en dónde y el motivo.

—Una despedida para mi sobrina África. Es que a las mujeres les fascina casarse, no importa cuántas veces les vaya mal... ¿Los invitaron?

—Por supuesto que sí. Eso es lo malo.

—Entonces a correr. Es un compromiso obligatorio. ¿Van al coctel de la «Noche de los grandes»?

—Seguro que sí. A Carmín le encanta estar en vitrina. Adora salir en televisión.

—A esa rumba sí no me le mido. Odio las vainas con discursos. Mejor los espero a tomar una copa después. No pienso quedarme iniciado. Eso es lo aburrido de los almuerzos entre semana, todo el mundo sale a perderse temprano.

—No sería capaz ni de comer ni de hablar. Estoy como para darme un balazo.

—Tranquilo. A Gema no le ha pasado nada. Ojalá no. Es más fuerte que tú, Carmiña y yo juntos.

—Espero que tengas razón.

—Me gusta acertar, en especial si me despiertan temprano. A la luz del sol somos lo que somos.

10

Las manos de Marlene Tello rodaron por la mesa de noche, el teléfono, su libreta de notas. Encontró el paquete de Camel sobre *Juventud eterna*, un libro de Catalina Fonseca. Tomó un cigarrillo y lo encendió con el mechero enchapado en oro con sus iniciales. Aspiró ansiosa. Todavía la voz de Aurel Estrada tenía el poder de conmoverla.

La muerte no es una buena idea para iniciar el día. No era cierto que sus hijas desayunaran con ella. La costumbre se había extraviado entre citas urgentes, grabaciones, congresos de publicidad y cirugía plástica. El mundo de los adolescentes, además, estaba jalonado de horarios, clases, sesiones de natación y tenis, fiestas de cumpleaños, campamentos, computadores. El rock omnipresente.

—Quizás ella ha muerto —susurró al incorporarse y sintió deseos de gritar.

Si en los rumores y las llamadas anónimas, si en la maledicencia descansaba la verdad, había que afrontar los hechos a solas. Aurel sería la última persona a quien deseaba encontrar en casa de Gema. Ante él no podría disimular. Intuiría sus dudas y prevenciones, el temor experimentado ante la incertidumbre (no deseaba su muerte, pero tampoco aplaudiría el saberla viva). El suicidio de la modelo implicaría el final de un mito, de un rutilante y vigoroso período instaurado por ella misma.

—Yo, yo hice un icono de Gema. Escribí comerciales, historias y guiones para ella. Diseñé sus portales de Internet, la convertí en protagonista de eventos multitudinarios, cómics, juegos virtuales. En el fondo, Marlene Tello es Gema y Gema no es nadie.

Lo más absurdo era que tras su aparente cinismo subyacía el fantasma del amor por Aurel Estrada, sus celos inextinguibles, una pérdida que dolía y sangraba a traición en los socavones de su memoria.

Las niñas, Serena y Lina, estaban en el colegio. Su marido había telefoneado la noche anterior desde São Paulo, donde participaba en un seminario dedicado a la regeneración de tejidos deteriorados por el fuego. No había nadie en la casa a quien dar explicaciones.

—¿Es que Gema puede morir? —se preguntó bajo la ducha tibia, aplicándose hidratante en brazos, estómago, senos, muslos.

Todavía húmeda, estudió la cartelera de su estudio. Al coctel de la «Noche de los grandes» no podía faltar. Tenía cita con la peinadora, la manicurista, el maquillador. No estaba nominada a los premios, ni había presentado ningún trabajo a concurso. En su oficina exhibía tres estatuillas a la mejor presentadora y dos a la mejor periodista. Suficiente. Demasiados premios son un escalón al retiro y la depresión. Lo inmediato era Gema Brunés. Si había muerto, era preciso grabar dos o tres programas, consultar los archivos del Instituto Nacional de Televisión, la Cinemateca Nacional, el Museo de Arte Moderno, la agencia Mex y la firma Satín-Gema.

—Ojalá estés muerta. Así pagarás lo que me debes —sonrió alevosa, frotándose con la toalla.

Considerada una de las mujeres más fabulosas de América Latina, Gema simbolizaba la feminidad y la belleza imperfecta, terrenal, en oposición a las reinas virginales elegidas con el patrocinio de poderosas marcas de cosméticos: Miss Universo, Miss Mundo, Miss América, Señorita Colombia. Reinas de la canción y del café y del bambuco y de la primavera y del mar y del verano y del turismo.

Idolatrada por una juventud ambiciosa, desprejuiciada, ávida, era la figura mejor pagada en toda la trayectoria del modelaje en Colombia. Una personalidad que había logrado romper esquemas, superarse al ritmo de los cambios y las modas.

Su rostro de fogosos ojos oscuros, multifacético, remodelado y perfeccionado por la cirugía plástica había sido portada de revistas como *Time, Scala, Cromos, Newsweek, Vogue, Elle, Semana, Cambio, París Soir, Hola*. Publicaciones que, sin embargo, no siempre se decidieron a reproducir algunos de los carteles y calendarios que la habían catapultado a la fama.

De modelo manoseada por el éxito local, Gema Brunés había pasado a promocionar la auténtica sofisticación: refinada cosmetología, perfumes de mil dólares la onza, joyas y abrigos de piel destinados a multimillonarias, villas, condominios, automóviles que por sus elevados costos no se vendían regularmente en el mercado suramericano. Luego, financiada por los Urbano, Leopoldo Maestre y Aurel Estrada, había creado su propia firma: Satín-Gema. Con excelentes resultados. Existía la línea de ropa Brunés. Las muñecas Gema y Galit. Una exótica gama de perfumería bautizada Gema-amor.

Una serie de Gemas desfilaron como proyectadas por un video múltiple en su mente. Marlene quería utilizar la mayor cantidad de imágenes en su programa. En concreto, las que tanto escandalizaron al gran público y convirtieron a una modelo mediocre en la proyección del mundo ambiguo, inseguro, violento, ruidoso y desesperado del siglo XXI, con sus habitantes y ciudades atestadas, autopistas, redes de comunicación, máquinas, flotas, centrales nucleares, cohetes, naves y estaciones espaciales, armas, epidemias, guerras implacables.

Las frases de la presentación surgirían con facilidad. Detestaba a Gema, sin subestimarla. Su belleza había succionado, borrado, minimizado, destruido o corrompido a diversos talentos, e impuesto su sello personal a cada producto que fabricantes y publicistas lanzaran al consumo. Durante su despótico reinado las modelos y actrices que luchaban por triunfar a toda costa y cedieron a la tentación, imitándola, fracasaron. Personas que la amaron, terminaron por abandonarla. Sin que tales manifestaciones afectaran su manera de establecer distancias, que parecía anular las verdaderas dimensiones del amor, la bondad, el sufrimiento. ¿O lo fingía? Marlene no la señalaba como una desalmada. Gema conocía el dolor, la tiranía ejercida por otros. Gema-Gema-Gema Brunés. Siempre mezclada en su vida desde que eran muy jóvenes.

De puntillas, el maletín con sus cámaras al hombro, un traje sastre pantalón *beige*, Marlene entró en las alcobas de sus hijas, con la remota esperanza de encontrarlas dormidas. No era el caso. Las camas olían a colonia floral, talco, zapatos tenis. Había toallas mojadas y ropa sobre las sillas, un computador encendido, libros regados por el piso. En las paredes, afiches de cantantes vestidos como orates y polichinelas, las manos aferradas a los sexos, inmersos en un perpetuo alarido.

—Me hubiese gustado una fotografía de los Beatles, tamaño natural, frente a mi cama —dijo al entrar en la cocina.

Lola, la empleada, sonrió con expresión alerta. Dijo «buenos días» y preguntó si la señora deseaba huevos tibios o revueltos. No, no le apetecían, bastaba el café. Como Marlene solicitó un taxi por teléfono, en lugar de pedir el automóvil, Lola decidió preparar un desayuno especial; se entendía con el chofer.

Mientras sorteaban el tráfico de la ochenta y dos con séptima primero y luego la accidentada carretera hacia La Calera, Marlene pudo ubicarse. Gema acababa de inaugurar un apartamento en una costosa unidad residencial.

Casi media hora de viaje entre buses de línea, carretas tiradas por caballos y triciclos, taxis colectivos. El polvo, el ruido y el humo galopaban al paso del vehículo.

A la entrada oeste de los edificios de ladrillo, tres docenas de jubilados, comandados por una instructora de visera y pantalones cortos, abordaban dos autobuses de turismo.

—¡Ánimo! —decía ella—. ¡Es un día de sol! Vamos a divertirnos, a cantar. ¡Viva la alegría!

—¡Al sol te lo metes por el culo! —gritaba un viejo.

En la garita de entrada, el vigilante armado anotó la matrícula y el número del taxi antes de izar la talanquera. El aire dispersó las voces de los excursionistas. Ninguno la había mirado. Marlene pagó con un billete de veinte mil. Como el taxímetro marcaba siete mil quinientos, supuso que el hombre, hasta entonces silencioso, comenzaría a discutir para quedarse con el cambio.

—Estamos de malas. No tengo ni un peso —y arrancó a la estampida. No la defraudó.

Al ascender por las escalinatas del edificio, Marlene sentía la censura del taxista ante al portero uniformado, las puertas de cristal, los jardines tachonados de hortensias color zafiro que brillaban como joyas ostentosas en el día sabanero.

—Me ha telefoneado Gema Brunés. Está enferma. Dice que en portería me darán las llaves.

El recepcionista no encontró extraña la petición. Gema atendía las visitas de confianza sin abandonar la cama. Un hábito a lo Leopoldo Maestre.

—Usted manda —entregó el llavero. Había reconocido a Marlene Tello.

El ascensor subió directo al apartamento. Marlene entró a un espacio de muros hexagonales iluminado por luces indirectas. Los carteles y retratos de Gema no la impactaban. La mayoría fueron ideados por ella, Aurel y James Osorio. Se dirigió a la alcoba, orientada por el intenso aroma a esencias. No había nadie en la sala de baño, ni junto a la piscina. Escuchó un quejido.

—Gema... ¡Gema!

Conocía la distribución del piso, que tenía estudio y biblioteca, sala de video, gimnasio, sauna, gracias a la eficiencia de sus colegas. Volvió sobre sus pasos. Los últimos reportajes concedidos por Gema a revistas como *Fucsia* y *Decoración* traían un amplio despliegue sobre la residencia. La inauguración constituyó un sonado evento, pero ella recibió tarde la tarjeta de invitación.

Localizó la sala de video, que estaba a oscuras, las cortinas cerradas, y pulsó los interruptores situados junto al marco de la puerta. Sintió un repentino mareo ante la riada de luz. En el maletín de mano, las cámaras tenían el peso del remordimiento.

Sobre una tarima, afianzada en un grueso tapete de algodón negro uva, flanqueada por cuatro reflectores —dos a lado y lado—, estaba Gema, como un ídolo de bronce, rodeada de almohadones color amatista, lima, almendra, solferino. La cabeza inclinada hacia atrás. El rostro translúcido, los labios como un manchón rojo lacre. Vestía una malla diáfana, con lotos platinados adornándole los senos, brazos y muslos. Las manos realzadas por uñas postizas pintadas de negro. Su cabello caía sudoroso y lacado. Encima de las medias negras y el pubis, un girasol dorado, una de esas horribles flores artificiales que crecen varios centímetros después de adquiridas.

Con los ojos abiertos, extáticos, orlados por curvadas pestañas, miraba la pantalla que copaba la pared frontal en donde estaba congelado su rostro. «Si decidiera hablar, susurraría "me amo"», pensó Marlene. Pues si el oficio de Gema era encarnar, exhibir y vender ilusiones —belleza, sexo, debilidad, posesión, irreverencia e ira—, el de Marlene era captar la verdad. Que ese día tenía un sello repelente y la enfrentaba, sin disculpas o atenuantes, a una eclosión de inseguridad y recónditos temores. Desde el inexistente olvido le llegó la voz del difunto poeta Cáceres:

—Gema es más que un símbolo. Se me antoja un homúnculo enraizado en el asfalto, que nació como flor espontánea al anochecer polinizado por el trepidar de millares de coches, semáforos titilantes, violencia, contaminación. Si se prefiere, otra clase de Golem.

Ella, Marlene Tello, había iniciado el proceso que arrancaría a una niña cándida e inculta de su entorno para transformarla en ídolo e icono, sin medir las consecuencias. Miedo. Sí-sí. Tenía miedo. ¿Y si Gema había muerto? Imposible. No olía a detritus. Marlene sólo deseaba realizar un especial de televisión, no abalanzarse como ave carroñera sobre el funeral de nadie. ¡Santo cielo! Extrajo su cámara Leika y encuadró desde distintos ángulos hasta agotar el rollo.

Estaba planteándose la idea de grabar, cuando Gema murmuró:

—Helios... ¿dónde está Helios? Quiero a Helios.

Gracias a Dios, vivía. Marlene se acercó.

—Gema, soy yo. Marlene Tello. ¡Gema, despierta! —activó el reloj videocámara de su muñeca izquierda y tomó primeros planos del rostro. Gema tenía el maquillaje intacto, pero una transparencia vacua en las pupilas.

—Helios —susurraba—. ¿Helios?

Guardó la cámara y salió a toda prisa. Sentía calenturienta la frente, húmedas las axilas. ¿Qué hacía allí? ¿Por qué Gema llamaba a Helios Cuevas con tanta insistencia?

A él, recluido en una cárcel por homicidio con agravantes. ¿Amor? ¿Todavía? Era un chiste.

Al abandonar el apartamento por la puerta del estudio, tomó un ascensor comunal, panorámico. Pudo divisar los modernos edificios, las casas de recreo distantes, los verdes y cuidados jardines de condominios vecinos. Entregó las llaves, una buena propina, y solicitó un taxi al recepcionista. Asustada, le indicó al conductor el primer lugar que le pasó por la cabeza. Un centro comercial, Los Héroes. Tenía que visitar a Leopoldo. Él se encargaría del problema. Siempre sabía qué hacer y no le importaba correr todos los riesgos.

Había otra persona a quien la situación de Gema le interesaría en especial, Juana Inés Calero. Buscó un teléfono público. Nadie la reconocía. Como si no existiese, ni su programa de televisión tampoco.

—¿Marlene Tello? —preguntó una voz conocida.

—¿Sí? —viró agradecida.

—¿Tienes un cigarrillo?

Abrazó el maletín con las cámaras. El dueño de la voz, de regular estatura, maloliente, sucio, con gafas remendadas, sonreía. Las personas que transitaban por el sector a esa hora le hacían el quite.

—¿Todavía fumas?

—Claro que fumo.

Localizó un paquete de Camel en un bolsillo del maletín. Lo entregó al hombre, quien eligió dos cigarrillos con delicadeza, las uñas de la mano derecha esmaltadas por debajo del mugre. Su ropa denunciaba buena calidad y además, clase. ¡Cómo no! Los lentes, aquellos ademanes... Su compañero de equipo en Mex.

En su momento, James Osorio escribía textos dinámicos y tenía ideas insólitas, a veces locas, siempre realizables. Podía trabajar sin interrupción catorce horas seguidas y hasta dieciocho, sostenido por hierba, salchichas, café, gaseosa. Seducido con mejores entradas, se marchó a trabajar con la competencia. Ganaría el doble y de seguro trabajaría el triple. De la hierba pasó a las anfetaminas, la coca, el bazuco, la calle. No era preciso ser adivina para saberlo.

—¿Quieres un café?

—No, gracias —dijo.

—¿Una cerveza?

—Tampoco. No he comido nada desde ayer.

—Entonces, vamos a desayunar. Yo invito.

—¡Buena idea! —Osorio sonreía con un gesto de intensa felicidad; sus zapatos estaban destrozados en los empeines, tenía un diente cariado.

De repente una mujer morena, grandota, de cabellos espesos tinturados de caoba, con camiseta y pantalones atigrados, tan ceñidos que le costaba trabajo descender de un Porsche recién lavado, comenzó a patear el pavimento. Chillaba al compás de botas rojo punzó:

—Fuera de aquí. No te me acerques. ¡Largo!

Osorio inclinó la cabeza con exquisita cortesía y, sin dejar de musitar excusas, atravesó la acera y se internó en la avenida congestionada por el tráfico.

—En Bogotá ya no se puede caminar, ni respirar aire fresco. Hay que vivir encerrada en un apartamento, o en un carro, o salir vestida de zarrapastrosa. ¡Qué miedo! ¿Quería atacarla, no?

Repintada y lavada en perfume, enseñaba dientes blanco peltre y el frenillo metálico de moda entre los adolescentes. Usaba balaca, aretes, collares, sortijas, semaneras, cinturón y bolso con adornos plateados.

«Tiene cara de loba en ascenso. Debe ser mujer o moza de narco. No de uno grande, sino mediano. Ostenta demasiado y sale sin escoltas», pensó Marlene.

—No vale la pena vivir en este país de mierda. Se lo he dicho a mi marido cien veces. No hay como Europa. Adoro Venecia y la Costa Azul. ¿Tú no?

—¡A usted qué le importa, vieja cula! —estalló—. Para que lo sepa, odio la Costa Azul. También Venecia, porque reciben a gente de su calaña.

Corrió a detener un taxi, llorosa, porque amaba a Venecia y tenía maravillosos recuerdos y fotografías de Niza, Cannes y París. Con su madre, tomadas por Leopoldo; con Leopoldo, tomadas por su madre. De los tres, por otros turistas amables.

11

Estrada sintió un ramalazo conmiserativo al mirar a Leopoldo Maestre enfrentado a la mañana nublada y el tapizado *beige* del Peugeot; fuera de lugar, disminuido. Una serie de noches y madrugadas se habían inoculado en cada uno de sus huesos, células, músculos, la grasa y el agua que le otorgaban andamiaje a su persona. Milímetro a milímetro, nervio a nervio, poro a cabello, todas sus euforias y deliquios noctívagos estaban allí. En el mapa de ese rostro que odiaba el contacto solar. Grisáceo, fofo, las pupilas de acero molido.

—Lamento traer problemas, y a estas horas. No hay derecho.

—No digas sandeces. Yo también tengo que saber.

—Vamos a buscarnos un gran lío. Lo presiento. Carmín no me lo perdonará. Ni a ti tampoco.

—¿Y qué? A las mujeres no hay que darles tanta importancia. Se aguantan todo.

—Carmín no.

—Cuando peligra la sacrosanta institución del matrimonio, son capaces de ir al Sahara descalzas. Si quiere seguir casada, aguantará. Apuesto lo que quieras.

La conmiseración cedió bajo una mezcla sombría de censura, admiración y un punto de cólera. ¿Por qué Leopoldo, en lugar de regresar a su casa, a su cama, le seguía la corriente? Valiente amigo. Claro, pertenecía a una especie masculina en extinción, anclada en un estrato del romanticismo y de espaldas a la realidad. Como otros de sus contemporáneos había heredado sus rentas, convertido el ocio en ruta de vida y persistido en su ejercicio —considerándose individualista, rebelde y original—, hasta que ese ocio había terminado por sojuzgarlo.

—Gema en dificultades significa la doncella en la cueva del dragón y Leopoldo funge como el perfecto caballero, san Jorge, en remplazo del padre —la idea le divirtió.

¿Cuántos años tendría Leopoldo? Más de sesenta, se veía en su piel. A esa edad la gente que lo amara o admirara sin condiciones —una vez— comenzaba a encontrarlo vulgar, repetitivo. Las mujeres desencantadas por su frivolidad y egocentrismo. Los amigos fastidiados con sus embrollos amorosos, irresponsabilidad, verborrea alcohólica. Los supuestos hijos, distanciados aunque queriéndole, avergonzados de aquellos hermanos que tenían madres y apellidos distintos. Ni siquiera retenía el halo de aventurero atribuido a otros hombres de su generación, arruinados en medio de la juerga o transformados en políticos sagaces o tardíos literatos.

Si hubiese tenido que enfrentarse a la ruina quizá Leopoldo Maestre tendría un acopio de batallas, agonías y sobresaltos. Sin duda su miedo a la luz no estaría entreverado con la decadencia —reflexionaba Estrada— que ron-

daba tras las murallas de constante penumbra donde transcurría su Jericó. Es decir, lo que él llamaba vida. Leopoldo
Maestre invertía en empresas manejadas y supervisadas
por otros, incluida la carrera de Gema. Sabía ordenar, contratar, despedir, blandir un látigo invisible. Jamás se incorporó al combate diario en el que se precisaban acción,
energía, vitalidad, ya fuese para encontrar el éxito, el fracaso o la violencia.

Durante diez minutos de viaje no había musitado palabra. Sobrio, su locuacidad y agudeza desaparecían. Era
un habitante de la noche, real o ficticia, y fuera de ella
actuaba como un autómata. Conducía con seguridad, pre-
cisión, indiferente a los atafagos del tránsito. Todavía no
utilizaba escoltas, ni chaleco antibalas. Ante el gran público no existía.

—¿Cómo haremos para abrir la puerta? Quizá Gema
se encuentre sin sentido.

—Tengo llaves.

—¿Llaves? ¿Por qué? No me digas que ella es... —ape-
nado, no concluyó la frase

—No te adelantes. Siempre tuve vía libre a todos sus
apartamentos. Gema confía en mí. No lo dudes. Soy su
padrino de bautizo y como de la familia.

Leopoldo detuvo el vehículo a la señal roja del semáforo con la distancia justa ante las líneas peatonales. El golpe
vino de atrás. Sonó como una bomba. Estrada alcanzó a
colocar su mano en la guantera. Una voz femenina se disculpaba acezante. El agudo silbato del policía de tránsito
hendió el remolino del sonido; atronaron múltiples
cláxones. Saltaron al aire citas de hora exacta, el reloj de
oficina, las agrias censuras de jefes y supervisores. ¡Voy a
llegar tarde! ¡Maldita sea! Rápido. ¿Qué pasa? No joda.

Leopoldo Maestre dijo de sopetón y como si hasta el momento hubiese clarificado sus ideas:

—Nunca abusé de las cerraduras ni de mi buena suerte. La madre de Gema tiene su hogar —salió del automóvil y saludó al policía.

12

En sus recuerdos y aquella lejana noche de año nuevo, Estrada ignoraba la existencia de Gema. ¿Quince? ¿Veinte años atrás? Cuando creyó haberse enamorado de Marlene Tello; tanto que permaneció a su lado al terminar la fiesta abruptamente, como augurio de aquella desconocida cuya sola mención abriría las puertas de un territorio insospechado.

Remolinos tonantes, saetas locas, ángeles y volcanes de pólvora dibujaban colores fugaces en el cielo. Dos chicas invitaban a la cocina a tomar un caldo. Alrededor del senador Urbano se apretujaba un círculo en animada charla. Leopoldo Maestre y África Serrano bailaban abrazados, con la osadía de quienes han experimentado un inesperado deslumbramiento. Juana Inés y Estrada no eran las únicas personas a quienes la pareja ocasionaba desazón. En un sillón, las manos unidas, Catalina Fonseca los contemplaba, sus ojos sin brillo ni expresión. Como una sonámbula que se hubiese detenido sobre la cornisa de un edificio y soñase con arrecifes, el oleaje furioso, los resoplidos del viento.

Juana Inés presionó el brazo de Estrada. Una mueca se insinuaba en sus labios. Dijo:

—No vale la pena interrumpir a Leopoldo. El enano se divierte. ¿Tienes la gentileza de llevarnos a casa? He dado la noche libre a mi chofer.

A su manera, Juana Inés era igual a Leopoldo. Estrada comenzaba a sospecharlo. No le interesaban los deseos o planes de los demás.

El teléfono repicó alevoso, como funesta melodía de sirenas (en el mar de Catalina Fonseca, sin duda). Ella alargó una mano marfileña, tomó la bocina con un movimiento lánguido y escuchó sin decir palabra. Colgó despacio. El teléfono tornó a sonar, monótono, estridente. Los timbrazos raspaban la música, el humo y las voces.

—¿Es que nadie va a responder ese aparato? —inquirió Leopoldo Maestre sin detener el baile.

Catalina Fonseca respondió otra vez, su esposo observándola espantado. Escuchó en silencio. Dijo:

—Es para ti, Leopoldo —e incorporándose, habló en voz alta y para todos—... Es una tal Gema, alguien que pregunta por su «papito» —el sarcasmo ausente de la cadenciosa voz.

—Entonces, no es para mí. No soy papito ni nada de nadie ¡y eso merece un premio! —besó en ambos párpados a su compañera—. ¿Han visto un lucero más lindo que África?

—Tengo que marcharme. Estoy rendida y hay que despertar a mi hija —dijo Juana Inés.

—Debo encontrar a Musgo —Estrada necesitaba rebelarse.

—¿A quién?

—A Marlene.

A Juana Inés Calero no le sería posible alcanzar el primer peldaño de la escalera, su orgullo a salvo. Había perdido unos minutos preciosos mientras Estrada buscaba a Marlene Tello.

—¿Quién es Gema? ¿Otra guaricha? —preguntaba a los gritos Catalina.

—Nooooo, mi amor, por lo que más quieras. No seas estúpida, mi reina... —la voz de Genaro Fonseca, con un dejo salvaje, elevada sobre los otros sonidos.

Catalina caminó hacia la mesa del bufé, sin perder su aire irreal, como impulsada por un mandato superior a la vanidad y al sentido común. Allí se entretuvo en examinar los postres, caramelos, quesos y frutas que coronaban la cena. Se volvió a su marido. En sonriente confidencia, dijo «Tengo hambre, un hambre atroz», y con un movimiento súbito agarró una hielera y golpeó enardecida a Leopoldo Maestre.

Estrada escuchó carcajadas y los gritos de África Sierra y los hermanos Urbano. Advirtió el asombro general, nimbado por secretas complacencias, más la expresión socarrona del senador, mientras Genaro Fonseca cargaba a su mujer y la sacaba de la sala como un fardo.

A Leopoldo Maestre le sangraba la frente. Había hielo sobre muebles y piso. Nadie pudo evitar que Catalina Fonseca se lanzara al vacío, ni a los presentes rodar en la avalancha. Juana Inés Calero, humillada en público, no lograría disculpar, olvidar, ni perdonar a Leopoldo.

—Si continuó su amistad con él —decía Carmín— es porque necesitaba tenerlo cerca para vigilarlo y mortificarlo.

En cambio, la relación entre Estrada y Marlene se iniciaba allí. Ambos intentaron detener a Juana, que corría balanceándose —espectral entre la bruma— como personaje truculento en un drama menor. La siguieron durante dos o tres cuadras por la desierta y silenciosa carrera séptima, hasta que un Mercedes se detuvo, y ella se despidió con voz alta y clara:

—Les encargo a Carmín. Gracias por cuidarme, y otras gracias en mi nombre al senador.

—Los Urbano han enviado a su conductor —explicó Marlene—. Esa gente está en todo.

13

Estrada prometió, una y otra vez, que no permitiría que nada ni nadie alterara su vida. Carmín era muy ingenua y no comprendía la influencia que Gema ejerciera sobre él. Los nexos de trabajo agravaban sus resquemores y prevenciones. Había escuchado decir —a sus espaldas— que todas las mujeres importantes en la vida de Aurel, incluida ella, provenían de la casa y quizá de la cama de Leopoldo Maestre. Lo cual, en su caso y de manera inocente, sonaba cierto. Desde entonces limitaba toda relación con Marlene Tello a compromisos ineludibles y encuentros fortuitos. Con Gema era inflexible.

—¿Cómo te pudiste casar con semejante vieja tan manipuladora y arribista? —le preguntaba en los comienzos de su noviazgo.

Estrada soportó cortés el interrogatorio del agente de tránsito e intentó no discutir, conservar la serenidad. Evadir los segundos y minutos y la media hora desperdiciados mientras Gema necesitaba ayuda. Incluso escuchó, impasible, el sonido del videocelular. ¿Quién llamaba? ¿Felisa Riera? ¿Carmín? ¿Ruth, la secretaria del equipo? Estaba en la ruta mental hacia su registro fílmico de ciudades. No podía olvidarse de Agarthi, la ciudad del bien, que para evitar la invasión del materialismo y la corrupción permanece oculta. Caras Galadón, en donde el tiempo transcurre con exagerada lentitud y la gente permanece siempre joven. Caerlson-on-Usk, sede de la corte del rey Arturo, los caballeros de la tabla redonda y la leyenda del Santo Grial. Cibola, región de maravillas, que excitara aún más la codicia desmedida de los conquistadores y diera origen al espejismo de las siete ciudades de oro. La magnífica Caleh, con su palacio laberíntico, como Cartago, Cib, Chichén Itzá, destruidas por la barbarie. ¿Qué música y sonidos de fondo utilizaría? Filmaciones Estrada presenta: *Ciudades de oro*. Idea y guión: Aurel Estrada. Música original de...

Luego, inmerso en las imágenes, permaneció en la playa de estacionamiento mientras Leopoldo se dirigía a la recepción del edificio donde vivía Gema. Ambos sin explicaciones. Como una forma inconsciente de forzar las buenas noticias y no ofender a Carmiña.

Quince minutos después Leopoldo regresó con pasos lentos, su rostro desencajado.

—Gema no está —dijo apoyándose en la portezuela para tomar aliento.

—¿Qué? ¿Qué dices?

—El encargado afirma que salió en una ambulancia y con dos enfermeros. Su hermana la acompañaba.

—Ese invento de la hermana suena a secuestro. ¿Ahora qué hacemos?

—Averiguar en dónde se encuentra. Al parecer está muy enferma y no reconoce a nadie. Se la llevaron a la Clínica del Reposo.

—¿Clínica del Reposo? Vaya nombre.

—Ahora todos los médicos tienen clínica propia. Debe ser nueva.

Tras unos momentos de indecisión subieron al apartamento. Alguien, con miras al futuro y fraguándose disculpas había clavado una nota en la cartelera de la cocina, la firma ilegible:

Gema hospitalizada
Mal, muy delicada.

En el directorio telefónico había ocho páginas dedicadas a clínicas. Leopoldo Maestre comenzó a telefonear, una por una, sin mayores resultados. Conmutadores ocupados; secretarias y recepcionistas que se negaban a dar informes.

—No es posible sacar el bulto, hijo —se inclinó sobre la mesa del teléfono, desalentado—. Temo que será necesario movilizarnos. Esto parece un asunto serio. Hay que hacerlo con discreción... ¿y por dónde comenzar?

—Las direcciones cercanas. Es lo sensato.

—No es necesario que te involucres. Yo me haré cargo.

—Voy a preparar café —dijo Estrada—. Ambos lo necesitamos. Estoy zampado hasta los huevos.

—Tienes boca de profeta. Carmín no te lo perdonaría —advirtió Leopoldo—. Ni a mí; aunque yo no importo.

Café. Café. A Estrada le daba lo mismo que Carmín reaccionara como esposa engañada o se hiciera la desentendida. ¿Qué importaba? Gema necesitaba de él. No era de hierro, sino Gema, ignorante, alocada, a veces insufrible, su Gema.

No conocía bien el apartamento. Estuvo el día de la inauguración, de entrada por salida. Un gesto realizado como ejecutivo de Mex, para no dar tema a las revistas de farándula, aceptado por Carmín como una obligación. La presencia-Gema, su afición a los aromas y esencias, estaba por todas partes. Estrada sentía los ojos oscuros, la mirada unívoca desde cada uno de los retratos, óleos, dibujos y guachas, carteles, portadas de revistas que ocupaban las paredes del pasillo hacia la cocina. Allí los muros forrados en cerámica estaban desnudos. No era un sitio que a ella le agradara. Su aporte al arte culinario lo constituía un listado telefónico donde figuraban los mejores restaurantes y pizzerías de Bogotá. Y una colección de recetarios que de tanto en tanto consultaban los amigos. Aunque compraba leche, queso y frutas en abundancia; y fue debido al olor, agrio, dulzón, a cáscaras de mangos y naranjas podridas, que Estrada descubrió los cabellos al borde del cubo de basura.

—¿Qué pasa con el café? —Leopoldo entró con pasos ágiles y un vaso de whisky en la mano.

Abrió un grifo y escuchó el rumor sedante del agua. Localizó una cafetera, la llenó hasta la mitad y cerró la tapa con fuerza.

—Han trasquilado a Gema —atinó a decir—. Alguien desea hacer chistes crueles —y sin pretenderlo, comenzó a llorar.

II
EL BRILLO Y LA FIESTA

1

Ana Bolena Rojo corría. Los árboles goteaban, sus ramas movidas por una brisa glacial. Sobre el pavimento se formaban charcos y remolinos hediondos que taponaban las alcantarillas. No escuchaba el alboroto de las bocinas, ni veía los automovilistas en tríos, nudos, filas, enzarzados en la proeza de conducir bajo la lluvia. Por un altavoz se anunciaba un encuentro de lucha libre en el Coliseo Cubierto:

Bruno Mala Testa contra el Demonio Encarnado
y la Máscara reta al Carnicero Negro.

Era la tercera vez en la quincena que llegaría tarde a un ensayo. Perdería su trabajo y la oportunidad de surgir como estrella. ¿Quién tenía la culpa? Ella misma, por tarada. Dos noches atrás, durante una sesión de video, atrajo la sal. Estaba chiflada al jugarle una broma de mala leche a Gema. ¿Cómo pudo burlarse de la reina, la mantis religiosa, el monolito sagrado? Seguro; el cacho de hierba que se fumara antes de medirse los trajes de noche.

De cabellos negros, piel de magnolia, tenía la boca grande, dientes perfectos y ojos como uvas moscatel. Era la figura central en una pequeña agencia cuando se presentó al concurso Soy Modelo de la revista *Gema-Galaxia*.

Después de su triunfo todos los comentaristas de farándula dijeron, unánimes, que Ana Bolena Rojo era la criatura perfecta, la belleza ideal. Se detuvo a contemplarse en una vitrina atiborrada de osos, muñecas, gatos mofletudos. Su descolorido abrigo azul, salpicado de barro, la chalina color fucsia, los pantalones ajustados y las botas a las rodillas le otorgaban un aspecto alegre, juvenil. No era un sueño viciado como Gema, ni tenía que acudir a la publicidad extremista para imponer su nombre. Sentía en la boca un gusto a sanguaza, a trapo mojado, el estómago revuelto. ¿Y qué? Nadie iba a notarlo. Ella no necesitaba cremas, masajes, ni ocho horas de sueño, ni una corte al lado batiendo incensarios. Esa misma semana, su fotografía, se destacaba en las portadas de *El Tiempo*, *El Espectador*, *La Patria*, *El Heraldo*, *Semana*, *Cambio* y *El País*.

Media hora tarde. Su Renault se había varado en la setenta y seis, a tres cuadras del edificio de exhibiciones Satín-Gema. ¿Y para qué preocuparse? Los ladrones se habían llevado la radiocasetera, lo único que merecía ser robado.

Ana Bolena entró al edificio de ladrillo, maderas, cristal y cromo, que a lo lejos semejaba una cúpula espacial. Enseñó su identificación al portero, cruzó la puerta giratoria y siguió por la primera nave, decorada como una plazoleta en proceso de construcción y bajo una marquesina. Las dunas de arena, las palas y carretillas, la mezcladora, la artesa con cemento en apariencia fresco, los picos y azadas, el ambiente de caos, humedad y frustración la estremecieron. La lluvia, monótona sobre techos, reforzaba su angustia. Le hubiese gustado recorrer el lugar sin necesidad de ser agredida por Gema.

Ella estaba mirándola con una expresión de total desamparo, abrazándose las rodillas, junto a los ladrillos de un muro medio desplomado —o a medio hacer— en un extremo de la falsa plazoleta en proceso de falsa construcción. Tenía los cabellos lacios, grandes aros de cobre que le llegaban a los hombros y la piel bronceada. En su rostro se destacaban los ojos castaños agrandados al máximo. Vestida con una fina camisa de algodón transmitía desamparo, necesidad de protección, tristeza ante un presente incierto. A sus pies —calzados con toscas sandalias y de uñas pintadas de negro— se amontonaban trajes de encaje blanco, etamina verde alga y terracota, blusas anaranjadas, solferinas y durazno, zapatos tornasolados y corpiños de falla escarlata, limón, mamey, topacio. En sus ojos, hacia el fondo sin fondo, relampagueaba una chispa luminiscente, triunfal y belicosa, suavizada por los labios rojo azafrán que ofrecían pasión ilimitada, entrega, una clase de amor que no exigía respeto, permanencia o compromiso.

Ana Bolena encontraba la plazoleta desoladora y espantoso el maniquí, ejecutado con yeso, fibra de titanio y resina, de un tamaño mayor que el natural —con justas proporciones—, coloreado a pincel hasta lograr la ilusión de carne verdadera, por un afamado pintor.

Las modelos que trabajaban en Satín-Gema le auguraron un completo fracaso a una colección veraniega cuya propaganda en televisión mostraba a Gema entre construcciones, derrumbes, aguaceros, voladuras del pavimento. Ana Bolena se fingió enferma para no trabajar en una campaña de seguimiento, en la misma línea, destinada a las adolescentes.

—Será una gran barrabasada —se dijo durante la exhibición del video piloto—. El público la rechazará de plano. «Hasta la belleza de Gema deprime», pensó.

Pero los compradores habían arrebatado la colección. Las airadas críticas posteriores de clérigos, políticos y educadores solo reforzaron el éxito. La revista *Time* publicó en su portada un aspecto global de la falsa plazoleta, tomado a partir del maniquí, señalándola como símbolo del caos y el desconcierto que imperaban en Colombia (y la violencia, lista a impregnar con sangre el diario acontecer), preguntando si la arena no indicaba la cocaína que pudría los cimientos institucionales con su nefasto poderío. No faltó el analista que se refirió a la influencia de la guerra en los simbolismos utilizados por Gema Brunés y sus creativos. Ana Bolena pidió explicaciones al todopoderoso ejecutivo de Mex, Aurel Estrada, a quien se encontró en un coctel. Él, que había tomado unas copas, le salió con evasivas.

—Mi amigo Leopoldo Maestre sabe todas las respuestas, y él te respondería como el poeta Cáceres.

—¿Ese quién es?

—Cáceres murió hace años, pero su obra es tomada en cuenta por los redactores de diccionarios y manuales de literatura. Te diría que la campaña está basada en la energía arrolladora de Gema; no en la ropa que exhibe, ni en la situación del país. Con otra modelo como eje, sería un fracaso.

—¿Y Leopoldo Maestre?

—Es un tipazo, te encantará. Y no te hagas. En este ambiente todos lo conocen.

—¿Qué tiene de especial Gema?

—¿Qué tienes tú?

—Me llamo Ana Bolena Rojo. Soy más joven y bonita.

—¿Sabes de dónde viene tu nombre? —la miró burlón.

—¿Tengo que saberlo?

—Consulta el diccionario. Así no terminarás decapitada.

Se dirigió a una escalera interior. Las explicaciones de Estrada eran acomodaticias; vivía dominado por la Brunés, con quien estuvo casado y por quien fue incapaz de luchar. Se la cedió a Fernando Urbano, eso lo decía medio mundo, un hombre de poder ilimitado, para no cesar de lamentarse después.

Los diseños veraniegos Bella-Gema daban la vuelta al mundo, pero ella estaba por fuera de la campaña. Un cortometraje del cineasta Renato Vélez, con Gema y su maniquí, logró obtener un primer premio en la Exposición Internacional de Tokio. Y Producciones Satín-Gema había lanzado la muñeca Gami, más económica que la Barbie, que además protagonizaba juegos de video.

Empujó la puerta del tocador. Un fuerte olor a cosméticos y lavanda le estrujó las fosas nasales. Una gota de agua caía en un lavamanos. Desde las duchas llegaban quejidos.

—¿Quién está ahí?

Los quejidos revirtieron en llanto. En la ducha número tres y en el suelo estaba Paula García, la nena del equipo. Clavados a los ojos de la chica se devanaban un miedo pavoroso, una angustia intensa e irracional.

—Muerta —susurró—. Hay rumores desde temprano. Me ha telefoneado Érica. Y aquí como si nada.

Ana Bolena sintió que le faltaba saliva. Las preguntas negándose a ser dichas. Se quitó el sombrero, el abrigo, y los guardó en su casillero. Frente al espejo abrió la gaveta marcada A. B., tomó un pote de leche limpiadora Gema-

Amor y hundió los dedos de la mano derecha en la aromática blancura. Tiritaba al extender el líquido sobre las mejillas y alrededor de las ojeras, de repente inflamadas.

—¿Muerta? ¿Quién está muerta? —la disolvente e incontrolable presencia del miedo y el alivio se entrelazaban en su mente.

Paula salió a gatas de la ducha, el hipo añadido a los sollozos. El cabello ondulado y corto le daba un aire de ángel disfrazado. Los volantes del traje de ceremonia —dama de honor o debutante— desparramados sobre sus nalgas.

—La matamos, la matamos, la matamos; nosotras la matamos, la... —repitió.

—¡Estás borracha! —Ana Bolena fue hacia ella—. ¡Levántate! ¡No seas cretina!

La puerta se abrió de golpe. Era Érica Rainer, la rubia de lino, a quien Gema y Aurel Estrada descubrieran en una cervecería de la Kurfürstendamm, en Berlín, entusiasmándola con la pasarela. Con su español defectuoso, y que tan exótico sonaba, dijo:

—Todas las cosas se fueron a la caraja. ¡Todas y todas!

—¿Qué pasa aquí? Teníamos una sesión de cámaras con maquillaje y vestuario —Ana Bolena luchaba por incorporar a Paula, que persistía en seguir hincada.

—Gema hacer barbaridados, moñotas. ¡Ahora nosotras trabajar como locas, o Satín-Gema fue a la diabla! Dicen que ella estar enferma, mucho mala. ¿Quién acompañarme a un aguardiento? Tú no llores, Paulita; no, no. Vamos que yo invita. Gema suicidarse, montarnos en mucho mierdero.

—Es nuestro problema y crimen —Paula lanzó un manotazo, apartándose de Ana Bolena—. Nosotras la empujamos a matarse, le dijimos vieja, ninfomaníaca, corrompida. Es nuestra culpa. Ahora iremos a su entierro.

—¿Entierro? ¿Dónde? —en el marco de la puerta abierta estaba Juana Inés Calero, la columnista y editora—. ¿Entierro? Yo venía a un ensayo.

—Está suspendido temporalmente —dijo Érica, de repente, con perfecta modulación.

Paula García sorbió el lloriqueo, asiéndose al brazo de Ana Bolena que antes había rechazado.

—Tú, yo, Érica. Todas la empujamos al suicidio.

—¿A quién? —preguntó Juana Inés Calero.

—¡Ustedes, cállense! No digan estupideces.

—¡Qué interesante! —comentó la Calero—. ¿Qué sucede con el desfile? ¿Dónde está Gema Brunés?

Érica Rainer, un fulgor insospechado en sus ojos miosotis, miró a Juana Inés Calero con desdén.

—El desfile no ser asunto suyo. Gema tampoco.

—Mejor se marcha —con suavidad, Ana Bolena guiaba a Paula hacia las bancas adosadas a las paredes laterales al espejo.

—Necesito información.

—Búsquesela en otra parte— Ana Bolena temblaba. Sin embargo, inmovilizó a Paula y se enfrentó a la Calero. Tenía el rostro congestionado, grasiento.

—No es manera de tratar a una amiga de Gema —protestó Juana Inés.

—Usted salir, no molestar aquí —dijo Érica.

Ana Bolena abrió la caja de pañuelos faciales colocada sobre el tocador y comenzó a frotarse la barbilla.

—Una limpieza perfecta— anunció—. Gema siempre dice lo mismo: «El secreto de una piel joven y lozana se inicia con una limpieza perfecta».

—Gema está muerta... ¿sí o no? —inquirió Juana.

Paula hipó mientras doblaba las rodillas para sentarse.

Gema muerta. ¡Era lo impensable! Ana Bolena no tenía ni veinte mil pesos en el bolso, ni doscientos mil en el banco. Gema le había prometido un adelanto. Era narcisista y desalmada, pero el dinero le rodaba de los dedos; ¿con qué iba a vivir y pagar gastos? A no ser que se encontrase a un admirador aficionado a los buenos restaurantes y con ganas de tirar, haría dieta obligatoria. Salchichas o mortadela, Coca-Cola, caldo con pan viejo y huevos. ¡Detestaba el caldo concentrado! Su aroma le olía a pobreza, comida de putas. No obstante, la sensación de alivio persistía. Nadie la echaría a la calle... De repente, ella podría tener su oportunidad y convertirse en la niña bonita de Aurel Estrada, ¿por qué no? Quizás atrajese la atención del elemento masculino del clan Urbano, ¿por qué por qué por qué no? La muerte de la doña podría deparar muchísimos beneficios. Era la misma Gema quien decía: «Mejor un amante rico que un marido con empleo fijo».

—¿Es que nadie sabe nada aquí? —preguntaba Juana Inés Calero empeñada en hacerlas hablar—. ¿Es cierta la noticia? ¿Cuándo sucedió? ¿Cómo? ¿Suicidio o accidente?

—No sepo nada. No hay ninguna entierra —Érica sonreía.

—Chicas, tenemos que preparar un desfile. Aquí usted es *Verboten*. Gema no gustaba de usted.

—Soy material disponible —Ana Bolena terminó de limpiarse los párpados y las cejas, lentamente, como si tuviese todo el tiempo del mundo—. Érica tiene razón. No sabemos nada.

—Cierto y cierto. No vimos nada —chilló Paula—. Gema está retrasada, o tiene catarro o jaqueca.

—En paz descanse —Juana Inés no pensaba salir vencida. Las haría hablar. Seguro—. ¡Dios la tenga en su gloria! ¿En dónde es el velatorio?

—¿Cuál velatorio? —preguntó Érica.

—Si hay entierro, hay velación; ¿dónde está el cadáver?

—No es asunto suyo —la desafió Ana Bolena—. A usted no le interesa Gema. Ha escrito horrores sobre ella, y nosotras debemos trabajar.

Ninguna de las modelos quería colaborar. No les sacaría nada. Juana Inés pensó que no valía la pena insistir, arriesgarse a ser vinculada a la desaparición de Gema. Bastaría con describir el ambiente, la ausencia de fotógrafos y peinadores, el desconcierto y confusión.

—¿Así que ustedes no la mataron? ¿Qué significa? ¿Qué sucedió aquí? —abrió la puerta e hizo señas al fotógrafo que esperaba en el pasillo, quien entró como una ráfaga y comenzó a derrochar placas.

Juana Inés Calero escuchó los chillidos de Paula, a quien se le había pasmado la borrachera, y un «¡Ataja a esa vieja! ¡Quiere acabar con Satín-Gema!». Ana Bolena y Érica, estaba muy claro, temían la muerte de Gema —aun sin haberla confirmado— pero no lo aceptaban en público. Un hecho que si no era ya cierto, no tardaría en serlo.

Gema agonizaba cuando Juana Inés la registró en una pequeña clínica recién fundada, sin ningún renombre. Figuraba como María Gema Nieves Brunelés, con parientes, domicilio, teléfonos falsos. ¿Quién podría asociarla con la exquisita, sofisticada y tan amada Gema, al verla trasquilada, babeante, sucia e incontinente?

—¡Atájala!

Paula y Érica Rainer se abalanzaron sobre Juana Inés, aferrándola por los brazos, sin atender sus gritos y reclamos.

—¡Tú! —increpó al fotógrafo—. ¿Qué haces? ¡Llama a los vigilantes! ¡Grita, pide auxilio, maricón!

El muchacho, un tal John Lino Ortega, de cabellos negros anudados en coleta y espejuelos de tía solterona, silbaba. Ana Bolena lo había despojado de la cámara y amenazaba con estrellarla contra la pared.

—¡Grita! ¡Marca el 112, que venga la policía!

—Voy en serio. La volveré trizas.

—¿Yo qué puedo hacer? La cámara me costó un dineral.

—Te prometo un equipo de trabajo completo. Doble paga por gráfica. Un estudio en la revista.

—Me encantaría servirte, linda. Esto no es invento mío. Ni entiendo lo que sucede.

—No te hagas el cretino. ¡Pide ayuda! Te prometo...

—¿Qué hacemos con ella? —inquirió Paula.

—Al cuarto de la limpieza o la bodega. ¡Rápido! ¿Dónde están las llaves?

—¡Haz algo! —gritó Juana Inés—. ¡Tendrás lo que quieras y como lo quieras!

—Por escrito, y de tu puño y letra.

—¿Qué pasa? ¿No crees en mi palabra?

—Ni pizca —dijo con sorna—. Aún me debes gráficas del trimestre pasado. Y desde hace dos años estoy esperando que me pagues lo que yo valgo. ¡Todo! Además...

—¡Lo que quieras! ¡Como lo quieras!

Ana Bolena encontró las llaves en un casillero rotulado *Disponibles*. Dijo «Vamos» mientras las otras empujaban a Juana Inés hacia el sector de las duchas. Ella intentó zafarse, propinándoles patadas y codazos.

—¿Lo que yo quiera? —el muchacho sonrió mostrando todos sus dientes, blancos, desiguales, insolentes—. ¿En serio? Insisto, que sea por escrito, de tu puño y rúbrica, amor.

—¿Cómo podría hacerlo? —bufó.

—¿Hasta ahora te das cuenta? Hay un imponderable.

Juana Inés Calero intensificó el forcejeo y las patadas al aire, a las piernas de la chica con rostro embotado, a la alemana, al piso. Incrédula, escupió todas las vulgaridades que había escuchado a impresores, fotógrafos, periodistas, secretarias, voceadores de prensa, en sus años de trabajo.

—Feto inmundo. Te crucificaré. ¡Te haré hilachas! ¡No volverás a trabajar en ningún medio!

Las llaves tintinearon. Juana Inés perdió un zapato cuando la sacaban casi en vilo hacia un patio interior. El fotógrafo sacó la lengua y le hizo ruidos y señas obscenos.

—... ¿Quién sufriría? Puedo vender esta historia con pelos, tetas y señales. Conozco revistas que la comprarían a ojos cerrados.

Sin decir palabra, Ana Bolena le devolvió la cámara. El muchacho la accionó muchas veces como una exhalación.

—¡Malditos sean! —gritó Juana Inés, antes de caer en un cuarto atestado de tarros, jabones y cepillos, como las fauces de un animal prehistórico que esperara hambriento para devorarla.

Escuchó risas. La cerradura giró. Olores entreverados a desinfectante, trapos húmedos y agrios, cera, ambientadores, jabón, azotaron su olfato.

—¡Voy a redactar el obituario! —les gritó a sus extraños carceleros—. ¡Gema Brunés está muerta, y yo escribiré sobre ella y sobre ustedes cuanto se me antoje!

Nadie respondió. La línea de luz que enmarcaba la estrecha hoja de la puerta había desaparecido.

2

Cuando Estrada regresó a la fiesta, Genaro Fonseca y su esposa Catalina iban en camino de un vía crucis trazado de manera insoslayable. Despecho, llanto, acusaciones atesorados con inquina avariciosa. El empresario en un Mercedes blindado y seguido por los automóviles de su nutrida escolta. Ella como pasajera de un Skoda; el chofer y un motociclista a la zaga por toda compañía.

Junto a Marlene Tello y el portón abierto, Estrada los contempló con un sabor amargo entre la lengua y la nariz. El cielo estallaba remecido por incontables fuegos artificiales y la ciudad parecía sometida a los relámpagos que los antiguos atribuían a la cólera de los dioses. Bordado por luces escarchadas y tapices ilusorios, humo, un intenso olor a pólvora, el jardín semejaba un templo lunar abandonado por sus fieles después del sacrificio.

Los camareros disponían un copioso desayuno sobre la mesa del salón, renovada con manteles blancos. Se repartía caldo, vino, jerez, cerveza, agua mineral. A un costado de la chimenea Fernando Urbano y el poeta Cáceres, rodeados por los rezagados, contaban chistes. Casual o adrede, sobre maridos traicionados.

—Nos vemos más tarde —dijo Marlene—. Tengo que ir a casa, saludar a mamá. ¿Quieres esperarme?

—El resto de mi vida.

—Tan chistoso. De pronto te tomo la palabra.

En la cocina, sentado en un banco, Leopoldo Maestre —que tenía raspones y una herida en la frente—, detenida la sangre e intacta su euforia, se dejaba limpiar con alcohol y agua oxigenada por Columba, la hija menor de Urbano.

—¿Juana?

—Se ha ido.

—¿Qué dijo?

—Nada, que yo sepa. Me pidió cuidar de su niña. ¿Cómo estás?

—Bien. La sangre es escandalosa, y lástima de mi traje. No creo que tenga salvación. Aunque con las mujeres hay que estar preparados y en las trincheras.

—Silencio. Déjame terminar en paz.

—Como ordene, doctora.

Estrada salió de la cocina. No tenía intención de hacer comentarios, arruinar las nuevas amistades o perder de vista a Marlene Tello. Sabía que el encanto derrochado por el socio de su padre no le impedía haber destrozado lazos afectivos y que sus títulos de amigo íntimo, confidente, eran engañosos. África Sierra ni siquiera estuvo a tono con el desastre. Se había marchado en seguida.

—El café... ¡ya está listo el café! —anunció Antonia Urbano, que ofrecía una taza a su padre.

Estrada se acomodó en un sillón y se dejó llevar por la modorra. Despertó bajo la mirada intensa de Marlene, con *jeans*, saco de lana y zapatos planos, que le extendía una servilleta en las rodillas. Le había servido huevos revueltos, pan francés, jamón, cebollas fritas. Estuvo a su lado hasta que devoró la última migaja. Retiró el plato, fue al comedor y regresó con un jarro de cerveza helada.

—Leopoldo y los Urbano quieren seguir la rumba. Y no me puedo rehusar. No tengo pretexto.

Estrada sintió el líquido irrumpir en sus venas. ¿Fiesta? No. No le apetecía. Mejor pasar el día solos.

—¿Quieres acompañarnos?

Dijo «Sí, vamos» a cuanto ella le propuso, pero consciente de sus promesas, se dirigió a la planta baja, a la alcoba de Leopoldo Maestre.

—Tengo una niña que cuidar.

—No hablarás en serio. Aquí estará muy bien.

—Prometí hacerme cargo.

—Debe estar dormida.

Se escuchaban voces en el interior de la habitación. Las luces estaban encendidas. Estrada golpeó dos veces. Una voz delgada gritó «Siga». Diminuta contra el espaldar de la gran cama y blandos almohadones, la chiquilla no apartó los ojos del televisor. A su lado, en una mesa de mármol, había un tazón con helado y salchichas cubiertas por hilos de mostaza.

—Hola.

Ceremoniosa, ella colocó una cuchara sopera en el plato que tenía en el regazo.

—Mamá llamó por teléfono... ¿Tú eres Aurel?

Limpiándose los labios con una servilleta, cortés e infantil, a la vez plena de sabia coquetería, preguntó:

—¿A dónde vamos? Ella dice que debo obedecerte por el día de hoy.

—¿Dónde está Juana? —la voz de Marlene sonaba a reproche.

—Ni idea. Se peleó con mi tío Leopoldo. Eso le dará jaqueca y dolor de barriga.

—¡Niña!

—Me llamo Carmín —se mofó—. No soy ninguna «niña».

—Nos vamos —dijo él.

—¿Eres mi amigo?

—Tu nueva niñera.

—¿Conocías a mi papá?

—Tal vez.

—Está muerto. Yo lo acompañaba. Ruummmmmm rrrrra rammmm nos atropelló una tractomula y volvió a papá y al carro dos. A mí no me pasó nada. Ni me dolió el totazo.

—Salían de una finca a la madrugada. Carmiña se portó a la altura. Caminó largo rato en la oscuridad, hasta llegar a una casa —Marlene se dulcificó.

—¿La tonta de Marlene es tu novia?

—No te importa.

—Sí, es mi novia.

—¿Es o no es?

—Claro que sí —Marlene le alborotó el cabello—. ¿Estás contenta?

—Los novios ya no se usan. Eso dice mamá. Así que ustedes están *out* —y pronunció *out* arrastrando las letras, una sonrisa de gato recién nacido de mejilla a mejilla.

La niña retiró el plato, las mantas, se frotó los párpados. Cuando saltó de la cama, Estrada advirtió las uñitas pintadas de rojo en manos y pies. Era preciosa y estaba vestida como la madre, con idéntico traje negro, largo, sin mangas o adornos. A los pies de la cama tenía un abrigo de piel y zapatos escotados. No faltaba siquiera el vaporoso pañuelo color lavanda. Aún conservaba restos del peinado en aureola.

En el baño se lavó el rostro y el cuello con agua fría y ordenó su melena. La ropa extravagante acentuaba su expresión de niña precoz, atrevida, nunca contrariada.

—¿A dónde vamos? —cargaba a una muñeca calva. Tenía los labios embadurnados de rojo fuego y no era más que una niña.

3

Era cursi y patético, en momentos tan difíciles, recordar hora por hora los detalles de aquel año nuevo, escuchar los nombres de Marlene y Carmiña por primera vez y transitar sobre sus propios pasos hasta la habitación decorada en oro y café maduro, cuando al tomar a una chiquilla desconocida entre los brazos había iniciado la ruta de Gema Brunés.

Sentado en la cafetería del hospital Moderno, ante la taza de café aguado y sin probar una hamburguesa con pan de molde —primer intento de comer en varias horas—, Estrada supo que su matrimonio estaba próximo a desmoronarse. Frente a él, Leopoldo Maestre estudiaba un directorio telefónico obtenido de una empleada del mostrador. Bajo las cejas grises sus ojos pálidos relucían en el rostro carnoso, ancho, el mentón como un trozo de harina recién amasado.

—Gema tiene que encontrarse en una clínica pequeña, costosa y situada en el norte. No en un hospital de caridad, ni en un establecimiento del Seguro Social. Es difícil conseguir ambulancias tan rápido en esta ciudad —y señalaba con una pluma fuente las direcciones.

En el curso del día se había animado y, de pronto, derrochaba energías. La búsqueda de Gema parecía inyectar un condimento extra a su diaria rutina que fluctuaba del ser anfitrión al ser invitado.

—Es increíble —dijo—. Como clínicas figuran negocios que refaccionan muñecas, ropa usada, porcelanas. Dar con Gema será difícil, pero no imposible... ¿Qué le pasó a tu hambre?

—Esta cosa parece horrible.

—Las hamburguesas son carne molida con afrecho o pan viejo. No las aguanto. Un vicio menos.

Olía a colonia y menta. Parecía un topo blancuzco con ropa de marca, que dedicaba vida e inteligencia a conseguir mujeres y a hacerse detestar luego por ellas. Una vez más, Aurel se preguntó qué verían en él, y se respondió lo mismo de siempre: desfachatez, simpatía, calculada generosidad y tiempo sobrante. Leopoldo permanecía en casa la mayor parte del día, el teléfono a la mano, para escuchar las confidencias y letanías de sus amigas. No tenía horario de trabajo y sí una gran cama para acogerlas en sus tristezas y desengaños. Amigo afectuoso, en apariencia desinteresado, solidario e incondicional.

—¿Vamos?

Era una cafetería donde se pagaba antes de consumir. Salieron entre las mesas atestadas de visitantes ansiosos, enfermeras uniformadas, dependientes de floristerías, médicos e internos. Reinaba un vaho a detergentes y comida. Aurel juró que en su vida pediría otra hamburguesa. Los hombres de aquellas ciudades por las que su pensamiento transitaba no pudieron concebir alimento semejante. Ni siquiera los bellos atlantes pudieron imaginar la institución de la comida rápida, la cultura del *jean*, los tenis, el rock y las comunicaciones a distancia. Menos los cautelosos habitantes de la subterránea Derinkuyu, con sus niveles, arsenales, pozos de ventilación, sepulturas, galerías de escape. Tampoco los de Eridú y Eshnunna, ciudades veneradas por los sumerios. En cambio El Dorado, país de riquezas incalculables y caciques que honraban a sus dioses bañados en polvo de oro, de existir, sería cuna de inventos futuristas y negocios en cadena, aunque la leyenda lo situara en la tupida selva americana. Era alivio y alegría pensar en En-Soph, el lugar en donde todo conocimiento es posible y en un mismo instante. Erech, la rival de Kis, gobernada por el poderoso rey Meskiagger. El Yafri, en Arabia, a donde ningún extranjero ha llegado. En ese orden tendría que enumerar las ciudades fenicias, y era lógico pensar en aceite, cebollas, pan de trigo, vino, gachas, uvas, miel. Sería interesante realizar paralelos, juegos virtuales, encadenar territorios con símbolos de dominio. Las inscripciones en las tumbas etruscas. Los relieves de las hazañas de Asurbanipal. El sol. Las águilas del imperio romano antes de la cruz. Media luna, hoz y martillo, esvásticas. Los letreros McDonald's, Coca-Cola, Marlboro, en los siglos XX y XXI. Filmaciones Estrada presenta *Signos y ciudades*. Idea y guión: Aurel Estrada.

4

Apretujado contra la ventanilla empañada, junto a Marlene y Antonia Urbano, la niña sobre sus rodillas, Estrada despertó de un sueño breve. Como a las cinco había subido al Ford del poeta Cáceres, quien condujo por la carrera séptima en dirección norte y se desvió un tanto al occidente, hacia un barrio silencioso, arborizado. Bogotá yacía entre una niebla espesa como de alumbre aguado, que cegaba las montañas —Monserrate y Guadalupe— y descendía tras los edificios, deshilachándose en esquinas, ladrillos, siluetas. Luces agónicas brillaban suspendidas sobre las fachadas, azoteas, asfalto y avenidas. El Mercedes de Leopoldo tomó la delantera. La caravana de seis automóviles invadió la calle.

La casa de ladrillos desteñidos tenía un descuidado jardín, reja metálica, techos puntiagudos y ventanas de cristales emplomados. En la cuadra todas las edificaciones eran similares, rescoldos de una época elegante. Los avisos de gimnasios, escuelas de cocina y repostería, pollos asados, pizzerías, salones de belleza, estudios de grabación, fotografías, titilaban en muros y puertas.

Ante la bulla y los pitos salió a recibirlos una mujer trigueña y grandota, de nariz recta y mandíbula cuadrada, que sonreía con dientes anchos, separados. Tenía la cabeza de manzana embreada y párpados con líneas negras. De anchos hombros, movía sus enormes pechos bajo una manta guajira. El verde oro de la tela abrillantaba sus ojazos negros.

Estrada la reconoció en seguida. La había visto en televisión, como activista y miembro fundador del Movimiento Independencia Liberal, creado para atajar a los grupos formados por los «ex» de las guerrillas y el paramilitarismo, que surgían con inusitada fuerza. Se la consideraba una mujer con audacia masculina, sin perder su esencia de atractiva feminidad. Estaba casada con Domingo Brunelés, un cantante de cierto renombre, quien viajaba parte del año con una compañía de zarzuelas y creía ser heredero directo del verdadero espíritu español.

Saturia Duarte tenía un sitio privilegiado en la organización. Si bien en el país numerosas mujeres se dedicaban a la política, ninguna se atrevía a enfrentar las plazas públicas, concentraciones multitudinarias, marchas y protestas, con un sentimiento popular. Saturia Duarte no le temía a cabalgar durante horas sobre una mula, atravesar inundaciones y barrizales, ni acudir a pueblos y veredas en donde imperaba la guerra; a comunas o tugurios que no admitían la presencia del ejército y la policía. Tomaba aguardiente y ron a pico de botella. Solía interpretar con la guitarra y voz áspera, enfebrecida, canciones arrabaleras. Aceptaba la comida de cada región sin remilgos. No se molestaba cuando, en su cara, le gritaban «¡Eh, María de los Guardias!», «Tú, la Araña», debido a los rumores de integrar un trío con Fernando Urbano y Leopoldo Maestre.

Domingo Brunelés, de apellido artístico Las Eras, salió de la cocina. Llevaba un delantal de cuadros sobre pantalones estrechos y camisa de seda blanca; el cabello negro alisado y una cadena con la Virgen de Montserrat al cuello. Dijo que estaba preparando una tortilla de patatas para desayunar y que todos eran bienvenidos.

El comedor estaba lleno de gente que lavaba monedas y cuarzos en un platón para atraer la buena suerte. Vecinos, tenientes políticos con sus mujeres, niños que devoraban los restos de una paella. En cambio, la sala se encontraba casi vacía. Desde el equipo de sonido, nuevo y costoso, la voz de Carlos Vives seducía.

Cuando Estrada sentó a la niña en un sofá, divisó a la pareja que bailaba junto a una ventana. El oleaje evanescente del amanecer a través de los cristales emplomados descendía sobre ellos, de manera que parecían moverse a través de un paisaje otoñal y encerrados en la elipse de una llovizna. Giraban mirándose a los ojos, sus cuerpos desmadejados y unidos por las palmas de las manos, como si fuesen siameses cuyos dedos (sin uñas ni huesos) sellasen una nueva entidad, otra forma gloriosa de vida.

Estrada escuchó a Ofelia Valle susurrar incrédula: «¡Son increíbles, maravillosos!». Su rostro había palidecido, el blanco de los ojos adquirió el color de pupilas oxidadas; ronchas cardenales le salpicaron la frente. Una revelación había caído sobre ella, como diría después, al burlarse de sí misma.

—¡Son maravillosos! —repitió.

Gema tendría unos doce o trece años y vestía un traje estampado en ocres y amarillos, con cuello de opal blanco. Tenía los cabellos apelmazados por una sustancia que resultó ser azúcar, pues en casa de los Brunelés Duarte (el Brunés surgiría después) creían que un baño dulce al iniciar el año atraía la energía positiva. El muchacho de melena, tres o cuatro años mayor, usaba camisa y pantalones negros, aros de plata en el cuello y las muñecas. Ambos poseían piel dorada, rostros angulosos que el incipiente amanecer sabanero iluminaba con destellos de oro y azogue. Estaban descalzos, los pies hundidos en una vieja alfombra gris tierra, tanto que a cierta distancia parecían levitar.

—Quiero agua —pidió Carmín, sin que nadie le prestara atención.

—Son tan hermosos que dan asco —pontificó el poeta Cáceres.

—Quiero Coca-Cola y hacer pipí.

Pero no todas las personas son susceptibles de caer bajo el yugo de la magia. Leopoldo Maestre quebró el hechizo con una risotada al reclamar la atención de Gema.

—Venga para acá, mi china, ¡a darle un beso a su padrino!

—Adivinen quién acaba de llegar... ¡El jefe Urbano con toda su familia! —gritaba Saturia.

El muchacho se desprendió primero de la elipse que estaba convirtiéndose en bruma. Gema se acercó a saludar. Estrada sentía la sangre crepitar y derretirse por sus arterias. Era una fulgurante premonición, enraizada en los más profundos túneles del subconsciente, que tanto la niña Carmín como la experimentada Ofelia Valle advirtieron, intuitivas, aunque sin asociarla al peligro real que los siameses, aun separados, encarnaban.

Ella besó primero a Leopoldo Maestre llamándolo «papito», en seguida a Fernando Urbano y recibió con expresión maravillada e ingenua un cheque obsequiado por Antonia, en nombre de su padre y hermanos, que desapareció en un bolsillo del vestido estilo colegial. Después saludó a los otros visitantes.

—Soy Helios, ¿y tú? —el muchacho tuteaba a Ofelia Valle—. ¿Qué deseas tomar, linda? ¿Refajo, ron o aguardiente?

Estrada sintió que la niña tironeaba su chaqueta y, sobre los hombros, el pesado brazo de Ofelia Valle oprimiéndolo en silencio. Sumadas a la voz delgada de Carmín y a la risa de Leopoldo Maestre subían otras risas, el fragor de la pólvora, otra canción a todo volumen.

La víspera de año nuevo
estando la noche serena.

Columba y Antonia Urbano, la cocinera, el chofer, los camareros, entregaban al matrimonio Brunelés tres cajas colmadas de enlatados, garrafones de whisky, embutidos, panes envueltos en papel aluminio. La amiga de Ofelia Valle bailaba copa en alto, reproches contenidos en los ojos adormilados.

Estrada cargó a la niña y quiso llevarla de nuevo al sofá. El mueble, a un costado de la chimenea encendida, estaba ocupado por el senador. Hijos y amigos lo rodeaban, atentos a sus deseos. Fastidiada, Carmín pataleaba.

—Quiero ir a mi casa. ¡Quiero estar con Juana! —estaba a punto del lloriqueo y Estrada la depositó en la alfombra.

—Beso a papá —inclinándose, Leopoldo le lanzó un pescozón, correctivo y afectuoso.

—¡No me da la gana!

—Beso a papá.

Ella cedió ante el tono áspero de la voz. Leopoldo recibió el beso con expresión adusta; propinándole golpecitos en la cabeza y el trasero, la envió a jugar con los otros niños.

—Es cuestión de experiencia, mi querido Aurel. Soy abuelo desde los cuarenta. ¡Vamos, quiero otro trago y otro amor!

Al empujar la puerta batiente de la cocina encontraron a Gema y a Marlene ocupadas en lavar copas. Leopoldo presumió:

—¿Dónde viste nenas tan lindas? ¡En ninguna otra parte del mundo! Beso a papá —exigió, y ambas se lo dieron, mansas.

—Aquí la linda es Gema. Ella nació para ser modelo —dijo Marlene.

En los detalles de aquella madrugada, Estrada veía a Gema por milésima y primera vez. De ojos como carbunclos engarzados en el óvalo satinado, de cerca desilusionaba. Comparada con la exuberancia de la madre y la increíble hermosura del muchacho, resultaba un tanto desteñida. Además, los labios y los ojos eran demasiado grandes comparados con la delicada nariz y los acusados ángulos del rostro. Sin embargo, al hablar su atractivo redoblaba fuerzas, como si en su interior aquella chica acrisolara la vitalidad y hermosura que Saturia Duarte y el compañero de baile derrochaban sin tino.

—No son hermanos —dijo Marlene, como si adivinara sus pensamientos—, apenas lo parecen.

Marlene Tello, considerada entonces «precoz, genial y terrible» entre los comunicadores, y excelente fotógrafa, percibía lo mismo que Estrada, aunque desde otro prisma. Gema y Helios la impresionaban en un sentido estético, con proyecciones comerciales. Hacía unos dos años que no visitaba a los Brunelés y era notable el cambio que habían tenido los chicos durante ese lapso.

—Ambos tienen condiciones para modelar, ¿no te parece?

—Si no es su hermano, ¿quién es? —a Estrada le intrigaba el parecido.

—Un sobrino o ahijado de la vieja, creo. Aquí lo que interesa es saber si aceptaría hacer una prueba. Con Gema no hay problema. A los padres les encantará la idea... —y con un poco de sorna—: se las dan de artistas.

Tenía claras las palabras de Marlene Tello. Palabras que iniciarían la carrera de Gema, a la que él estaría uncido, por razones que todavía no comprendía en su absoluta dimensión, puesto que iban más allá del amor y la pasión, el sexo, la voluntad, el destino mismo.

Marlene creía haber encontrado una mina de oro. Su teoría, expuesta más de una vez en la agencia, subestimaba las tácticas de ventas que universalizaban los gustos femeninos y hacían a un lado la individualidad. No era suficiente complacer por igual a bellezas, amas de casa, ejecutivas, secretarias, santas, asesinas, estudiantes y prostitutas. Era preciso contar con el otro tipo de mujeres, las que se esconden larvadas tras una figura común. Aquellas que no están conformes con el tipo oficial. Las que no desean atraer sino escaparse de la multitud, y quienes para hacerlo aceptan sin vacilar los cambios que no se amolden a la masificación, así los mismos signifiquen censura o rechazo.

—Crearemos una nueva modelo —dijo entonces Marlene, con esas u otras palabras—. Una que rescate lo diferente en cada mujer y convierta todos los defectos físicos en atributos. Y podría ser Gema, ¿por qué no?

Los planes se iniciaron alrededor de la tortilla con pimientos, un segundo desayuno —tal vez almuerzo— que tomaron en una gran mesa cubierta con mantel de encaje valenciano. Mientras Fernando Urbano comía despacio, sus hijas, Saturia Duarte y Gema estaban atentas a si quería sal, mostaza, pan, vino.

—Hay que acentuar el negro de los cabellos de Gema —había manifestado Marlene, otra frase exacta que podía recordar.

Leopoldo Maestre, dormido en una silla, la boca cerrada, desplazaba silbantes ronquidos por la nariz. Domingo Brunelés preguntaba «¿en cuánto tiempo?», Marlene explicaba que le tomaría por lo menos un año el encauzar a sus futuros pupilos. Necesitaría dinero para matricularlos en las mejores academias, aeróbicos, danza y *glamour*. Más tarde, Gema requeriría un vestuario recursivo, pues su intención era presentarla al concurso Modelo del Año. Si resultaba ganadora (eso lo daba por seguro) la inscribiría en La Modelo Primavera y en otros certámenes que derivaran en una sólida carrera. En cuanto a Helios, le garantizaba buenas oportunidades. Hasta podría hacer carrera como actor o animador. Muchas figuras del espectáculo se iniciaron como extras de comerciales, explicó.

—Ninguno de los dos es buen estudiante —dijo Saturia—. Son iguales. Les encanta exhibirse. Estarán que ni pintados para desfilar o actuar.

—Con el debido respaldo alcanzarán un éxito rotundo. El talento les viene de raza —se ufanó Domingo Brunelés.

Ofelia Valle —que había escuchado los planes en silencio— sorprendió a todos comprometiéndose a invertir dinero. Propuesta que ocasionó ostensible mal humor a la chica que la acompañaba, a quien nadie hizo ningún caso, ni al retirarse de la mesa, tomar abrigo y cartera y salir a los portazos.

Luego el pasado trajo la voz entusiasmada de Marlene. Se dirigían, siempre en caravana, a casa de los Urbano. Transformaría a Gema. Haría de ella un símbolo del siglo

XXI. Una diva que afirmara la identidad y el orgullo de las mujeres del Tercer Mundo. Ella podría derrotar a los tipos de belleza imperantes: lo mismo a las europeas aplaudidas en París, Berlín, Madrid y Roma, que a las chicas tipo-gringo-Nueva York-Manhattan, las rubias lánguidas, las estrellas encasilladas en la moda rock, las sirenas calcadas-de-miss-universo y las muñecas plásticas. Ni siquiera las amazonas, negras o nórdicas, resistirían la comparación. Menos las japonesas, hindúes o rusas. El ámbito publicitario sufriría un auténtico remezón.

Estrada decía «Sí, sí», desde el umbral del cansancio y la modorra, Carmín dormida contra su pecho, tras las huellas y la música de Orfeo, hacia otra fiesta, el laberinto de Gema Brunés, del cual aún no encontraba el camino de salida.

5

1. Cada mujer es única. Cuide su físico y olvide sus defectos. No soy una diosa, pero conozco una por una mis cualidades. La belleza es magia, inteligencia, alegría e imaginación.

2. Nacimos del mar y tornaremos al mar. Báñese con agua fría. Beba de diez a doce vasos de agua filtrada y una copa de champaña al día.

3. Evite la sal, el dulce, los alimentos grasos. Comer en exceso es atentar contra el cuerpo, el espíritu y el aliento. Si consume frutas, exhalará el aroma de las frutas.

4. Un cutis radiante y un cuerpo perfecto no necesitan demasiados adornos. El cabello sedoso y brillante es la más fabulosa de las joyas.

5. Para limpiar y nutrir su piel utilice preparados de flores y hierbas. Maquillarse es amarse. Recuerde: no existe mejor elíxir de belleza y juventud que el amor de un hombre.

Marlene Tello cruzó las piernas y saboreó el vino blanco que la casa brindaba a sus clientes. La copa y el licor eran de excelente calidad. Sin embargo, la nueva decoración no la convencía. El salón de recepciones, remodelado desde su última visita, semejaba la escenografía de una comedia musical. El piso de mármol negro contrastaba con los muros hexagonales barnizados de gris perla y las alfombras vino tinto. Los «consejos para triunfar» ocupaban la pared frontera grabados sobre dos placas de metal oscuro, bruñido. Los muebles geométricos, de metal y plástico, eran cómodos, livianos, diseñados para acentuar la sensación de irrealidad.

Marlene se sabía de memoria aquellos consejos. La mayor parte tenía como fuente a otras personalidades. Fueron recopilados, fusilados, adaptados a la imagen de la modelo por los redactores de la agencia Mex.

6. Ser bella es ser usted misma. Los ejercicios ayudan tanto a la mente como al cuerpo. Si puede practicar una o dos horas semanales de natación y pedalear veinte minutos diarios en una bicicleta fija, se librará de complejos residuales.

7. Perfumes y colonias deben ser de óptima calidad. Ojalá mezclados a tono con su química personal. Según la ocasión, aplique unas gotas o ¡báñese en ellos! Negocios son negocios. Amor-Amor.

8. Cultive un suave bronceado aunque tenga que utilizar una lámpara. Para la mayoría de la gente una piel dorada significa la orilla del mar. Es decir, balnearios, yates, dinero a espuertas. Fiestas. Gente poderosa.

Estaban impresos en un lujoso plegable, con fotografías de las modelos de Satín-Gema, que se vendía y revendía en casetas de periódicos, semáforos y bombas de gasolina, la carrera séptima y la calle cien, las avenidas diecinueve del centro y el norte, librerías, el aeropuerto y los centros comerciales.

También suscitaban comentarios y críticas en programas de chismes y variedades en radio y televisión. Se decía que los rumores sobre el suicidio de Gema eran falsos, y la cancelación del lanzamiento de la colección Gaia no era una broma del clan de Los Ociólogos, sino un ataque de grupos extremistas que se identificaban al señalar a Gema como un estandarte de la frivolidad, el sexo-imagen, el caos político y social que imperaba en el país. El columnista de un importante matutino, que Marlene había leído con el primer cigarrillo, escribía: «Los terroristas, no contentos con dinamitar oleoductos, asesinar líderes políticos y sindicales, periodistas y militares, secuestrar lo mismo personajes que niños o ciudadanos indefensos, comienzan a ensañarse con figuras del arte y la farándula». Citaban los nombres de actores, cantantes, pintores, escritores, exiliados en España, Cuba, Estados Unidos y Alemania.

Lo que ningún analista se atrevía a decir, ni siquiera a insinuar era que, en su calidad de protegida y amiga íntima de la familia Urbano, Gema era vigilada por el enemigo.

Marlene Tello abandonó la silla y depositó la copa sobre una mesa que parecía un hongo de cristal. La renovada decoración del salón afirmaba su idea de grabar dos o tres programas sobre Gema, estuviese viva o muerta. Iniciaría el primer segmento con el desfile y retrocedería a las etapas claves en la carrera de aquella modelo que había trascendido su medio y profesión para convertirse en un ser mítico. Felisa Riera, creativa-ejecutiva de Mex, tenía reservado con anticipación un lugar estratégico para los camarógrafos de *Famosos con Marlene Tello*.

Si Gema había muerto (y no descartaba la posibilidad), estaba dispuesta a utilizar la historia de la broma que recorría la ciudad. Una de esas fantasías que por su malevolencia encantan a los bogotanos. Por eso toleraba el retraso de Érica Rainer, su candidata para despejar dudas. No es que la rubia hubiese prometido hablar. No, en concreto. Aunque el deseo de protagonismo, y superar la sombra de Gema, impartía un aire febril a los ojos miosotis. Sería fácil pulsar su vena comunicativa. Terminaría por ceder, vendería alma y lealtad a un precio justo: media hora en televisión. Y es que la mayoría de las modelos eran iguales. Larvas primero, mariposas luego, presentadoras, actrices y empresarias potenciales después. No todas tenían la suerte de encontrar a un Aurel Estrada y a una Marlene Tello para ser salvadas del éxito efímero asignado por la belleza misma antes de alcanzar el anonimato.

Una chica de mallas grises y cabellos recogidos bajo una campana de seda fresa le brindó más vino. Como la bandeja y la copa eran de cristal y sus zapatillas transparentes, más que caminar parecía aunar una serie de cuentos infantiles: la doncella chibcha ahogada en una laguna; la muchacha que danzaba sin pies; el príncipe transformado en cisne; el ángel indeciso, condenado a ser rostro y alas como adorno de altares. Cuentos que Leopoldo le narraba, a sus seis o siete años, para entretenerla y hacerle tomar la sopa.

Rechazó el vino. ¿En dónde estaría Gema? ¿Allí mismo, como aseguraba la recepcionista? Imposible. Tenía sus fotografías, en un estado lamentable, disfrazada como extra de película barata. También Gema pudo haber organizado el juego. Nada le costaba utilizar a sus modelos, difundir rumores, actuar como suicida. Además de luminaria y actriz consumada, era ante todo maga. ¿Qué es la magia? ¿Cuál es su definición más acertada? Dar a los espectadores información falsa.

Desde niña, Gema se había acostumbrado a captar la atención general. No admitiría ser ignorada. Lucharía para ser figura central durante tiempo indefinido. Ojalá, ojalá estuviese muerta. ¡No! No. Resultaban inauditos tales pensamientos. Eran como de otra mujer, extraña y oscura copia. Otra Marlene Tello, zarandeada por emociones alevosas. Sus sentimientos hacia Gema no admitían engaños. Ni aproximaciones al rencor, la envidia, el desprecio: sumaban el odio a la frustración, empalaban los celos con la desesperanza, recreaban la humillación. Por encima de tanto lastre estaba la culpa del artista que ha creado una obra equivocada.

Examinó otra vez el salón que sus camarógrafos grabarían en unas horas. No había espejos, esculturas, porcelanas o flores. El aroma a pomarrosa, mezclado con magnolias y azahares, entronizaba la presencia de Gema mucho mejor que el maniquí de la plazoleta. Marlene sintió miedo. ¿Por qué? No entendía. Era Marlene Tello, casada con Conrado Gómez. Ella, sólo ella, con su talento, había podido esculpir a una Gema Brunés. Le impuso gustos, opiniones, extravagancias. La convirtió en símbolo, logotipo, icono, deidad, código de barras. Se encargó de cebar al monstruo.

Ilusa y estúpida. Al enamorarse de Aurel Estrada no acertó a vislumbrar a una rival en la Gema-niña. Subyugada de repente por él, saboreó el fervor, la pasión y el desconcierto, el pánico y la incertidumbre, como si hubiese tomado por su propia voluntad el elíxir de la ceguera. A partir del instante en que se conocieron, una noche de año nuevo, vivió una intensa temporada de citas, telefonemas en la tarde, la noche y el amanecer, ese lavar y perfumar a diario el cabello, contemplarse feliz en los espejos. A la espera. Siempre a la espera del próximo encuentro, del beso (y los besos) y las manos y los cuerpos trenzados en la penumbra y la oscuridad. El olor y sabor y acidez del sexo. La cadencia de las palabras, balbuceos y gritos amorosos. Mientras Gema crecía, acopiaba malicia y fuerza, hasta transformarse en un mito vivo con quien era imposible competir.

Gema era ingenua, torpe e ignorante, sin metas o ambiciones, cuando ella, Marlene (ignorante de otra manera) comprometió a Ofelia Valle, Leopoldo Maestre, Fernando Urbano, al mismo Aurel Estrada, en una empresa con visos descabellados en la que ninguno de los socios tenía garantía de recobrar el dinero, asegurar el triunfo, ni siquiera contar con el agradecimiento o empeño de aquella adolescente, puesto que Gema no había sugerido o pedido nada. La misma Saturia Duarte, al comprobar la seriedad del asunto, intentó desistir.

—No estoy tan segura. No me parece que Gema deba dedicarse a modelar, es una nena. Primero tiene que terminar el bachillerato. Además, está loca por la gimnasia y los patines —no lo dijo con suficiente énfasis.

—Bastarán dos o tres años de trabajo y marcha —el padre no tenía dudas—. Gema puede ser una gran modelo, ganar buena pasta. Tiene fibra y atrae a la gente. Es hija de Domingo Las Eras y Saturia Duarte.

Estrada, a quien el proyecto no causaba especial entusiasmo, intentó prevenirla:

—Musgo, mi amor, no entables procesos de adopción. Los protegidos odian en lugar de agradecer. Esa chica ni siquiera es bonita. La encuentro demasiado flaca.

—Tiene los huesos y la estatura perfectos. Eso es lo que importa. Sabe moverse, e impone su presencia. ¡Me darás la razón! No quiero agradecimientos, ni regalos. Esto es un negocio. Vamos a lanzar a una modelo que encarne a la mujer del siglo XXI. Te necesito como creativo. No me puedes fallar.

En el presente se interrogó:

—¿Vivía Gema?

6

Ana Bolena Rojo fue elegida por sus compañeras, en cerrada votación, para remplazar a Gema durante el lanzamiento de la colección Gaia y el portal de Internet. La elección constituía una salida al problema creado por la desaparición de la doña y, en cierta forma, un castigo. Era la única que tenía la misma estatura y maquillada a la perfección, en traje de noche y fantasía, las luces atenuadas, podría engañar a los espectadores. Al menos por una noche. Después, los comentarios periodísticos señalarían el camino que habría que seguir.

—Haré de ti una morena de oro perfecta. La misma Gema se reconocería al verte —había dicho Rosario Navarro.

Durante el tiempo que llevaba en Satín-Gema, Ana Bolena había deseado caminar bajo numerosos reflectores, con aquellos vestidos etéreos que sugerían a una Gema con sinuosidades de brisa o floración (según los comentaristas), o las fundas ceñidas, cuero o imitación piel, que la enrazaban con un felino, o las sedas que la transformaban en rosa. Ahora sus sueños estaban a punto de cumplirse, y para nada. Desfilaría ante una multitud, sería el polo de atracción. No como Ana Bolena, sino como la mujer que detestaba. Y no podía renunciar. Implicaría admitir que había ido demasiado lejos en su afán de ridiculizar a Gema e indicarle —a todo timbal— que ya sonaba su hora del retiro. ¿Por qué no cedía los aplausos a mujeres más jóvenes? Nadie le impedía continuar al frente de las empresas Satín-Gema, con sus cosméticos, adornos de oropel, perfumes, medias, trapos, juguetes baratos.

La idea de la broma, que en principio sonaba a genialidad y diversión, osciló hacia el absurdo. Abrió la puerta de una trampa en donde comenzaban a caer las primeras víctimas, a gritar y descender hacia la negrura sin que todavía se escuchasen los tumbos, la caída al fondo del pozo.

Ella misma afiló el arma para ser decapitada. ¡Mala suerte! Ahora importaba triunfar en el desfile, ser la más hermosa, aun bajo la máscara-Gema. Sentirse «Gema» al respirar y moverse ante los invitados, fotógrafos, clientes, camarógrafos, periodistas, rivales. Era la única manera de convencerlos. Total, ella, Ana Bolena-Gema, había decidido tener encerrada a Juana Inés Calero el mayor tiempo posible. Era Gema mientras Rosario Navarro la maquillaba (desde las sienes hasta los tobillos) y una humilde Ana la que oraba, en silencio: «Santa María, madre de Dios, ruega por nosotros...».

Lo que le preocupaba era el dinero. ¿Quién le autorizaría un préstamo? ¿Quién? La broma hecha a Gema fue terrible, sí, ¿tanto como para culminar en tragedia? Sonaba exagerado. No podía creerlo. Idiota-idiota. Estaba metida en aquel lío por su propia y máxima culpa. Todo por estar atenta al colador de la chismografía y los sitios de moda.

Érica, Bella, Paula y Ana Bolena escucharon a dos modistas obesas hablar sobre un lugar llamado Midas, con pretensiones de café concierto, en donde la atracción eran los muchachos. El lugar no era original. Numerosos sitios del mismo corte proliferan en las trastiendas de bares, restaurantes y discotecas, en el centro y la zona rosa. Lo que les llamó la atención fue la descripción entusiasta —hubo resoplidos y senos danzantes— de la más obesa de las dos modistas.

Midas ofrecía un salón de recepciones, pista de baile y otras variedades, buena cocina. Un bar Internet en el sótano, frecuentado por mujeres. En sus pantallas las asistentes elegían acompañantes entre catorce y veinte años, que se cotizaban a partir de los cien mil pesos según la apostura, el rostro, los músculos; sus servicios se contrataban por horas, días, fines de semana. Además, en el establecimiento se proyectaban videos en color en pantalla gigante, donde los pupilos exhibían sus habilidades como músicos, bailarines, declamadores, imitadores, mimos, tragafuegos, carteristas, boxeadores. Los limosneros y malabaristas se codeaban con exguerrilleros y expresidiarios y exparamilitares, trapecistas, domadores, sicarios, ladrones.

Había rubios, euroasiáticos, negros, mestizos, latinos. La clientela, se decía, procedía de todo el mundo. Millonarias cargadas de años y curiosidad, joyas, cirugías plásticas, dinamismo, viajaban desde Asia, Australia, los Estados Unidos, Italia, Alemania, las haciendas cafeteras del Brasil y los balnearios del Caribe y la Costa Azul, a la caza de nuevas sensaciones. No porque la carne joven no se consiguiese a chorros en Nueva York y Amsterdam, Los Ángeles, Tokio, Brasília, Río de Janeiro, Manila, San Francisco y Roma, sino porque a Bogotá se la identificaba con la inseguridad, la violencia y la aventura. Tanto, que al lado de las publicaciones autorizadas por la Corporación Nacional de Turismo se vendían mapas y guías con informaciones destinadas a satisfacer apetencias distintas de los viajes, paisajes y gastronomía. Al lado de la red de museos, monumentos históricos, galerías de arte, parques y ferias artesanales, al turista se le indicaban calles signadas por resonantes asesinatos; mansiones desiertas y fabulosas decomisadas a los narcotraficantes, con grifos de oro, calabozos y patíbulos; así como edificios derrumbados por bombas de alto poder, a causa de la guerra que asolaba el país y en la cual intervenían tantas facciones que nadie tenía control sobre la misma, ni mucho menos poder para detenerla.

En Bogotá, las visitantes acosadas por el tedio y los excesos podrían, además de alquilar a un adolescente, cenar en el mismo restaurante donde un excombatiente del Vietnam matara a quince personas que nunca había visto; visitar discotecas frecuentadas por célebres delincuentes, recorrer calles invadidas por drogadictos conocidos como «desechables» y visitar barrios en donde bandas de pandilleros se disputaban el poder. En las páginas centrales se afirmaba: «En las calles de Bogotá usted puede conducir un automóvil loco, jugar a los suicidas-homicidas si sortea a pie el tráfico que ostenta el dudoso blasón de ser uno de los más caóticos y peligrosos del mundo. En Bogotá, la emoción, el pánico y la diversión están siempre al alcance y escoltan al viajero» (...) «En todos los aeropuertos del mundo los sellos de la República de Colombia son mirados con recelo y se consideran sospechosos quienes nos visitan...».

Midas no tenía categoría para la *Guía Escarlata,* atribuida a un grupo autodenominado Los Ociólogos, que incluía un directorio de las casas de cita más lujosas de la capital. Midas figuraba en una de las imitaciones realizadas en computador y repartida gratis en la calle, a diferencia de la original, muy costosa.

Según descubrió después Ana Bolena, la clientela femenina parecía calcada de una novela de Isabela Machado: mujeres que vivían —decía la escritora— para ostentar sus trajes de marca, sus cabellos reimplantados y tinturados, las sucesivas cirugías en rostros y cuerpos. Mujeres que ya no soportaban a un hombre maduro, ni siquiera diez o veinte años menor, y que por encima de cualidades o sentimientos amaban e idolatraban la juventud. Como fieles y sacerdotisas que usufructuaban, corrompían y devoraban la esencia del culto instaurado por el imperio del signo McDonald's.

Ana Bolena creía ser inteligente, pero en su relación con Gema tal cualidad permanecía embotada. Quizá debido a Aurel Estrada. Era incapaz de comprender la poderosa atracción que la bruja ejercía sobre el publicista, después del divorcio, ni la obsesión que por ella sentía un hombre tan poderoso como Fernando Urbano. Obsesión auspiciada por sus hijos, quienes acudían a rescatarla al menor tropiezo económico o personal. Y lo que había enconado su fastidio eran las palabras del más asiduo de sus admiradores:

—Gema Brunés es increíble. No he conocido a otra como ella. Me fascina. No es que sea bonita, es distinta.

—¡Es una veterana, me lleva como diez o quince años! —y la relación terminó con un estallido celoso.

Así que una tarde, al finalizar el ensayo, expuso a la plana mayor de Satín-Gema: Érica, Bella La Luz, Paula y Solange, una idea inspirada en Midas. Le gastarían tremenda broma a la doña, enseñándole de pasada quién era quién.

—Gema no puede continuar desfilando. Le llegó su hora de contemplar fotografías y videos, rememorar laureles, dejarnos el campo libre.

Bella La Luz, una modelo especializada en trusas, bikinis y ropa deportiva, opuso resistencia.

—No me gustan esa clase de juegos. Son de mal gusto. Y nosotras estamos en buena posición... ¿para qué arriesgarla?

Pero Ana Bolena era más fuerte y audaz. Estaba encaprichada con la idea.

—¿En dónde encontraría Gema otras modelos tan sensacionales? Nadie quiere que venda el negocio. ¡Sólo tiene que cedernos el paso y dedicarse a sus empresas!

—Suena muy bien —Paula estaba encantada. No advertía el peligro, la atraía la diversión.

—Yo no digo nada. Yo no opina —dijo Érica, que iba de segunda en los desfiles, con expresión de gorrión hipnotizado por una boa.

—No haremos chistes, ni insinuaciones —Ana Bolena recreaba sus planes—. La llevaremos a Midas y nada más. Si tiene un poco de seso entenderá que ya no es la reina, ni la más fotogénica, ni nada que se le parezca, sino una jamona en plena decadencia. ¡Recibirá el mensaje como un totazo!

—Suena estúpido, no divertido —Solange tampoco deseaba entrar en el juego.

—Nos reiremos en grande. No vamos a fallar —enfatizó Ana Bolena.

Según su plan, la elección del sitio debía adjudicarse a la casualidad, al mismo afán de Gema por el movimiento, la novedad, una afición insaciable por la vida nocturna que la impulsaba a ir de un sitio a otro, como si cumpliera los estadios de una aciaga peregrinación. A conocer una nueva discoteca, una cava, casinos, salones de jazz y bares ostentosos, cervecerías. Lugares en donde nadie esperaba verla y, por tanto, la reconocerían en seguida.

7

No resultó difícil inducir a Gema a elegir Midas para tomar unas copas después del trabajo. Hicieron una entrada discreta hacia medianoche, poco antes del primer show. Un imitador que caricaturizaba cantantes famosos, al tomar el micrófono, dedicó a «la más bella y a sus acompañantes» su actuación de esa noche.

Entre aplausos, silbidos admirativos y el centelleo de las sonrisas en una penumbra quebrada a retazos por luces cambiantes y destellos láser, el dueño se acercó:

—Bienvenida, es un honor tenerla entre nosotros.

Era un hombre de melena espesa y ensortijada, que vestía un caftán marroquí. Invitó en nombre de la casa y se tomó tres vodkas en diez minutos, como si reuniera valor para jactarse de una relación con Gema. Se refirió a una persona que los unía, alguien que aunque lejano estaba presente, imposible de hacer a un lado u olvidar: Helios Cuevas.

El nombre que las modelos habían escuchado susurrar en Satín-Gema, como si se tratase de un virus maligno: Helios Cuevas. Distante, dueño y espía, la imagen imprecisa y seductora que dominaba todos los pensamientos. Helios, el asesino que, a lo largo de sus años como recluso modelo, desde los veintiuno, había acumulado tanto o más dinero que si trabajase afuera. La mayor parte invertida en comprar privilegios, silencio, lealtad. Los habitantes del mundo carcelario lo consideraban como a un reyezuelo, dispensador de favores, ganador y merecedor de su trono.

Al advertir que Gema permanecía impasible, bajo la achispada del vodka, el dueño comenzó a jactarse:

—Helios nos visitó la semana pasada. Viene a menudo. Estuvo atrás, junto al rincón, tomándose unos aguardientes —señaló una mesa en la penumbra, cerca de la barra—. Nos acompañó una hora y pagó la cuenta de todos los presentes. Digan lo que digan, ¡es un bacán!

Lo subyugaban su propio entusiasmo y el hechizo de una mujer cuyas fotografías y carteles empapelaban las paredes de la celda de su héroe y compañero de prisión. El socio que le había permitido montar un negocio tan rentable como Midas. No advirtió el desconcierto de Gema, ni la aflicción que empañaba sus pupilas.

Cuando ella comenzó a bostezar, para evitar que las otras modelos notasen su angustia, él se apresuró a invitarlas a una botella de champaña. Gesto aprovechado por Ana Bolena para recordar que tenían reservaciones para el café-bar-Internet.

—Te gustará, Gema: es un desfile de otra clase, como un juego con premios en especie. Quedarás encantada.

—Lo del café Internet es rutina para turistas viejas y adictos al computador —el hombre se veía irritado y suspicaz—. Es como una subasta.

—Me han dicho que aquí tienen la mercancía más atractiva de Bogotá —contradecía Ana Bolena.

—No hay nada que admirar. No vale la pena.

—A lo mejor nos divertimos —dijo Bella La Luz.

—El juego no vale nada. No está ideado para mujeres como ustedes. Entre esos muchachos hay sicarios, drogadictos, locos y pervertidos —decía el hombre.

—Nos mata la curiosidad —cortó Ana Bolena.

—Suena interesante —dijo Bella La Luz, sin convicción.

—No les aconsejo participar, pero si ustedes insisten, otra vez la invitación es nuestra.

Si bien los pensamientos de Gema estaban en otra parte, no pudo resistirse. Descendieron por unas escalinatas estrechas a un salón con paredes encaladas. Encima de cada una de las mesas había un computador, un *mouse*, una carta de licores y una lámpara iridiscente. Bajo reflectores y pirámides transparentes, como estatuas en una galería, varios muchachos, desnudos y semidesnudos, giraban con el escenario circular. Con tenue música de fondo, la animadora, una muchacha negra con traje masculino y sombrero plateado, describía los atributos de cada participante.

—Blanco. Ojos negros. Diecisiete años. Músculos de gimnasta. Mide uno ochenta de estatura y sus cualidades saltan a la vista. Nombre: Julio Aurelio. ¿Quién ofrece trescientos mil pesos? La noche es virgen y la madrugada, fría...

—¿Cómo puede Helios visitar este sitio?, ¿salir de noche? —preguntó Gema.

—... Señoras y señoras, en nuestro *divertimento* amoroso nunca se pierde. El voto es personal e intransferible. Como el cumplimiento es nuestro lema, los premios se les entregarán en seguida, a domicilio o en sus hoteles, esta misma noche o en la fecha de su elección. En las pantallas de los computadores se observan en detalle los rostros, pectorales, brazos, abdominales, traseros, miembros, pantorrillas, etcétera.

—¿Cómo es posible?...

Hubo una pausa abarrotada de aplausos. Un barman tomaba los pedidos. Gema pidió una limonada. Ana Bolena la vio inclinar la cabeza y susurrar al manojo de rizos y a la oreja masculina adornada con una perla. El hombre, quien dijo llamarse Mirto y recomenzaba con el vodka, pareció sorprendido.

—¿Todavía no lo sabe?... Resulta extraño. Helios se acogió a la última amnistía del gobierno. Ahora está libre.

Ana Bolena codeó a Gema, mostrándose agresiva a pesar del tono jocoso:

—¿No te provoca ninguno? Están en su punto.

Gema apretó los labios recogiéndose en un absoluto silencio. Asistió a la rotación de quince muchachos, distintos tipos y razas, sin utilizar el *mouse*.

—¡Anda, Gema, atrévete!

Ella examinó los puntajes en la pantalla y apostó al número quince, que no alcanzaría los dieciséis años, y por quien ninguna de las mujeres agazapadas en la penumbra escarchada por el humo había ofrecido nada.

Pese a las calurosas protestas del dueño, Gema no aceptó la champaña obsequiada por la casa al finalizar el juego. «Me parece que ya no entiendo nada de nada», comentó, e invitó al chico, un moreno de piel acanelada, con los cabellos peinados en diminutas trenzas rematadas por cuentas de vidrio coloreado, a dar un paseo por la zona rosa.

—Me gusta y me lo llevo —advirtió altanera.

Sin embargo, el chico regresó a los diez minutos, Gema, después de extenderle un cheque, lo obsequiaba a sus amigas.

—Fue una broma insensato —dijo Érica asustada—. Actuamos en estúpida forma, ¡mucho estúpida!

—No es hora de arrepentimientos —Paula tomó su copa con mano temblorosa—: Gema nos echará, con justa razón. Recibió el mensaje, ya sabe que entró en bajada y ni siquiera se puede tirar gratis a un hombre.

—Ella consiguió lo que se merecía desde hace rato. Es su hora de asumir la verdad —atajó Ana Bolena con forzada picardía—. ¿Cuál es el ideal masculino de una mujer madura y jamona? ¡Un muchacho!

El hombre del caftán y una perla auténtica en el lóbulo de la oreja izquierda la miró despreciativo.

8

—Vamos a cortar por lo sano —dijo Leopoldo Maestre—. Tengo una amiga que sabe de letra menuda, lugares secretos, antros, casas de juego sin licencia. De pronto tiene información sobre clínicas. Además, su cocina es magnífica.

—¿Estás seguro?

—No perdamos más tiempo. Necesito un whisky doble, sopa espesa, mi diaria ración de colesterol y descansar un rato. No puedo más. Me duelen las pezuñas.

Estrada tenía demasiada hambre para contrariarlo. Como Leopoldo conocía los sitios más agradables de Bogotá, pasó por alto el que quizá frecuentaba los peores. Lo único que le importaba era no encontrar gente conocida. Suponía que las amistades de Carmín estaban reunidas en casa de África Sierra. así que sintió alivio cuando se detuvieron en la bahía de un edificio tachonado de avisos. Las vitrinas del primer nivel anunciaban papelerías, fotocopiadoras, tiendas artesanales, cafeterías.

El apartamento, que ocupaba todo el quinto piso, en plena carrera quince, y su dueña, desconcertaron a Estrada. ¿Sería un casino, o una casa de citas? Ella los recibió en una sala acogedora, donde los muebles sólidos y las alfombras mullidas, muy usadas, invitaban a contemplar los retratos al óleo y fotografías del mismo hombre —que copaban las paredes—, a partir de la primera comunión y en toda clase de vestimentas. Traje de calle, equitación, tenis, esmoquin, frac, sacoleva, toga romana, pareo, capa, ruana, liquiliqui, chilaba. En los momentos de aceptar diplomas, trofeos, condecoraciones, medallas, aplausos, coronas de laurel. Un rostro conocido, el nombre en la punta de la lengua, imposible preguntarlo de frente a la dueña de casa.

—Es mi hermana Helena —la presentó Leopoldo, con tanta seriedad que Estrada estuvo a punto de creerle—. Querida, tu nuevo sobrino.

Helena, regordeta de formas suaves, cabellos rubio canosos recogidos con una cinta negra, contempló a Estrada con una mirada afectuosa. Con blusa verde mar, suéter, falda y zapatos negros de medio tacón, transmitía sencillez, serenidad. Su aire maternal, acentuado por los ojos zarcos, conquistaba en seguida. No preguntó qué podía hacer por ellos, ni qué deseaban; sirvió whisky. Y mientras tomaban sentados en sillones cuyos brazos estaban protegidos con carpetas de croché, les ofreció habitaciones, dos platos típicos, ajiaco o cocido, entrar al sauna, recibir un masaje, ducharse.

Leopoldo dijo que dormiría unos veinte minutos antes de sentarse a la mesa. Sin mayores preámbulos, se quitó la corbata y abandonó la sala. Aurel, acoquinado y sin bríos —«¿en qué lío estoy metido y qué hago aquí?»—, siguió a Helena por un corredor paralelo al fondo de la sala, hasta una habitación con cama doble, mesa de noche, escritorio, dos sillas y un televisor.

—El sauna está a la izquierda, el comedor a la derecha. Si necesitas una camisa limpia tenemos nuevas y de tu talla. Estás en tu casa, querido.

Los puños de la suya señalaban un día agitado. Aceptó con una inclinación de cabeza. No tenía deseos de hablar, averiguar en qué sitio le brindaban hospitalidad o cuánto iba a costarle. Se desvistió y descalzó, escogió una toalla del montón apilado en la estantería del baño, guardó los documentos en la mesa de noche. El sauna estaba al frente. Olía a eucaliptos y limón. Sobre las bancas de madera de pino había una muchacha boca abajo, sin sujetador, con una espalda pecosa. Ajustó la toalla que cubría sus caderas como si Carmín estuviese observándolo. Con Gema de por medio, ella iría a plantear la separación, el odio eterno. Se tendió junto a un pote de barro con hierbas humeantes. La humedad y el calor penetraban por todos sus poros. Comenzó a sudar. Estaba bien allí. Lejos de Carmiña, Marlene Tello, Felisa Riera, África Sierra. Lejos de Gema, Gema, Gema. Era como un hombre sin presente y sin pasado, empeñado en un viaje por los sitios alineados en la topografía de su memoria, en donde existían territorios condicionados a la posibilidad de imaginar, dibujar, construir, filmar. Como Magonia, la tierra de las hadas; y Lorien, donde la gente y las cosas vivían en los inicios del mundo; y Kheled-záram, a la luz de las estrellas, retratándose en sus ojos cerrados por el sueño. Lugares en donde las mujeres podrían existir sin atormentar o herir a nadie con sus deseos contrariados, emociones complejas, pérdidas, exigencias y temores, dolor, inseguridad, nostalgia. Ni atraer a un hombre a las trampas del amor, abiertas y cerradas constantemente al paso de cada vida.

9

Los Urbano vivían en una casa finca con tejados azul pizarra, situada a unos cuarenta y cinco minutos del norte de Bogotá y al final de un camino particular, destapado, con altísimos pinos a lado y lado. La propiedad estaba lo bastante cerca de los pueblos anexados como barrios al Distrito Capital para facilitar su abastecimiento y lo bastante lejos de la carretera. Una vivienda campesina marcaba la entrada junto a la talanquera y sobre las paredes se leían los toscos letreros, *cerveza - masato - longaniza - velas*, de una tienda. Hacia la mitad del camino había una garita con vigilantes armados de escopetas que impedían el paso a los conductores o caminantes que no tuviesen invitación o la tarjeta laminada de los proveedores, con la firma y sello del administrador. Un alto muro de piedra, cortado por un portón metálico y pintado de gris, admitía el paso de un automóvil a la vez. Al cruzarlo, Estrada quedó atónito ante la deliciosa fragancia y hermosura de un extenso huerto cultivado en abanico donde hileras de ciruelos, manzanos, curubos, duraznos, cerezos, parecían danzar sin movimientos. Arrendajos, copetones y mirlas picoteaban flores y hojas. El cielo sin nubes resplandecía de azul añil.

La maravilla y la fragancia duraron sólo un instante. Otros guardias, con metralletas y radioteléfonos, reforzaban la vigilancia. Los automóviles efectuaron un rodeo por el camino interior asfaltado, para llegar a un segundo muro de ladrillos y una segunda puerta; de madera, con pretensiones artísticas, narraba con ingenuidad la historia local de la conquista. Los Reyes Católicos y el adelantado Cristóbal Colón, las tres carabelas, Américo Vespucio. El zipa y el zaque. Don Gonzalo Jiménez de Quesada y la fundación de Santa Fe de Bogotá. El incendio del templo del sol en Sugamuxi. Ídolos hieráticos. Doncellas enterradas vivas. El Hombre Dorado. Los ventanales daban a un corredor de unos tres metros de ancho, con las paredes revestidas de planchas metálicas y concreto bajo la pintura. Para suavizar sus funciones reales imitaba a un arroyo y el agua fluía a lo largo de losetas y canales vidriados, reflejando helechos, begonias y pensamientos sembrados en macetas insertadas sobre las cornisas de otras ventanas interiores. La casa, edificada por una firma de arquitectos especializada en clientes selectos, garantizaba máxima seguridad ante posibles secuestros y atentados.

—Un arquitecto no puede darse el lujo de edificar residencias. Ahora la mayoría de la gente vive en jaulas, gallineros o fortalezas —recordaba Estrada las palabras de su padre, al recorrer las estancias durante la primera mañana de aquella amistad, mareado por el licor y la falta de sueño.

—Podríamos resistir hasta una guerra en serio —comentó Antonia Urbano, como si también escuchara a Héctor Estrada a través de los pensamientos de Aurel.

Delgada, menuda, con los rasgos de su padre suavizados y embellecidos, hablaba con naturalidad. Como sus hermanos, Gema, Marlene y él mismo, Antonia había nacido y crecido en un país en lucha consigo mismo, los enemigos enquistados en su interior: guerrilleros, narcotraficantes, paramilitares, milicianos y terroristas, funcionarios corruptos, integrantes de oscuros movimientos políticos, mercenarios, matones y delincuentes comunes, falsos iluminados. Todos empeñados en utilizar la violencia y la muerte para lograr sus fines.

—Es una casa magnífica —dijo Estrada, tan admirado como receloso, porque Héctor Estrada detestaría pisarla.

—Mis hermanos y yo intervinimos en el diseño y los planos, de acuerdo con las necesidades familiares. La seguridad de papá y su bienestar no son nada fáciles. Se necesita mucho afecto, dinero y planeación.

Estrada aguantó un bostezo. Ideas acerca del cariño, el hogar, los valores de la nueva arquitectura, su padre errante de un viaje a otro, embrollaban sus pensamientos. Quiso citar para sí mismo una frase relativa a Electra, pero no logró concretarla.

—El esfuerzo valía la pena —al decirlo sintió ardor en la nuca y el cuero cabelludo, ¿y qué hacía él mezclado con aquella gente?

Antonia Urbano no demostraba mucho interés en él. Su orgullo de castellana y la devoción fanática por el padre le bastaban. No quería deslumbrar a su invitado, sino informar y acaso educar.

El primer piso constaba de cuatro salas alfombradas, con muebles rústicos y obras de arte obsequiadas por los hermanos Urbano al senador y con placas que aludían a sonados acontecimientos de su carrera —Obregón, Grau, Botero, Tàpies, Grass, Soto, Bacon, Negret, Góngora, Villamizar, Picasso.

—En su juventud, papá quería ser pintor y estudiar en París. La vocación del servicio público tuvo más fuerza.

A Estrada le cosquilleaba la nariz. El ambiente era demasiado tibio. Estaba a punto de bostezar o estornudar, pero subieron al segundo piso. Allí los libros revestían las paredes desde el piso hasta el techo. Salas, salitas, un estudio con estanterías en donde imperaban volúmenes de filosofía y derecho. Allí el único cuadro era un retrato al óleo de la ausente señora Urbano.

—Tenemos una bibliotecaria que realiza una labor eficaz y envía a diferentes instituciones los títulos repetidos. Papá recibe como obsequio más de mil libros al año.

Los dormitorios ocupaban el tercer nivel. Unos quince, todos iguales, con cuarto de baño y vestidor. Tenían dos camas, doble y sencilla, mesas de noche. Televisor-computador-fax, dos teléfonos y una grabadora. No se veían rastros personales, carteles o fotografías. En cambio, en la pared principal de cada uno colgaba un agujereado disco de tiro al blanco.

—La casa es un fortín, pero nosotros somos gente sencilla. Mejor acompañamos a los demás. ¿Quieres una copa de vino? ¿Tienes hambre? Las fiestas me abren el apetito.

La residencia no tenía comedor tradicional, ni lujos superfluos. Fernando Urbano pertenecía a una nueva línea política que había logrado mantenerse a prudente distancia de las facciones alzadas en armas y salvarse de las balas que silenciaran a los políticos más destacados del fin del siglo XX y comienzos del XXI, tanto en la derecha, el centro, la izquierda, como en la marginalidad. Ninguna facción guerrera lo tenía en sus listas de condenados a muerte. Urbano presumía de actuar con firmeza y transparencia y, pese a una calculada beligerancia, evitaba los adversarios con nombre propio. No era un secreto para nadie que su aspiración al solio presidencial estaba edificada tras la ausencia de los líderes sacrificados, cuyas banderas él adoptaba con modestia y respeto, no tanto para colmar sus ambiciones, sino debido a los ruegos de sus amigos y partidarios. Estrada jugó con la idea de una campaña presidencial en grande, con su dirección creativa. ¿Qué diría del senador? *La honradez es su divisa.* Antonia lo interrumpió:

—Quiero una cerveza. Me sienta para el guayabo. ¿Y tú? De aquí no te escapas. Ni lo sueñes. Juana Inés te dejó empeñado. Hazme un mapa de tu barrio, y una nota para el portero del edificio. Mi chofer te traerá la ropa necesaria. ¡Bienvenido al grupo! Será un delicioso fin de semana.

No intentó protestar. Fatigado, con la responsabilidad de la niña y ningún compromiso, musitó:

—Será un placer.

—Dame las llaves —pidió ella.

En el salón, en donde Fernando Urbano y Leopoldo Maestre charlaban ante la mirada atenta de Columba, y el poeta Cáceres y Ofelia Valle ocupaban indolentes un sofá, la niña entre los dos, Antonia explicó que las habitaciones no tenían designación específica. Mejor escogía de una vez, así no tendría que dormir en la casa de huéspedes. En la tarde esperaban a otros amigos.

—¿Mucho verbo? —preguntó a su hermana al entrar, como una madre complacida ante la precocidad de sus retoños.

—Solucionaron todos los problemas del país y del vecindario —respondió Columba.

—Las mejores habitaciones son las del fondo —indicó Ofelia Valle—. Marlene se ha retirado a la última. Cobro por dato.

—¿O derecho de pernada? —preguntó Antonia.

Urbano y Leopoldo rieron estridentes. El poeta Cáceres aplaudió sin abrir los párpados. Carmín, con los brazos cruzados, contemplaba a los dos hombres encandilada y feliz, como si asistiera a una función de circo. Dos camareros ofrecían agua, Coca-Cola, vino, cerveza y refajo.

—Sería mejor llevar a la niña a su casa. No ha dormido. No es bueno a su edad —se atrevió a decir Estrada.

—Ni se te ocurra —Leopoldo Maestre lo miró como al fenómeno del mismo circo y la función—. Juana te acusaría de sabotaje; ella quiere que yo asuma mis culpas.

—Juana Inés utiliza a la niña como un rehén y a ti de pretexto. No hay que hacerle caso. Mejor descansa un rato. Con esta gente es mejor no menearlo —Ofelia Valle se divertía.

Fernando Urbano acarició los cabellos ondulados de Columba. Con voz distante y soñolienta, dijo:

—De entregar a Carmín nos encargaremos a su tiempo le manifestó a Leopoldo—: la tal Juana me agrada muchísimo, y es hora de buscar mi oportunidad.

—Muy loable —el poeta Cáceres levantó los brazos—. ¡Aleluya! Duelo a la vista.

—Ignoraba tu interés por ella —dijo Leopoldo Maestre—. Creí que eras monógamo.

—Lo soy. Juana Inés Calero es la mujer más interesante de Bogotá. Sabe lo que le conviene y se viste a mi gusto.

—Haría un gran papel como esposa de ministro o canciller. Los intelectuales y los orates están excluidos —intervino Cáceres.

Estrada no podía fijar la atención, seguir el diálogo, tomar parte. Los demás absortos en lo que parecía un acertijo cuyas normas conocían a la perfección. Normas confusas para el recién llegado. Cáceres dijo:

—Toma nota, muchacho. Aprende la lección. A la mujer propia no hay que llevarla a ninguna parte. Es un lema homérico. Gracias a él disfruto de matrimonio bendito.

—Si nadie se opone, me gustaría tenerla... —Urbano golpeó con los nudillos la cabeza de Columba. Se dirigía a Antonia y a Leopoldo.

—Por mí, ¡adelante! Acepto que Juana es una mujer estupenda, pero inalcanzable sin la epístola matrimonial. Todavía no conozco su ropa interior ¡y estoy harto! Te doy permiso, es toda tuya.

—¿Hablas en serio?

—Puedo jurar sobre la *Biblia*.

—No están tan locos —Antonia tomó el brazo de Estrada, guiándolo hacia el pasillo—. Quizá Juana Inés Calero está de suerte. Papá y mamá están distanciados desde que yo era niña —y en susurros—: espero que descanses.

Después de telefonear a la empleada y a la portería de su edificio, durmió el resto de la mañana. Al despertar encontró un botellón de agua, un vaso y dos sellos de Alka-Seltzer sobre la mesa de noche. Su bata, zapatos y ropa para varios días, ordenados en el clóset. La sensación de estar registrado en un hotel fue dispersada por los tañidos de una campana. Sonó el teléfono y luego la voz de Marlene Tello:

—Estamos esperándote.

10

Aurel despertó al caer la tarde. A pesar del calor y el sudor que empapaba su cuerpo, sentía frío. Una racha de estornudos lo expulsó de la banca.

—¡Salud! —una muchacha de largas piernas lo contemplaba con risueña y abierta curiosidad—. Muy bonito e instructivo. Carmiña estaría encantada de conocer tu importante itinerario de trabajo.

—¿Tú qué haces aquí? ¿Por qué no estás en el colegio? —Estrada reconoció a Lina, la hija mayor de Marlene Tello.

—No les gusto en ese digno lugar. Y tienen razón, estoy mamada del profesorado y sus conocimientos. Y tú, ¿qué pintas por aquí?

—¿Qué te has creído, niña? ¿Qué haces en un sitio cómo éste, en horas de clases y en cueros? —embotado por el calor y el ramalazo de un resfriado tardó en advertir los senos desnudos, pecosos, con pezones rosáceos.

—Cumplí dieciocho años y otros mil y soy nudista —dijo complacida en su petulancia.

—¿Dieciocho? No acabas ni de mamar. Estuve en tu fiesta de quince. ¡Cúbrete!

—Eran los quince de mi mamá, no los míos. Pero si se me antoja tengo dieciocho. Haré lo que me venga en gana.

—¡Exijo respeto! Tengo edad para ser tu padre.

—Tengo uno y es más fácil de manejar.

—Mejor te marchas, rápido. No me comprometas. No me retes. Puedo hablar con Marlene y Conrado.

Ella comenzó a bailar sobre la punta de los pies y Estrada vio que tenía las uñas pintadas con barniz dorado. Por una razón imprecisa le recordó a Gema.

—Todos ustedes son iguales, mucha revolución y despelote, mucho hablar de la modernidad. Los reyes del siglo XX y el XXI. ¿Para qué? Son godos-godos acatarrados y aburridos a morir y miedosos del propio cuerpo. Apuesto a que ni siquiera sabes hacer el amor, ni mi mamá tampoco, los dueños del rápido acostado y parado.

—A Marlene la dejas en paz. Si no quieres marcharte, lo haré yo.

—Me importa un pito que hables con mamá y papá o con el vampiro. Estoy bien aquí. Al viejo Leopoldo y a la tía Helena no les disgusta, son toda legalidad.

Estrada no pudo responder, sacudido por otra tanda de estornudos. ¿Quién podría entenderse con una loca como aquélla? Otra discípula de Leopoldo. ¿Por dónde había entrado? El sauna tenía tres botones sobre las tablas de pino para indicar las puertas. Salió ajustándose la toalla al estómago. El olor a hierbas comenzaba a producirle náuseas. No valía la pena hablar con el matrimonio Gómez Tello. Quizá Lina decía la verdad y tenía dieciocho mil años.

—Si abres la boca —escuchó a sus espaldas— terminarás untado de Carmín desde los talones hasta la coronilla.

El corredor era más largo de lo que parecía al primer vistazo y no recordaba cuál era la puerta de la habitación. Era como echar suertes, girar los pomos al pasar, la suya estaba abierta. ¿Aquel antro no era como la sala de espera de un paraíso descocado? Una, dos cerradas, tres lo mismo. Al entrar a la cuarta sintió el golpe del aire climatizado. Estornudó.

—Salud —dijo una voz impostada, al indicarle una silla libre.

—¿Usted aquí?

La habitación enchapada en madera estaba dominada por una mesa larga, ocupada por unos diez o doce hombres. Renato Vélez, improvisado portero y con una videograbadora al hombro, no aguantaba la risa.

—¿Usted aquí? —lo imitó, enfocándole el rostro.

—¡Orden! —clamó el hombre ubicado a la cabecera de la mesa en donde se alineaban cubetas con hielo, botellas de vino, tablas con quesos y salami—: orden del día. Homenaje al poeta Ignacio Homero Cáceres. Lectura de poesía en honor del vate. Después coctel y cena.

Gema, Leopoldo Maestre, la tía Helena, la discusión con Lina, los estornudos, Carmín esperándolo en casa de África Sierra, Felisa Riera y la «Noche de los grandes». Y él, de culo en la cuesta de Tántalo, había caído a un hueco. Aquella casa no podía ser otra que el clan de Los Ociólogos, tan popular y sin embargo tan desconocido. Tanto Leopoldo Maestre como Renato Vélez eran socios. Bogotá podía tener seis o siete millones de habitantes, gran vida cultural y nocturna, pero era como un enredo de pueblos pequeños. Si alineaba a sus amigos y relaciones —restada la familia—, no sumaba ni siquiera mil personas. Por lo mismo estaba a merced de un grupo experto en manejar la burla y el ridículo como armas letales. Francisco Urbano leía:

—Una vez más nos hemos reunido para honrar la memoria del desaparecido Ignacio Homero Cáceres.

De pronto todos se incorporaron y cada uno escanció la botella que tenía al frente. El vino comenzó a desbordar las copas. La voz de Francisco Urbano resonó tonante:

—¡Brindemos por la musa que inspiró los poemas del hombre cuya memoria nos ha traído hasta aquí!

Renato grababa. Los otros gritaron:

—¡Estamos contigo, Ignacio Homero Cáceres!

—¡Tarados! ¡Cabrones!

Nadie lo escuchaba. A ninguno de los allí reunidos le interesaban las opiniones o insultos ajenos. Estaban demasiado satisfechos de sí mismos y la censura del advenedizo no revestía importancia. A Estrada lo invadió el desespero. Renato Vélez tenía que estar muy seguro de ganar su pleito contra la agencia Mex para darse el lujo de grabar banalidades, abandonar su escritorio entronizado en el asombro general y la basura acumulada durante meses de resistencia.

—¡Maricones!

—No te desgastes —Leopoldo habló a sus espaldas. Con mano férrea y a empujones lo obligó a salir. Hacía frío. Estrada no supo en qué momento había perdido la toalla. Desnudo, resfriado, con los genitales amoratados, era el sujeto ideal para divertir a los miembros de un clan temido por todo el país político y social.

—¿En dónde estamos? ¿A qué juegan esos tipos? Quiero saberlo con exactitud. ¿Son el clan, los vergajos profesionales? ¡Va la madre!

—¿Cómo se te ocurre? Un grupo semejante sería un objetivo concreto del terrorismo.

—Si no es el clan de Los Ociólogos, ¿cómo es la vaina? Acabo de encontrar en el sauna a una de las hijas de Marlene Tello. Medio desnuda.

—Es hora de aterrizar, pendejo. No hay tal clan, aunque sí lo hay. Es un grupo de amigos y de hijos de esos amigos, que se divierte a costa de todo el mundo y nada más. Lo que viste es un centro literario en una casa decente. Lina está en la etapa del orín de gato y la rebeldía, pero en buenas manos.

—¿Centro Literario? Las huevas. Francisco Urbano no se ha leído un libro en toda su vida. ¿De qué trata esta farsa?

—Ninguna farsa. Es la casa de Helena, una gran amiga, como si fuera mi hermana. Crecimos juntos. Es la viuda del poeta Cáceres.

—¿La viuda de Cáceres? Creí que era un mito. Ni siquiera asistió a su entierro.

—Ignacio Homero murió en forma poco edificante. Helena, que lo adoraba, estaba demasiado deprimida como para acompañarlo al cementerio. La calle no es lo suyo. No sabe manejarla.

—Entonces...

—Ella tiene un sólido capital, rentas notables, todo lo que necesita. A pesar del terrible final del poeta llevó luto durante años. Pero ahora se aburrió de estar sola. Los hijos están casados; le prestan escasa atención.

—Una vez le escuché decir a Cáceres que por principio no llevaba a su mujer a ninguna parte. Pensé que bromeaba.

—Cáceres se creía el Ulises criollo. Sin embargo, le había prometido a Helena reuniones y fiestas literarias al culminar la educación de los hijos. Tuvieron cuatro.

—Se desquita.

—Ha creado un santuario alrededor de su memoria. No gasta tanto como si se dedicara a obras de caridad, o a una vida social en serio. Está siempre acompañada y atareada. Todos estamos contentos.

—Yo no. Hay que encontrar a Gema.

—Aguanta un rato. Helena está prendida del teléfono. Conseguirá la información.

Estrada se masturbó y duchó con rapidez. Después se puso la camisa nueva sin atender los llamados del videocelular. Carmín debía estar desesperada. Tenía que hacerla comprender. ¿Cómo? La idea de las explicaciones lo fatigaba. Extraño, porque era un buen creativo y aficionado a trabajar con imposibles-posibles, anticipar, elaborar respuestas y conclusiones. Mejor enumerar ciudades, murallas, torreones, frisos, columnas, pórticos, laberintos...

De pronto aceptaba la contundente influencia de su padre. Era el más cuerdo de Los Ociólogos, así no perteneciera al clan, como decía Carmín. Lo cual no le impedía —de una manera muy suya— estar por fuera del mundo real. Quizás al bautizarlo con el nombre de sir Aurel Stein, uno de los exploradores que transitaran por la ruta de Marco Polo, había insertado en su interior la obsesión de los caminos. Desde niño le gustaba dibujar techos, empalizadas, ábsides, cúpulas, transformar e inventar mapas, superponer nombres de emplazamientos antiguos a ciudades nuevas. A las indagaciones o cuestionamientos por el origen de su nombre, Marco Aurel, respondía con orgullo:

Estrada

—Me bautizaron en homenaje a dos grandes hombres.

En adelante tenía que concentrarse en su proyecto, fijarse una meta, mandar a la mierda a las mujeres. No tenía que trabajar toda Grecia, a la que los estudiosos y arqueólogos dedicaran vidas enteras, pero sí las ciudades que se disputaban la gloria de ser la patria de Homero: Esmirna, favorita de la tradición; Cime, Quíos, Colofón, Pilos, Argos, Icaria, Atenas. También trazar la ruta de Ulises. De todas maneras, seguir un plan y sistematizarlo. Por ahora lo mejor era el alfabeto-memoria. Imposible ignorar a las inicuas Sodoma y Gomorra, destruidas por la cólera de Jehová. Después Guatavita, diminuta y modesta, desaparecida bajo las aguas de una represa y con el mismo nombre de la laguna en donde emergiera la leyenda de El Dorado. ¿Qué más? Heliópolis, Hermópolis, Hobbiton, Insegard, Jericó, ¿y bajo qué letra alinearía la ciudad del horizonte de Atón? Filmaciones Estrada presenta: *Ciudades en la ruta*. Guión: N.N. Estaba retrasado en la elección del guionista. Sería preciso contratar a uno de esos muchachos que piensan en imágenes primero y diálogos después. No uno de esos axilafilms (nombre atribuido a los ociólogos) que deambulan por bares y cafés frecuentados por gente del espectáculo con un libreto bajo el brazo, intentando venderlo a toda persona sospechosa de estar interesada en el cine. No un literato, sino un escritor aficionado a juegos de computador.

—Listo —dijo Leopoldo Maestre—. La vieja Helena nos hizo el milagro. Creo saber en qué clínica se encuentra Gema.

11

La reunión tenía lugar en la sala más alejada del muro de piedra y las puertas de entrada, dominada por una cocina de carbón alimentada con cáscaras secas de naranja y mandarina. A través de los ventanales, suspendidos sobre el huerto, la tarde derretía luminosidad. Los hijos de Urbano vestían ropa deportiva e iban de grupo en grupo presentando a sus acompañantes. Mi novio. Mi novia. Mi amiga. Mi novio. Se tenía como un hecho que Estrada y Marlene Tello eran pareja, y Leopoldo Maestre aludía a ellos como «la hija y el yerno». Tres camareros repartían empanadas con salsa picante y costillitas de cerdo. Frente a un televisor, arrodillada en la alfombra y embebida en las piruetas de Mickey Mouse, Carmín lamía una chocolatina tan grande como su rostro. Alguien la había vestido con una camisa y un pantalón de su talla, pero los zapatos eran los mismos. Uno tras otro sonaban boleros dulzones.

Estrada tardó en descubrir que al fondo de la sala había un vacío, una franja que ninguno de los invitados pisaba, y hacia donde Antonia y Columba se dirigían inquietas, de tanto en tanto. La penumbra circundaba un nido atestado de almohadones y, a no ser por los sollozos que emergían del rincón, Gema hubiese permanecido oculta para él.

Durante otro rato fingió ignorarla y al sufrimiento implícito, hasta que Marlene, mimosa, le instó:

—Tú, anda, la china no te conoce bien. Puedes ganártela por sorpresa. Si continúa berreando voy a matarla.

—Ni se te ocurra —Ofelia Valle intervino, monumental, entre los dos—. Es mejor que llore y se desahogue. La reunión no es para su edad, ni le ofrece ningún atractivo.

—Yo no la invité. Tampoco le espanté al novio.

—Déjala tranquila. Tiene bastante con aguantar a la madre. Esa golfa sería capaz de rifar hija y marido si con eso complaciera a Fernando Urbano.

—Vamos, Aurel —insistió Marlene—. Gema sabe que eres un publicista y puedes convertirla en una modelo. Hasta preguntó cómo te llamabas.

El llanto menguaba por instantes y tornaba a surgir con vehemencia. Estrada no podía sustraerse a él, como tampoco la mayoría de los invitados. No tenía motivos para complacer a Marlene ni para consolar a Gema, puesto que sus sentimientos por la primera eran confusos y la chica no le interesaba. Ni siquiera sabía por qué le había permitido a Leopoldo Maestre y a la familia Urbano arrastrarlo en sus festejos.

—Haz lo que dice Marlene, ¿sí?

Si permitió ser guiado por Carmín fue debido a la ternura. No valía la pena frustrarla, ni encontraba frases para rechazar su petición.

—Dile a Gema que chitón, calle. Llora y me duele aquí, aquí mismo, aquí... —y enmarcaba sus sienes con los dedos pegajosos de chocolate.

Atravesó la sala con ella de la mano y seguido por la mirada de Marlene. Al paso vio a Ofelia Valle suspender en el aire una costillita, la curiosidad ostensible del poeta Cáceres, la complacencia de los Urbano y una expresión sorprendida en las pupilas de Leopoldo Maestre.

—Soy Aurel —dijo, al tomar asiento junto a la silueta desdibujada por la sombra y los arañazos de luces paralelas.

Gema, abrazada a las rodillas, levantó hacia él su rostro húmedo. Carmín ahogó la risa y corrió hacia el televisor, que alguien había apagado en su ausencia.

—Helios, ¿eres tú?

—Ya está bien. Es hora de lavarse la cara y ser feliz.

No se le ocurría nada. Las frases de consuelo estaban ausentes. Cuando intentó incorporarse, sintió la mano de Gema sobre el hombro.

—No llores, por favor. Eres demasiado bonita para llorar.

Ella entreabrió los párpados y moviéndose como una ciega acercó su rostro, unió los labios a los suyos y se los mordisqueó voraz. Estrada la apartó con suavidad. El deseo que comenzaba a sentir por Marlene Tello fue succionado por el amor que mucho más tarde depositaría en la oferente de aquel beso.

—Se acabaron las efusiones —dijo Antonia Urbano, con una vivacidad que albergaba comprensión a raudales.

—En media hora vamos a servir la cena —la secundó Columba.

—Tú, Gema, si quieres, puedes acompañarnos. A papá y a Leopoldo les darás una verdadera alegría.

—¿Helios? —murmuró Gema con timidez.

—Mañana estará con nosotros.

—¿Lo prometes?

—Lo prometo.

—Estaré lista y bonita en quince minutos. Jurado.

Antonia la miró alejarse complacida. Sin que Estrada preguntase, dijo confidencial:

—Los padres no están invitados este fin de semana. No hacía falta.

12

La modelo de cabellos leonados y maquillada con tal maestría que recordaba a una fiera, se deslizó con movimientos sinuosos por el piso de mármol negro; más que caminar parecía rastrear su propia sombra y, en el brillo, la presa. Los camarógrafos grababan absortos, con esa intensidad que sólo suscita la belleza o la muerte a gran escala. Otra modelo y presentadora de trusa gris decía:

—Érica exhibe un traje color tierra y arena roja, confeccionado en madrás, imaginado y diseñado por Gema Brunés con una inspiración que lo mismo evoca a nuestras regiones desérticas de Boyacá o las salinas de La Guajira, que a las extensiones áridas de África...

¡Intolerable! Tanto esperar, hacer antesala, quemar energías, desplazar las cámaras, para ser burlada y manipulada por una extranjera. Érica Rainer, en lugar de agradecer la oportunidad, exhibirse ante millones de televidentes, quizá desplazar a Gema, había asumido el papel de esfinge. Así que Marlene se asomaba a una dimensión prohibida; cruzar el umbral significaba comprometerse, aceptar que había visto a Gema enferma o drogada, en pleno desvarío. ¿Se burlaban de ella? No. Gema no podía ser tan fuerte, tan voluntariosa, como para afrontar en sus circunstancias el reto de una pasarela.

—... Bella La Luz exhibe un conjunto verde hoja, bautizado «Selva», color gris lluvia, tachonado con gotas de fantasía color aguamarina, amatista, verde aire y dorado polen...

La ilusión de un arbusto movido por la brisa, un ofidio, una trucha irisada o un cisne deslizándose sobre el lago era perfecta bajo los reflectores. La muestra de lo que sería la colección Gaia concluía. Un avance del desfile —y Marlene no tenía dudas— efectuado para complacerla y dispersar su atención.

Gema había montado un espectáculo de sonido, luz y efectos láser, inspirado en la ecología. Por supuesto, Marlene tuvo que firmar un documento comprometiéndose a pasar el video en su programa antes y después del evento y a ceder a Satín-Gema un alto porcentaje de las regalías cada vez que las imágenes fuesen emitidas total o parcialmente. Sus abogados eran voraces y en las cláusulas de los contratos apañaban hasta el último dólar.

Los camarógrafos se marcharon. Marlene se dijo que otros minutos de espera eran un suplicio merecido. ¿Y si Gema la había reconocido? ¿Y si iba a culparla por huir, abandonándola en un estado comatoso? ¿Y si?... Los «consejos para triunfar» bailaban retadores sobre las niñas de sus ojos.

9. *Respete la institución del matrimonio. Recuerde que hay que casarse joven, en invierno y a menudo.*

10. Guárdese sus problemas y deje a la gente imaginar que se divierte en grande. Una sonrisa es una sonrisa y sus efectos duran mucho más que una canción. La amabilidad también reporta seguridad.

11. No duerma demasiado o de lo contrario se despertará con un fracaso. Para la piel, una hora diaria de amor es suficiente.

12. Viva en un edificio elegante. Frecuente cafés y balnearios de lujo. Adquiera obras de arte y libros recomendados. Si no le es posible comprar la ropa en París o Nueva York, no se preocupe. Las mujeres perfectas no existen.

13. Si usted aspira a triunfar, no imite ni envidie a otras mujeres. Viva su propia vida, vista a su gusto, y no se preocupe por lo que de usted digan amigos, parientes, enemigos, periodistas y competidores.

—Por favor, venga conmigo.

Rosario Navarro, en el umbral, llevaba un manojo de llaves. Su figura maciza bajo la luz verde azul, tornaba incongruente el blusón de seda malva con el monograma de Satín-Gema bordado a mano.

—¿En dónde está Gema?

—En la sala de cosmetología y acabo de aplicarle una mascarilla —dejó escapar una risa que sonaba a pájaros disputándose alpiste.

—Necesito hablar con ella.

—Creí que estaba citada con Érica.

—Sólo me interesa Gema. Estaba nominada al premio de la creatividad en la «Noche de los grandes». No se dignó a asistir.

—Envió flores y excusas. Tenga en cuenta que nuestra prioridad es la colección.

—La mía también. Sin una entrevista con Gema, el video pierde la mitad de su valor.

—No trabajo en el área de imágenes —Rosario caminaba enérgica por un corredor de baldosas azules, las gruesas piernas afinadas por medias oscuras.

—¿Por qué tanto misterio? ¿Es o no cierto que Gema intentó suicidarse? ¿Por qué mi cita con Érica Rainer ha sido postergada?

—Orden de Gema. Y usted se las gana todas, ¿no?

—¿Está ella aquí? Estoy perdiendo tiempo. También quiero asistir al desfile.

—¿Gema? Ahí la tiene.

Tras los cristales de un ventanal interior, en una sala que Marlene no había visto antes, reposaba Gema u otra mujer que se le parecía. Tendida sobre una mesa de masajes, su cuerpo estaba cubierto por una película gelatinosa bajo la cual se maceraban hojuelas de avena. El cuello y los pies desaparecían bajo una crema oleosa y las manos en guantes de tela. El rostro moldeado por una mascarilla compacta poseía el óvalo de Gema y el puente de la nariz, pero, ¿lo era? Una capa de algodones húmedos ocultaba párpados y sienes. ¿Gema? La estatura, los brazos huesudos y larguísimas piernas así lo indicaban. Marlene golpeó el vidrio en busca de una puerta. No la encontró. La mujer, fuese quien fuese, permaneció inmóvil.

—Vamos. Es urgente.

Dejaron atrás la sección de cosmetología y por el corredor desembocaron en un patio que conservaba los ladrillos deslucidos y caminos de piedra de la antigua casona remodelada para instalar a Satín-Gema. Crisantemos rojos se abrían en la pálida mañana que también traía aroma a fresas, azaleas, hierbabuena. Rosario Navarro agitó las llaves, localizó un listón metálico con dos cerraduras y abrió un portón adornado con remaches de bronce desgastado.

—Ahí tiene, de ñapa, a la señorona —le sonreía y al hacerlo enseñaba dientes pequeños, blanquecinos, con encías carnosas.

—¿Qué? ¿Qué señora?

—Ustedes pueden irse a comer caca. Gema está con nosotros y nada ni nadie puede cancelar el lanzamiento de la colección.

Fue como si un renacuajo hubiese escapado del botellón en dónde lo tenían atrapado. Sucia, ojerosa, circundada por un repelente olor a sudor, Juana Inés Calero derramaba insultos a media voz, temerosa de llamar la atención. A una palabra engarzaba otra y Marlene, aterrada, estupefacta, atropellaba sus preguntas. Rosario Navarro había desaparecido.

—¿Qué? ¿Qué te hicieron? ¿Cuándo pasó? ¿Dime, por favor? ¿Quiénes?

—Mejor cállate. Tú inventaste al engendro de Gema. Tú y tú y tú y Leopoldo Maestre, hasta el idiota de mi yerno metió las manos...

—Te hace falta contar a la familia Urbano, al dueño del espermatozoide y a la mujer que la parió... —dijo Marlene, y por encima del acezar y otras emociones tan violentas que casi podían tocarse, vio en el rostro de Juana Inés Calero el espejo del odio.

13

La idea de una modelo fuera de serie, que en sí misma constituyera el producto y que por lo mismo respaldara distintos artículos y logotipos sin perder su propio dinamismo, tenía tantos años como Marlene en el medio publicitario. Era un *divertimento* mental, como imaginar la Coca-Cola-ron, otra cajetilla de Marlboro y un avión con salón de belleza, sauna, suite nupcial. El vehículo solar, automóvil y helicóptero a la vez, a prueba de bombas y de balas. La píldora anticonceptiva, desodorante, repelente de insectos.

Al pensar en Gema para dicho fin, la fugacidad de la idea y el «puede ser» estuvieron presentes. Luego, el asunto quedó suspendido durante meses. Marlene ni siquiera recordaba los planes realizados con tanto entusiasmo (y que debido al fulgor del momento tenían la cualidad de parecer ya realizados), hasta que Leopoldo Maestre, Ofelia Valle y los hermanos Urbano citaron a una reunión en la agencia Mex.

—Puede resultar un fiasco —advirtió Marlene—. Gema es fotogénica, tiene huesos, pero ¿la personalidad y el carisma?

Estrada, quien estaba allí para defender los intereses de su padre, no podía permitir que se le escapara una ganga.

—Le inventaremos carisma y personalidad.

—De eso se trata —Francisco Urbano fue terminante—. Estamos empeñados en apoyar a Gema, que es como uno de nosotros. La educación formal no es para ella y lo de la modelo única tampoco importa. Ha tenido que abandonar el colegio, y no es su primer conflicto, así que necesita estar ocupada y ya. En parte tenemos la culpa de su indisciplina. La madre la trajo a casa de pañales y la hemos mimado con exceso...

—Yo me encargaré de apoyar al muchacho —dijo Ofelia—. Posee tanta belleza como Gema y entiendo que también lo han expulsado del mismo plantel.

—Así es —aceptó Francisco—. Se peleó con los profesores por causa de la nena. Hay que ayudarlo.

Marlene no cometió la estupidez de preguntar qué muchacho. Era obvio: Helios Cuevas. Pero, ¿qué interés podía tener Ofelia Valle? Ella raras veces había mostrado mayor interés en los hombres. Se prometió hablar con Leopoldo, quien no abrió la boca en toda la reunión, excepto para decir «Sí», «No», «Claro». Su locuacidad no fluía sino macerada en alcohol.

La reunión continuó durante el almuerzo. Después fueron a un bar de la ochenta y dos, a una discoteca en la misma calle, y luego el grupo se dividió. Era la madrugada del viernes. Marlene tuvo el margen justo para dormir dos horas y llegar a la agencia bastante lúcida.

—Sin ti, no le encuentro sabor a la fiesta. ¿Cuánto tengo que esperar? —Estrada le telefoneaba seguido.

Marlene pudo escapar hacia las cuatro. Los camareros comenzaban a servir. Como siempre, la casa de Leopoldo estaba atestada. Se preguntó a qué horas se trabajaba en Bogotá. Sus verdaderas inquietudes: «¿Qué hicieron Gema y Helios? ¿Por qué los echaron del colegio?». Dispuesta a saber, arrinconar a Leopoldo. Tenía urgencia, puesto que Gema se había convertido en un talismán; suyo o ajeno, daba lo mismo.

—Advertido, chiquita, hoy no preguntes ni me metas en líos —la atajó Leopoldo.

—Vine a saludarte, nada más.

—Te he sonado los mocos y me gustas con la nariz limpia.

—¿Qué hice?

—En adelante, la agencia Mex cuenta con auténtica solidez económica y tú eres su ejecutiva estrella. ¿Para qué indagar más?

—No he dicho nada.

—Así me gusta. El silencio es un don tan valioso como el de la oportunidad. Beso a papá.

Marlene Tello y Estrada aceptaron trabajar con Gema y Helios en una campaña destinada a renovar la línea de accesorios de Ofelia Valle. Como era insuficiente dar al público juventud, rostros y cuerpos hermosos, puesto que se veían a racimos, los presentaron como siameses recién separados, que rompían los moldes impuestos por la subcultura generada alrededor de la música rock. Había identificación, pero no radicaba en la igualdad del vestuario y accesorios, sino en la expresión distante de los rostros, los movimientos lánguidos, sus voces cautivadoras, la música. Estaban muy lejos de los jóvenes histéricos, subliminalmente educados para engrosar el mercado carnal y siempre en actitud de comer, beber, admirar, comprar, exigir, gozar. Encarnaban feminidad y masculinidad en embrión sin perder un aura inocente y angelical, ultrasensible.

Fue emocionante imponerlos. Convertirlos en el símbolo dual que respaldaba lo hermoso, sólido, límpido, inteligente. Transitar por imágenes y palabras que evocaban la paz, la unidad familiar, el mundo verde, el aire límpido, las aguas incontaminadas.

Cuatro años fastuosos. La agencia Mex logró pagar la inversión efectuada por los Urbano y la empresa de Ofelia Valle, organizar equipos de venta —puerta a puerta— por todo el país y afianzarse como líder de su ramo. Marlene Tello comenzó a figurar en diarios y revistas como «publicista genial», mientras Estrada era acogido por la farándula, admirado por las actrices, presentadoras de televisión y reinas de belleza, quienes lo señalaban como uno de los hombres más atractivos y elegantes de Bogotá. Sus relaciones eran intensas. Eufóricos, hablaban de casarse.

Pero ambos tenían demasiada actividad. El trabajo era cada vez más exigente. No sólo Gema crecía con rapidez; Helios respiraba hombría. Conservar la aurcola atemporal que nimbaba sus imágenes demandaba paciencia y tiempo. Los maquilladores y camarógrafos protestaban, las fotos fijas exigían elaboradas manipulaciones. Todo el personal subalterno cobraba extras, porque un simple comercial tomaba mucho tiempo de grabación. Parte del trabajo arduo consistía en buscar un atajo que permitiera concluir el ciclo Gema-Helios-siameses para iniciar la etapa Gema-Helios-seducción. En el interludio, Marlene Tello y Aurel Estrada situaban su matrimonio.

Matrimonio que se postergaría debido al anuncio de la boda de Juana Inés Calero y Fernando Urbano, que los sumergiría en un trimestre de innumerables agasajos, lluvias de regalos y despedidas. Tampoco la segunda etapa Gema-Helios tuvo posibilidades. Durante una visita de Héctor Estrada al país, Leopoldo Maestre y Ofelia Valle como socios mayoritarios de Mex, citaron a una reunión extraordinaria. Marlene asistió como invitada sin voto, aunque formaría parte vital de los cambios inminentes. Según la exposición de Leopoldo, Mex había superado su primera etapa, convirtiéndose en una agencia antena, respetada en el medio. Entre sus nuevos clientes sobresalían varias multinacionales y prestigiosas marcas de modas y cosméticos. Una cadena de comida rápida, bancos, centros comerciales, grandes almacenes y una poderosa compañía cervecera solicitaban asesoría de imagen. La agencia exigía una inyección de capital, nuevo personal, la ampliación y modernización de sus instalaciones.

El departamento creativo fue dividido en secciones independientes. Héctor Estrada cedió a su hijo la mitad de su inversión. Leopoldo Maestre, por su parte, le obsequió veinte acciones a Marlene, pues deseaba delegar más autoridad en su hijastra y aligerar sus compromisos. La familia Urbano entró a la nueva plana mayor con un considerable aporte financiero, aunque menor que el de los socios fundadores.

Y durante una multitudinaria recepción ofrecida por los directivos de la fortalecida Mex, para mostrar la maqueta de la que sería su nueva sede a los medios de comunicación, clientes y amigos, Leopoldo Maestre dio por terminada la asociación Gema-Helios.

—Consideramos que la agencia ha cumplido una misión exitosa y que nuestros clientes tienen derecho a una renovación. ¡Vamos por un whisky! Salud.

Marlene supo que estaba vencida, sin lucha. Aunque la donación de las acciones le impedía protestar con vehemencia, el entusiasmo general la impulsó a efectuar unas preguntas que había relegado por conveniencia a un olvido aparente:

—¿Qué hicieron? —preguntó—. ¿Qué sucedió en aquel colegio?

—¿Qué hicieron quiénes? —Leopoldo estaba demasiado consciente de las implicaciones del discurso como para disimular con propiedad.

—Los ángeles.

—Cosas de chicos, de fiesta. No tiene importancia.

—¿Como cuáles? Me gustaría saber.

Leopoldo había callado por casi cuatro años. Ni el sigilo ni el silencio ni el secreto estaban en su naturaleza. Bebía su cuarto o quinto whisky.

—Los encontraron en el gimnasio, medio desnudos; hacían el amor de pie. ¡Un escándalo de padre y señor mío! Mi compadre Urbano y Saturia Duarte se hicieron entonces los desentendidos, pero ahora el asunto se salió de madre.

—¿Qué hicieron ahora?

—Lo mismo, pero en un club y durante una despedida de soltero. Mejor nos evitamos problemas. Después de todo Mex no es una cama giratoria, ni nosotros guardianes de la moral.

—¿Qué despedida?

—¿Qué otra podría ser? La ofrecida por los Brunelés a mi compadre Urbano. No hubo manera de ocultarlo, y Fernando no ha podido disimular su ira. Ese matrimonio con Juana, si es que se casan, comienza con mala sombra.

—No me invitaron.

—Mejor.

—¿Gema y Helios? No es tan grave. Hacen una linda pareja. ¿Por qué tanta inquietud?

—En la propaganda todo sale bien. Todo es perfecto. Por eso tú crees en serafines de relumbrón y cenicientas Walt Disney —Leopoldo inició un gesto fugaz, que no llegaba a obscenidad ni a símbolo de la victoria.

—¿En dónde la seguimos esta noche, papi? Me muero de hambre y el vino se acabó —era la nueva amiga de Leopoldo, una pelirroja de cabellos teñidos y lentes aguamarina.

—A ninguna parte. ¿Cómo se te ocurre, chiquita? Hay vino hasta para bañarnos. Leopoldo Maestre y sus asociados te han invitado a una fiesta. Lúculo cena en casa de Lúculo.

Las voces, alrededor, tenían un tono distinto del que imperaba en el resto del salón. O así le parecía a Marlene. Todos hablaban en el lindero de los gritos. Camareros, copas y bandejas multiplicándose.

—No seas grosero, papi —dijo la pelirroja con una voz musical de falso colegio exclusivo.

Marlene agarró a Leopoldo por un brazo, con fuerza, y lo obligó a ignorar los besos, saludos, batir de pestañas. ¿Cómo estás? ¿Tienes un cigarrillo? Te adoro. Vale.

—¿Qué debo entender?

—No hay como las hijas verdaderas, así no sean de uno. Los secretos a voces son los más secretos. ¡Beso a papá! No te rompas la cabeza. Tu problema es tanta imagen, tanta televisión. La falta de lectura ablanda el cerebelo.

—Apenas me queda tiempo para leer.

—Tú te lo pierdes.

A Marlene le ardían los ojos. Conocía todos los discursos de Leopoldo y sus opiniones sobre la imagen. Por primera vez estaba tentada a darle la razón.

—Los televidentes son corderos: es posible sugestionarlos y controlarlos, venderles un romance, un detergente o un sistema de vida. En cambio el lector puede reflexionar a cada párrafo e hilar debajo de las frases. Es como cultivar la intuición y la malicia indígena, además del verbo.

—Sin Helios Cuevas vamos a perder muchos clientes.

—No lo creas, mi linda. Es hora de crear a la modelo fuera de serie. Tienes carta blanca.

—¿Qué dice Gema? Está muy apegada a ese chico. No querrá trabajar sola.

—¿Despreciar semejante oportunidad? No conoces a la china, es igual a la madre. Y la tribu Urbano manda, no lo olvides.

14

Marlene y Juana Inés bordearon el patio hasta encontrar una puerta abierta, un tramo de escaleras con barandas metálicas que comunicaba con los garajes. El Volvo de Juana, que había sido lavado, lustrado, provisto de combustible, tenía vidrios polarizados; el lamentable estado físico de su dueña no sería fácil de advertir. Bajo las llaves y el teléfono celular, depositados en la guantera, había una tarjeta. *Gracias por amar el Satín.* La firma parecía de Gema.

—Yo conduzco —dijo Marlene.

—No esperaba otra cosa.

—¿A dónde te llevo?

—A casa de mi hija, en ella puedo confiar.

Marlene tomó el carril a su derecha, por la setenta y dos, para dirigirse hacia la carrera quince. Era obvio que Juana Inés Calero no deseaba alimentar la crónica roja con las incidencias de su obligado encierro —¿o secuestro?—. Sería lesionar su ego, desdorar en público esa aureola de hermosa-gran-dama obtenida con los vigilantes cuidados que una mujer ambiciosa reserva para sí.

—He sido humillada, ¡y me las pagarán!

La voz con un ligero tartamudeo y los ojos llenos de asombro, como si saliera a la calle por primera vez: los peatones cruzando la avenida en cualquier sitio, autobuses listos a embestir, edificios, avisos, taxistas que no respetaban semáforos ni líneas peatonales, mendigos profesionales; niños que ofrecían cigarrillos, flores, dulces, marihuana, limpieza del automóvil. A los detalles vergonzosos Marlene hubiese querido decir «¡Basta, no quiero escuchar! ¡No me comprometas!». Pero ganó la curiosidad...

Juana Inés fue apaleada, envuelta en una sábana y encerrada en un cuarto abarrotado de víveres, herramientas, cajas de cartón, periódicos viejos. A su alcance refrescos, galletas, chocolates. El frío y la falta de bebidas calientes la tenían entumecida. ¡Había orinado en un balde!

—Lo siento —dijo.

—No te creo. Estarías encantada de regar el chisme y grabar un video y decir en cámara: «Según fuentes autorizadas, Juana Inés Calero, la editora y periodista, estuvo a punto de morir». Soy un personaje, la noticia daría la vuelta al mundo.

—¿Tu versión? ¿Cómo sería?

—«Prestigiosa editora, casada con Fernando Urbano, notable hombre público, encerrada por equivocación en alacena».

—Suena interesante. ¿Cuál es la verdad? ¿Qué pretendías? ¿La destrucción de Gema?

—Ella está acabada hace rato. No da más como modelo. Yo quería cancelar el lanzamiento de la colección Gaia, la página *web*, el desfile, todo. ¡Un fracaso, social y económico! Satín-Gema no puede asumir tal desastre.

—No sería tan fácil, Juana.

—Si me da la gana puedo anular esta colección, o la próxima, o la que se me antoje. Voy a conseguir los virus más sofisticados para bloquear su motor de búsqueda. Anularé su prestigio. A Gema se le acabó la suerte. La vi como muerta, parecía gusano y vegetal. ¡Esa sería la noticia! Imagínate, docenas de periodistas al lado de una babosa, tirada en una cama, en los noticieros de la noche.

«Los Urbano no te lo perdonarían», pensó Marlene.

—Intentó suicidarse y casi lo consigue, es lo cierto... ¿Sigue viva?

—Ni idea, pero hay rumores por todo Bogotá. Para Gema, el suicidio, real o ficticio, es como un deporte.

—Esta vez es verdad. Todavía estoy a punto de acabar con el mito Brunés, si me ayudas.

—No quiero saber nada. No quiero recordar nada. Me niego a escuchar. Marlene Tello ni siquiera está contigo, ni aquí.

La vocinglera carrera quince se extendía entre feas casonas, altos edificios, terrazas, amplias aceras, avisos amontonados sobre los techos, paredes, vitrinas. Oma. Pim's. Big Burger. Whimpy. McDonald's. Ranch Burger. Biba. Animal. Lucky. Marlboro. Levi's. Una vía que parecía mimar a los peatones, pese al traquetear de taxis, buses, busetas, triciclos, camionetas, automóviles como el conducido por Marlene Tello.

Juana Inés se apresuró a quebrar el silencio.

—Me siento en un Manhattan de segunda. Tendría que escribir un artículo sobre la verdadera penetración cultural.

—No pierdas el tiempo —Marlene no tenía interés en el tema. Hablar era una disculpa para ahuyentar la sombra de Gema—: el corazón de Bogotá es colombiano, pero las válvulas son de factura gringa. Al menos el corazón del norte.

—¿Qué pasó en la «Noche de los grandes»?

El sastre color arena con manchas oscuras e innumerables arrugas, los labios cuarteados, el cabello grasiento y un olor rancio no rozaban siquiera el ego de Juana Inés Calero.

—Yo estaba nominada. ¿Obtuve un premio?

—No.

—¿Notaron mi ausencia?

—Carmiña no podía faltar. A propósito, elegantísima, la sensación. Alguien dijo que adornaba tu ausencia.

—Gracias.

Marlene no dijo que Carmiña estaba con Felisa Riera y una corte de muchachos bien atrincherados en la fama. No mencionó la ausencia de Aurel, ni Juana preguntó por su yerno, ocupada en rumiar entre dientes sus querellas.

Al apartamento entraron por un ascensor que subía directo desde el garaje hasta el vestíbulo. Juana, después de un «Hola», «Hola, mi amor», corrió hacia un baño. Marlene caminó junto a las vitrinas, alineadas a lado y lado del amplio vestíbulo, que exhibían la colección de objetos antiguos, la mitad precolombinos, atesorados por el padre de Aurel. Cada vasija, sello, pergamino, escarabajo, tejuelo, poporo, rana silbadora, colocado bajo un cono de luz.

—Hola, hola —dijo la voz nasal, aniñada—. ¿Eres tú, mamá? ¿Aurel?

—Tu madre ha tenido un pequeño accidente —dijo Marlene, guiada hacia el estudio por el sonido del televisor.

Ante la expresión aterrada y los ojos al borde del llanto, descartó las invenciones, como «se ha caído en una cuneta», «intentaron secuestrarla», «un asalto». Carmiña había vivido hasta su matrimonio con una mujer impredecible, a quien la profesión ponía en situaciones difíciles, agresiones verbales y físicas, calumnias, demandas. Juana dirigía su propia empresa. Era a la vez jefa y relacionista.

—Nada grave —concluyó.

—Comenzaba a preocuparme. Mamá no apareció en la premiación de los publicistas. Tuve que inventarle un viaje importantísimo.

Sentada en un tapete esponjoso y multicolor tejido a mano, frente al televisor a todo volumen, como en un islote, Carmiña la miró inquieta. La alfombra que cubría el piso del estudio estaba tachonada de zapatos, unos doscientos o trescientos pares colocados en ordenadas filas. Zapatos que una criada de rostro afanoso lustraba provista de betunes, líquidos, trapos, cepillos, lijas. Era como una pequeña deidad, aindiada y regordeta, ávida de sacrificios y nunca ahíta, pero que reverenciaba a una divinidad superior perteneciente a otra raza, a otra cultura.

«¿A qué horas los usa?», pensó Marlene.

Montones de ropa cubrían el escritorio, un sofá, los sillones y la mesa del computador. Sastres, blusas, abrigos, chales, túnicas, trajes de gala y coctel, faldas, capas, gabardinas, sacos de lana, pantalones formales y *jeans*.

—¿Estás de viaje o de mudanza?

—Ni lo pienses. No tengo intención de abandonar a nuestro querido Aurel. No por ahora. Pero quiero cambiar de vestuario, de casa y de vida. Voy a darle otra oportunidad a nuestro matrimonio.

Vestía un pijama de seda color limón y sus cabellos cortos brillaban. A su lado tenía una bandeja portátil con pan tajado, salami, palmitos, salchichas empavonadas de mostaza, arenques, camarones, papas fritas, aceitunas, rodajas de tomate y cebollas. Una Coca-Cola litro, su bebida favorita. ¿Almuerzo o merienda?

—Hay para todos —dijo.

Juana entró envuelta en una toalla demasiado pequeña para su estatura, como para afirmar ante sí misma que su cuerpo continuaba firme y terso. Los cabellos mojados enseñaban raíces claras. Del rostro había desaparecido la fatiga. Irradiaba nueva fuerza.

—¡Es el colmo! ¿Lo notaste? —dijo a Marlene—. Mira lo que come esta muchacha. Bagazos. Viruta. Con razón no tiene alientos ni para salir a trabajar, y es hija mía. Todas la semana de té en té, de coctel y rumba, o zampada en la casa y entre la cama. ¡Dios! ¿Cómo puede Estrada aguantarte? No lo comprendo —le dijo a Carmiña.

—Es la maldición —afirmó impertérrita.

—¿Qué maldición?

138

—Encontró un coño que le acomoda, como dice el tío Leopoldo.

—¡Niña!

Sí, ¿cómo podía Aurel soportarla? Marlene se lo había preguntado mil veces. Carmiña, en materia alimenticia, fluctuaba entre dos extremos. Embutidos y enlatados que podía acompañar con pan untado de salsas o margarina, porque su paladar rechazaba la mantequilla. Ostras, calamares, el pato, la caza, la trucha, el salmón. La mesa de recepciones, bodas, cocteles, fiestas diplomáticas. No era capaz de probar una sopa común, un desayuno con caldo o chocolate, un cocido o mazamorra, fríjoles y lentejas, yuca y plátano. Ni siquiera platos típicos alabados a escala internacional, como el ajiaco o el arroz con coco, eran servidos en su casa. ¿Cómo podía Aurel vivir con ella? Se jactaba de poseer la cocina más ordenada e impoluta de Bogotá y era cierto; en ella no había alimentos para hervir, sudar, marinar, hornear o freír.

—Bueno, es hora de ir a casa. Mis hijas me esperan.

Tranquila, Marlene querida Juana comenzaba a abotonarse una de las blusas del montón—. Mejor toma asiento. Tranquila, tus hijas son grandes y si las tienes es por mí. ¿O quién te presentó a Gómez Londoño?

—A mi marido lo conocí primero como cirujano plástico.

—¿Quién organizó las fiestas en donde fraguamos tu matrimonio? Quieta. De aquí no te mueves. No irás a ninguna parte sin mi consentimiento.

Carmiña comía con delicadeza de ruiseñor enjaulado y consentido. Juana Inés tomó asiento frente al computador, apartó la ropa a manotazos, esperó la señal para entrar en el sistema y comenzó a teclear:

Gema Brunés ha muerto. Gema Brunés ha muerto. La modelo más famosa de Colombia ha muerto en Bogotá.

III

LOS MUROS

1

Los hombres empuñaban ametralladoras, fusiles, lanzallamas, cuchillos, granadas. Bajo los cascos, boinas, pañuelos amarrados, sus rostros pintarrajeados de negro, verde, granate, semejaban monjes y mercenarios a la vez. Un brillo fanático les inundaba los ojos, como si retaran enemigos bestiales. Medallas y condecoraciones tachonaban sus uniformes de fatiga, camisetas sudorosas, chaquetas verde oliva. Entre ellos, envuelta en muselina rojo coral, los cabellos volátiles, el rostro pálido y los párpados orlados de azul, Gema Brunés. Medio tendida sobre la cubierta metálica de un tanque, amamantaba un bebé y su mano derecha sostenía un girasol espléndido. Anillos cuajados de esmeraldas realzaban sus dedos, hasta los pulgares. El cartel- holograma de pared a pared opacaba los cuadros y adornos del local. La fotografía, en su origen, partía de una escultura-imagen con memoria de forma, sonido y luz, exhibida en la Feria Exposición de Bogotá, durante un festival de moda y fantasía que, al paso de las horas, transformaba a los guerreros en figuras de metal

141

calcinado y herrumbroso, y dejaba a Gema medio desnuda, con la flor marchita en lugar de los senos y el bebé. Sogas retorcidas y cadenas inmovilizaban sus manos y tobillos. Videos musicales y carteles con el tema alcanzaron seis ediciones en dos meses y comenzaban a agotar la séptima, pero una disposición coordinada de los ministerios de Educación, Defensa y Comunicaciones requisó los ejemplares existentes. Su circulación quedó suspendida. La idea había sido de Marlene Tello, y correspondía al segundo período en la carrera de Gema. Un clásico.

No era el momento para saborear recuerdos. Menos enfrentar a aquella Gema-madre-no-madre- delgada hasta la exageración. Ni el lugar. Estrada, abrumado, tomó asiento ante un escritorio de patas torneadas e intentó centrar su atención en las vitrinas. Exhibían insignias y escarapelas distintivas. Águilas, esvásticas, ballestas, espadas cruzadas, antorchas, garras, leopardos, machetes, tibias y calaveras, salamandras, grifos, bastones y muchos otros adornos relacionados con la moda militar, o lo que el gusto popular señalaba como tal. Sobre mesones repartidos por todo el lugar había zamarras, chaquetas de cuero y tela, *jeans*, casacas, charreteras, cinturones, látigos, guantes, abrigos, sacones, capas, capuchas, quepis, sombreros de la policía montada y vaqueros del Lejano Oeste.

—Haremos un alto de quince minutos —dijo Leopoldo Maestre esa noche—. Tengo que apoyar a mi hija Valeria, hacer una compra decente. De todas maneras ofrecen un trago. ¿Qué mejor disculpa para Carmiña? Estábamos de farra por ahí, hundidos en la rumba. El negocio es por corta temporada, pues la china tiene que comprar sitio propio, un local grande y ojalá a precio económico.

—¿Tu hija?

—Un decir. Todo es cariño.

Un pasacalle iluminado anunciaba *Antigüedades, regalos, detalles y pulgas,* en la esquina de la ochenta y dos con trece, en un bar llamado Taxi. Entraban y salían chicas y chicos de *jean,* sudaderas y pantalones cortos, deportistas, mujeres a la última moda cargadas de paquetes. Dos muchachos ofrecían ron y hielo en vasos plásticos. Leopoldo, a dedo, elegía un objeto tras otro. Copas venecianas, una caja de cristal, dos jofainas pintadas a mano, acuarelas, ángeles dorados.

—Es mi aporte, linda —caminó hasta el escritorio y extendió su talonario de cheques—. Me lo envías todo a casa, sin papel de regalo. Todavía no he decidido qué cosa es para quién, ni el motivo o celebración.

Al compás de la música que repercutía junto a la barra, la dueña revoloteaba, sin perder de vista a Leopoldo, acodado sobre la superficie manchada del escritorio. Altísima, usaba el cabello suelto a la espalda. Vestía camisa transparente, chaleco color alhucema, falda estrecha y botas.

—¿Contenta, mi china? —Leopoldo cruzó el cheque y movió su mano en admonición—. Mucho juicio, ofrece dos tragos por persona y evita la farra. ¿Qué tal las ventas?

—Vamos por cinco millones, en trapos y muebles.

—Felicitaciones y beso a papá. Además te encimo a mi socio, Aurel Estrada. Valeria es mi hija favorita. Yo la crié —le dijo a él.

—Mucho gusto.

No parecía su hija —le llevaba dos cabezas— sino de la fallecida Ofelia Valle. Su misma forma de lamer los labios, mirar con expresión cálida, mover coqueta las pestañas. Estrada sabía lo que Leopoldo iba a decir. No exactamente, pero con el mismo significado.

—La heredé de Ofelia, y se parece a ella, a mí, a los dos. Es como mi hija, y esta vez puede ser cierto.

De todas las supuestas sobrinas y ahijadas decía lo mismo; y en el caso de Marlene Tello actuaba como padre consentidor. Con respecto a Gema, ¿qué?

—¿Por qué tantas presentaciones?

—Creo que Valeria le compra ropa usada a Carmiña, así que dará fe de ti y tus andanzas. Nunca se sabe, y puedes necesitarla.

—Carmín no discute nuestros asuntos con extraños.

—Todas las esposas preguntan. No te quepa duda. Estás metido en un gran lío, y detalles como éste te pueden ayudar.

Estrada tenía dolor de cabeza. Del inoportuno encuentro con Lina Gómez en el sauna, emergió con el cansancio al hombro. Mal afeitado, sentía incómodos la camisa, las medias, los interiores proporcionados por la viuda del poeta Cáceres. Había perdido el videocelular. Pero tenía que telefonear a la agencia, ofrecer excusas, alegar calamidad doméstica. Pero, ¿cuál sería la versión hogareña? Suplicó a Leopoldo:

—No tienes que acompañarme, aunque necesito ayuda. Mejor visitas a Carmín y la preparas. Después veremos.

—No te preocupes tanto por la chiquita. Es tu mujer. Las esposas saben perdonar. Las amantes son más rencorosas.

—Whisky, especial para ustedes. Cortesía de la casa.

Leopoldo tomó el vaso que la chica parecida a Ofelia Valle le ofrecía. Estrada, a pesar del malestar, también aceptó. El cheque de Leopoldo debía ser generoso, pues el licor era estupendo, así como los pasabocas recién preparados.

—¡Salud, otro trago y otro amor!

No había otra salida que comprar. Estrada eligió una muñeca de ojos dormilones, nariz diminuta y boca glotona, con una minifalda y botines charolados. Le entregó a la chica que lo había atendido una nota para Carmiña y la dirección de su apartamento, y pagó con tarjeta de crédito. ¿Qué obsequios ofrecerían los bellos atlantes a sus amadas? ¿Joyas? ¿Sedas, damascos, linos? ¿Con qué clase de mujer estuvo casado sir Aurel Stein? Sería una dama exquisita, que apreciaría el arte por encima de otros placeres y dormiría entre sábanas perfumadas con menta y sándalo. A una esposa así no sería posible halagarla ni seducirla con objetos de bazar. Dios, ¿en qué pensaba? Necesitaba concentrarse. Tal vez trabajar en módulos, ubicar los sitios de Ulises, Perseo, Eneas, Don Quijote, Gulliver. Su memoria jugaba con un ritmo adosado al alfabeto y sería más sensato de momento transitar por ahí. Todo lector de Cervantes identificaría a Barataria y el Toboso. En cambio los viajes de Marco Polo y sir Aurel Stein necesitarían otro tipo de explicaciones. Bolgara y Sara, ciudades de Tartaria. Bolak, en donde Alejandro tomó por esposa a la hija del rey Darío. Kin-say, la ciudad maravillosa. Saba, de donde procedían los tres Reyes Magos y la *Biblia* situaba a la fabulosa reina Maeba, amada de Salomón.

No era un asunto de mapas, ruinas, ni de pobladores extinguidos, sino de croquis imaginativos. Macondo, la de la infinita soledad y los espejos. Mordor, construida por esclavos y con sus torres negras. Tlön y Uqbar. Todas las bautizadas Santa María, como la Antigua del Darién. No sólo trabajo de guión y cámaras, se necesitaría un experto en negocios a través de Internet. Filmaciones Estrada presenta: *Ciudades mitológicas*. Idea y guión: Aurel Estrada.

Mientras visitaban la tercera clínica en lista, una pequeña y costosa, situada en el nororiente, Estrada supo que el proyecto era excelente. Pero que necesitaba un enfoque preciso antes de contratar un equipo de investigadores. E imaginaba cómo se dibujarían las ciudades interplanetarias, cuando la recepcionista, una muchacha de aspecto tan saludable que resultaba agresivo en aquel establecimiento dedicado a rehabilitar alcohólicos, drogadictos y esquizofrénicos, se prestó a brindar información, ablandada por la simpatía de Leopoldo Maestre.

—¿Viste, hijo? —susurró, bastante cerca como para marearla—. ¡Esta chica respira vida! ¿Qué hace en una clínica? Parece una reina de belleza —y el truco favorito—: si yo tuviese treinta años menos...

Una mujer de turbante y gafas oscuras había registrado a otra mujer flaca, trasquilada, con los brazos llenos de moretones, ardida en fiebre, y pagado en efectivo el aval de admisión. Pero había aprovechado la confusión creada por un ganadero, que había escapado de unos asaltantes con un hombro destrozado por las balas, para desaparecer sin dar su nombre y dirección. La paciente estaba fuera de peligro. Si ellos regresaban al día siguiente y en horas hábiles podrían hablar con los médicos, cancelar la cuenta, llevársela en seguida. ¿Su nombre? María Gema Nieves Brunelés.

Leopoldo, no sin esfuerzo, logró calmar al excitado Estrada. Las manifestaciones de alegría o cólera sobraban. Calma. Había que descansar. Llevaba horas sin tomar agua. Su aliento olía a vermífugo.

—Tenemos que alojarla en un lugar seguro. Creo saber dónde. Una sobrina mía tiene un estudio bastante central, pero en una zona de difícil acceso. Nadie la buscará por allí.

—¿Otra? —Estrada intentó bromear.

—Del alma. Es hija de Catalina Fonseca, de su primer matrimonio. Vale la pena. La madre se convirtió en experta en belleza después de su segundo divorcio y, por contraste, la hija ha salido novelista.

—¿Isabela Machado?

—La misma.

—Sé quién es.

No dijo «la conozco». Hablarían entonces de Berlín, y del apartamento de Storkwinkel 12, en donde transcurrieron los meses más felices de su matrimonio con Gema. Meses que estaban tan lejos como ella y él, como el amor, como aquel tiempo soleado con el aire saturado de polen y música.

Rumbo al sur, Estrada se detuvo en La Hacienda, un centro comercial construido dentro de una casona antigua. En el supermercado escogió tres juegos de interiores, cepillo de dientes, camisas, pijamas, maquinillas desechables, pañuelos y jabones. Leopoldo se entretuvo en la sección infantil, su hijo menor cumpliría esa misma semana seis años y la madre quería llevarlo a conocer el mar. Pero como las camisetas y bermudas tenían estampados letreros en inglés, personajes de Walt Disney, ídolos del rock, Leopoldo se marchó sin adquirir nada.

—Con esto de la apertura, además del español, vamos a perder hasta la risa.

—¿Puedo dormir esta noche otra vez en tu casa?

—Sabes que sí. También es la tuya.

La pregunta y la respuesta estaban de más. También el advertir que Carmiña no perdonaría a Estrada. El pobre muchacho (Leopoldo lo veía así) era víctima de la excesiva valoración de la belleza impuesta por los medios de comunicación. Su caso era patético. Tenía la imagen de Gema-bella-Gema insertada en el cerebro como un chip de computador. Había renunciado a ella, sí, pero sin elaborar un duelo y por consiguiente, la culpa, el perdón y el olvido.

Al entrar en la casa, Aurel se dirigió a la biblioteca y tomó el teléfono con resolución.

—No hables demasiado —le aconsejó Leopoldo—. Las frases escuetas son las que mejor funcionan.

Alcanzó a murmurar «Hola, mi vida», al escuchar la voz delicada y nasal. Carmín no quería explicaciones. Estalló bajo el peso de las sospechas domadas a diario por orgullo y cortesía, amor, miedo a perderlo. Su ausencia por más de dos días no constituía el único motivo de preocupación.

—Estoy aterrada. Juana Inés derrocha el dinero en avisos mortuorios. Ha enloquecido y tengo miedo. Y tú... ¿qué haces? Suponía que estabas muerto o secuestrado. Es Gema, ¿no? Gema es la causante de tanto relajo. ¿Cómo se te ocurrió regalarme esa horrenda muñeca Gami?

—¿Era una muñeca Gami? Lo siento, quise halagarte y decir te quiero.

—¿Cuál te quiero? ¡Maldita sea esa vieja arrastrada! ¡Ojalá esté muerta por toda la eternidad! —los gritos desbordaban el auricular, azotaban sus tímpanos.

—Nos veremos después, y espero que te tranquilices.

—No me da la gana. Si no vienes ahora, ahora mismo, ¡olvídate de mí! ¿Entiendes? ¡Para siempre! Voy a pedir el divorcio.

—Como tú quieras, nena.

2

En la cocina, Leopoldo consideraba imperioso alimentar al pobre muchacho. Había medallones de ternera, arroz blanco y crema de cebolla en el mesón, junto al horno microondas, de aspecto agradable. Pero Leopoldo conocía las escasas habilidades de su empleada. Tenía que echarla. La carne estaría correosa, el arroz fofo, la crema simple. Igual sucedía con el entorno. Sobre un mesón encontró café recalentado y un guiso de coliflor reseco. Las copas que retiró del aparador tenían manchas de jabón y tuvo que frotarlas con una servilleta. El licor era un consuelo. Lo sirvió con generosidad, para confortar a Estrada o embriagarlo. Quizá —se dijo— el destino existía, una potestad voluntariosa, irreflexiva, prepotente y anárquica... ¿O qué otro nombre merecían los acontecimientos ligados a su relación con Estrada, pasados y actuales? Años atrás, al invitarlo a una fiesta de año nuevo, no había actuado por casualidad. No; no. De ninguna manera. Ambos tenían una cita en un paso de frontera. Travesía que se efectuó en grupo, como si invisibles mentores lo hubiesen decidido sin consultarles. En la marcha por el nuevo territorio, fértil y engañosa tierra prometida, encontraron alianzas, amistades, traiciones, amor, celos. Todavía él, Leopoldo Maestre, continuaba a salvo de los filisteos, ¿y por cuánto tiempo? Pues, ¿qué pudo hacer él para impedir la destrucción de Ofelia Valle y el poeta Cáceres? Nada le fue permitido, ni siquiera intuir el peligro o formular advertencias. Caminante desprevenido que, desde lo alto de un puente, asiste al estallido de una bomba en la ribera opuesta.

Extrañaba a Ofelia. Una amiga que no exigía lo que él no podía ofrecerle. Con ella tuvo momentos cercanos a la perfección, distintos de los juramentos y reclamos y lloriqueos y espasmos afines al desorden femenino que rodeaba su vida. Estuvo a salvo del estruendo, el desamor y la impiedad, de relaciones intensas y agobiantes que no le habían dispensado otra herencia que escombros, baldíos, atajos, reminiscencias entretejidas con la frivolidad y la desesperanza. De las experiencias negativas Leopoldo Maestre se evadía con facilidad. Ese constituía su invaluable secreto para reanudar afectos en el mismo punto donde se desplomaron. Mujeres que tenían suficientes motivos para detestarlo, retornaban a su vida con el sentimiento y presunción de acudir al rescate del gran amor, abandonándolo luego sin miramientos. Porque él ya no dispensaba vitalidad, simpatía o comprensión a manos llenas. Invertía sus bríos en la charla y el alcohol, técnica y orgasmos, pero sin pasión o ternura. Su esposa, afirmaba, era la televisión de pantalla doble entronizada en la alcoba. En general apagada, porque la imagen lo aburría por repetitiva aunque la encontrara insustituible al amanecer. Estaba a mano, resultaba la mejor medicina contra el insomnio. Esa frase casi genial era la última que sus amigas podían soportarle.

Añoraba a Ofelia. Su alegría y comprensión, franqueza, risa, generosidad sin límites. Era como otro hombre en su compañerismo e impudor y, no obstante, poseía la calidez e intuición de una madre. Tenía veleidades adolescentes y ninguna intención de madurar. Hija de un industrial laborioso que le escatimaba el dinero, heredó una fábrica de objetos de cuero a los veinticinco años y descubrió el efecto embellecedor de una gran fortuna. Antes de morir, tuvo arrestos para imponer a su familia una hija que había tenido durante el tiempo de privaciones. Tal vez era suya, de sus contados encuentros sexuales y antes de la amistad. Ofelia no había revelado el nombre del padre y Valeria, calcada a la madre, no manifestaba interés en averiguarlo.

Ofelia se había impuesto socialmente por sus fiestas, sus atuendos y extravagancias. Escogía sus acompañantes entre hombres hermosos y mujeres bellas, pero inútiles, ávidos de protección o mecenazgos. Estaba en la mediana edad cuando Helios Cuevas llegó a su vida para encarnar el amor, ese ideal que en su época de estudiante fornida se le antojara quimérico.

—Encontré al hombre perfecto —dijo, con la mirada absorta, reconcentrada, de quien ha presenciado un auténtico milagro.

—Tal fenómeno no existe.

—Da lo mismo. Acabo de encontrarlo.

No parecía la misma mujer que había triplicado la fortuna legada por el padre, creado sucursales en toda América Latina, conquistado el mercado norteamericano, impuesto sus diseños en los centros comerciales más exigentes del mundo. No era ella misma. La imagen del muchacho la rondaba dormida y despierta, desde el instante en que la realidad atrapó sus más recónditos anhelos y los puso a su alcance. Estaba dispuesta a la felicidad o la desdicha, a vivir en el éxtasis o la perpetua sumisión, cerca de él, Helios Cuevas.

Ofelia Valle saludó a Saturia Duarte, entró en la casa, así lo contaría después, y sintió fastidio por el mal gusto que dominaba el ambiente. Tenía frío. Deseaba marcharse y despedir a la chica que la acompañaba. Pero, como Leopoldo Maestre y el poeta Cáceres, quería exprimir el primer día del año, no perder un minuto. Sin saberlo, pertenecían a una raza insomne que amaba los eventos nocturnos y procuraba evitar el día, no por odio a la luz del sol, sino por temor a la pérdida de identidad, a extraviarse en ese mortal territorio. Aquella mañana no necesitaba pretextos para mantener los ojos abiertos. La familia

Brunelés le caía bien. Recordaba a Gema como a una niña anémica que acostumbraba visitar a Leopoldo Maestre en su cumpleaños. Buscaba un sillón, mientras procuraba ignorar que la casa olía a sahumerio, a jabón, paella y tamales.

—Entonces lo vi. El enamorado que imaginé mil veces, el chico que no tuve a los quince años y nunca me dio un beso. Bailaba envuelto en un claroscuro dorado, con deliciosa lentitud, y miraba embelesado a una niña que jamás pude ser yo, una de larguísimas piernas y ropón de colegiala.

—Maravillosos —comentó entonces el poeta Cáceres—. Semejan una buena pintura, un poema delicado, o jugosos melocotones.

—¿Quiénes son?

—¿No te das cuenta? —Cáceres actuaba como un catador inspirado, un coleccionista de arte—. ¡Es Gema! De repente se transformó en una belleza. Y el muchacho es fabuloso.

—Olvidé mi corpulencia, mi cuello firme a punta de masajes, mi trasero lleno de celulitis, hasta mis manos de camionero. Lo único que me importaba era recibir una mirada suya, ser tocada por él, obligarlo a sonreír.

—¿Cómo se llama? ¿Quién es?

—Helios, Helios Cuevas —dijo Saturia—. Es hijo de una medio hermana de mi marido. Gente bien. Tienen dos ferreterías.

—Son como ángeles, no personas —dijo Marlene Tello.

—Tan hermosos que dan asco —concluyó el poeta.

Leopoldo no recordaba ni la voz ni la actitud de Aurel Estrada en aquella ocasión, ¿y quién iba a imaginarse que se enloquecería por Gema? El deseo es solapado y traicionero, hace trabajo de zapa. Aún, y era ridículo pensarlo, tenía presente el escándalo organizado en su casa por Catalina Fonseca y los problemas que la estupidez de aquella mujer le ocasionaran durante meses. No; años. Ahora Isabela Machado, la hija, albergaría a Gema en su estudio. Así de inconsecuente era la vida. Tantos cataclismos alrededor de una gran pasión, tantas amarguras, tanto hablar del amor y otros sentimientos, para que al final el destino convirtiera el embeleso y el frenesí, el desasosiego y la agonía, la sensualidad y el éxtasis, aun la muerte, en fastidio y desdén, indiferencia, olvido implacable, imágenes desleídas, agua de borrajas.

3

—¿Besitos? ¿Maní? ¿Bombones? ¿Chocolates? —Carmiña imitó a un vendedor de dulces, mientras ofrecía a Marlene una taza, tostadas, galletas, canapés de salmón y anchoas.

—Gracias, Carmiña —remarcó el *Carmiña,* pero aceptó el té, sin apartar los ojos del televisor. A cada segmento una mujer caía degollada bajo la navaja de un asesino, con gran despliegue efectista y complicados movimientos de cámara.

La empleada había retirado los montones de ropa y zapatos. Carmín volvió a sentarse en el tapete, la bandeja recién provista. Digna discípula de Leopoldo Maestre, trashumante como sus hermanastros Urbano, rostros flotantes de coctel, teatro, manifestaciones, becerrada y fiesta, expertos en sonreír, amables hasta el último meandro de sus almas. Marlene Tello comenzaba a detestarlos, a cada uno en particular, a todos en manada. Incluida ella misma.

—¿Qué puedo hacer? Nada de nada. Juana Inés es imprevisible y dominante. Si quiere matar a Gema, lo hará. Total, es una muerte virtual. No la tomes en contra mía. Aurel está corre que te corre tras ella.

—¿Otra vez?

—No otra vez. Como siempre.

Eran tres víctimas unidas por un cordón umbilical, inmoladas a una sanguinaria diosa menor, incapaces de ascender al resplandor o la resurrección. Marlene era la única que hubiese podido impedir el sacrificio. Por lo mismo, encontraba natural el estar atrapada allí. No valía la pena hablar, recriminar ni destruir aquel remedo de amistad sostenido durante tantos años. Sería catastrófico. Juana Inés Calero había intrigado, adulado, organizado almuerzos y cenas íntimas para inducirla a fijarse en el cirujano plástico Gómez Londoño. Si lo hizo por simpatía o lástima, en realidad tales razones fluían de la prevención que sentía por Gema Brunés.

La verdad, Marlene nunca había fungido como la compañera o la amante traicionada. Era la mujer exitosa que había realizado un buen matrimonio. Su apellido, hijas, posición social, el afecto del marido, hacían honor al empeño desplegado por Juana. ¿Una unión como la suya acaso no exigía agradecimiento? Juana merecía complicidad y silencio. ¿Quién podía impedirle publicar avisos mortuorios, anunciar en todos los diarios del país la supuesta muerte de Gema? ¿Acaso un hombre como Gómez Londoño no tenía derecho a su gratitud? En numerosas ocasiones Marlene se había preguntado por qué me ama, por qué yo, sin que la sensación del bien inmerecido y la culpa de usurpar un reino obtenido por azar le permitiesen, hasta entonces, soñar con la plenitud. Ahora, una vez pagada la deuda y lejos del remordimiento, disfrutaría a plenitud de sus dominios y del hombre que era suyo.

Al aceptar una cena en casa de Conrado Gómez Londoño, Marlene sabía, desde meses atrás, que Estrada estaba obsesionado por Gema. Fingir que disfrutaba con las atenciones de otro hombre era un gesto desesperado. No tenía fuerzas para luchar, ni le era posible destruir el mito-Gema. ¿A qué otra publicista se le brindaba la oportunidad de una revolución? Prefería abandonar a Estrada a merced de sentimientos despertados por la manipulación de la belleza equívoca, aceptar que el deseo no confesado nublaba sus cualidades analíticas, su machismo, aun el sentido de la supervivencia. Las ideas para colocarla en la cima lo atropellaban, así como su intención de apartarla de Helios Cuevas. Ninguna marca, producto, campaña o presupuesto le parecían suficientes para refrendar el éxito alcanzado. Sin embargo, la trataba con dureza, gritándola en las grabaciones, burlándose de sus gustos y amistades. Aunque la sorna, el rechazo y la altanería desplegados en su presencia, se volatilizaban al faltar la modelo. No tenía otro tema de conversación, ni otro nombre, Gema-Gema-Gema, otra preocupación, otra imagen femenina.

Marlene estaba asustada. Los celos, la angustia, el desamor y la frialdad socavada entre ambos le causaban dolorosa tensión. ¿Cuándo llegaría la revelación, el terremoto? La obsesión que dominaba a Estrada era transparente para todos, menos para él mismo. Y la certeza del pronto abandono, como un dardo clavado en su espina dorsal. No podía luchar, llevaría las de perder, haría el ridículo. Así, optó por fingir desasimiento, la actitud mundana de esas mujeres acostumbradas a intercambiar los amantes. Su único acto de rebeldía fue aceptar, apoyada por Leopoldo Macstre y Ofelia Valle, un contrato para que Gema modelara en Alemania durante un año. La ausencia podría actuar como antídoto. No importaría que al reaccionar, él corriese hacia otras mujeres.

Estuvo dispuesta, entonces, a involucrarse con el cirujano plástico, a iniciar una de esas relaciones que no conducen a la estabilidad o el hogar, cuyo objetivo (el real objetivo) era adormecer la desesperanza, el deseo rechazado y la piel ignífuga, de aquella pasión tomada por Aurel con ligereza. Sin embargo, por una vez, la intuición burló solapada a Marlene Tello. En la primera cita, Gómez Londoño, quien vivía en un apartamento donde los muebles, las obras de arte, los cortinajes y hasta los ceniceros tenían la simplicidad que sólo puede adquirir el buen gusto, no intentó ningún avance. No dijo una palabra fuera de tono. No habló de triunfos profesionales, ni de la cirugía practicada a Gema. Estaba contento de tenerla a su lado, y eso le bastaba, aunque ella bebió demasiado, apenas tocó la cena y se mostró altanera, distante.

Nunca supo cuándo perdió el sentido. Amaneció en un sofá, vestida y sin zapatos, cubierta con una manta y bajo la luz que entraba por los cortinajes entreabiertos. Se marchó avergonzada, Marlene que odiaba a Marlene, agradecida por su ropa en orden e infeliz más allá de la infelicidad. Detestaba a Gómez Londoño y su pretendida caballerosidad. Encontraba ofensiva su manera de mantenerla a distancia. Necesitaba, sí, con ansiedad y desesperación, la cercanía real de un hombre.

A las dos semanas él le envió una canasta de rosas y gardenias, que no pudo agradecer en seguida, con *Besos. Tuyo, Conrado*. La doméstica le informó por teléfono que su patrón había viajado al Canadá. Marlene no comprendía su actitud. Con excepción de su cumpleaños, Estrada no solía obsequiarle flores. ¿De dónde había salido aquel sujeto extraño, correcto, que establecía sus propios formulismos sociales? Por tanto, rechazó la sugerencia de Leopoldo de invitarlo a la fiesta de antifaz, organizada por Juana Inés Calero.

—¿Por qué debo hacerlo? —protestó—. No acaba de gustarme. ¿Quién es? ¿Otro integrante del clan de Los Ociólogos?

—Su vocación no da para tanto.

—Era de suponer. No es mi tipo, ni me parece atractivo.

—No te hagas, chiquita. El cirujano tiene más peso y garra que el chino Estrada. Hay hijas que se casan bien después de hacer muchos esfuerzos por casarse mal. No se te olvide, el sexo es lo primero que se desgasta.

4

Serena Gómez trazó una línea invisible con las botas de cuero negro a lo largo del tapete que protegía el piso encerado del salón. Contempló a su padre con la ternura de quien no acierta del todo a comprender. Estaban solos ella y él. Esperaban a que Marlene llamara por teléfono. Tenía que estar metida en líos. Ella siempre decía estoy aquí o allá, regreso a tal hora. No aceptaba viajes por más de dos semanas y, en las mañanas, solía permanecer en casa. ¿En dónde estaba? No era una mamá como las otras, cierto. Nada menos que Marlene, Musgo, que se la pasaba de cita en cita y podía hablar con el ministro y el canciller y la miss universo y hasta el mismísimo presidente. Cada ocho días aparecía en la televisión y su programa, *Famosos con Marlene Tello*, era lo máximo. Marlene salía en pantalla con sus propias joyas y ropa, no se vestía de prestado y por cortesía de los anunciadores. Tampoco simulaba acento extranjero. Dejaba hablar y no opacaba a sus entrevistados.

En una entrevista, el día de las madres, su hermana Lina había dicho que Marlene no era tan bonita, ni tan vital, ni tan glamorosa, ni tan brillante, ni tan sabia como otras mujeres importantes, pero tenía un equilibrado porcentaje de todo ello. Afirmó también que era elegante, tierna, sensitiva. Aplausos. Todos los lectores de la *Revista del Jueves* quedaron boquiabiertos. Lina pensaba dedicarse al cine, no para actuar ante las cámaras: quería dirigir. Eso sería después, cuando cumpliera dieciocho años e hiciera su antojo. Ojalá consiguiera el billete, porque nadie quería apoyarla. Dedicarse al cine en Colombia —decía el abuelo Leopoldo— era tan difícil y costoso como ejercer el arte de la ociosidad.

El teléfono. De pronto no sonaba ni el celular de papá. Serena sintió lástima por él. Había regresado al mediodía, con su maletín lleno de regalos, pañuelos de seda, colonias, joyas, comprados en el avión. Desde el aeropuerto se dirigió al colegio, pues quería sorprender a sus hijas.

La noche sería de luna llena y el mundo había comenzado a desmoronarse. Como diría su profesor de religión: eclipse, diluvio, Apocalipsis, Armagedón. Conrado Gómez había tenido la ocurrencia de entrar al claustro para saludar a la directora, amiga desde la universidad. ¡Bum! Los informes académicos y disciplinarios de Lina le llegaron en vivo y directo. Durante los últimos meses había faltado a clases dos o tres veces por quincena, inventado cuentos chinos y enfermedades. En varias ocasiones la rectora había intentado hablar con Marlene, sin ningún resultado.

El padre, en general silencioso, despotricaba. ¡No aguantaba más! Estaba harto. ¿Qué podía esperar la familia de una señora que no permanecía en casa? Él no tenía esposa, Marlene era ejecutiva antes que su mujer. No tenía hijas, sino dos chicas precoces y sabidas. Él mismo era tolerante y permisivo. ¡Estaba hasta la torre! Sin embargo, tomó una taza de café al atardecer y vaticinó un futuro ingrato. Lina tendría que aceptar la disciplina, el rigor, aún era hija de familia. A Marlene le exigiría un cambio radical, y quería el apoyo de Serena, quien tenía más seso que su madre y su hermana reunidas. Cambio-cambio. Ni publicidad ni televisión ni viajes prolongados. Que se dedicara a escribir, asesorar empresas. ¿Hablaría ella con su mamá? Por favor, era preciso.

Serena acunó *in mente* a su padre, a quien sentía como un titán asustado. ¿Por qué hablaba tanto? Quería ser el dueño, dar las órdenes, meter a todos en cintura. Sus palabras eran como una granizada que golpeaba el techo, las ventanas, la vida. ¿Qué sería de ella, Serena Gómez Tello? Ayer era una chica feliz, mañana hija de padres divorciados. Dividida en dos, porque el tiempo de Salomón era bíblico y no le sería fácil matricularse en la universidad para estudiar historia. ¿Para qué? Se aprende gratis cómo estallan las crisis, los enfrentamientos, las guerras. Lina no la preocupaba, llegaría de un momento a otro, con tufo a cerveza y aire de genio desocupado, sin saber que sus días de vagancia estaban contados.

Serena caminó de puntillas hacia el sillón y se aclaró la garganta. ¿No sería hora de salir, visitar hospitales y comisarías, a los amigos, conocidos, compañeros de trabajo? Quizás a Marlene la secuestraron, la acuchillaron o la violaron o la abalearon o estaría tirada en la vía pública víctima de un accidente, atraco, atentado terrorista. Sabía lo que quería decir, pero no cómo decirlo. Entonces, como respuesta a sus pensamientos, comenzó a timbrar un teléfono:

—Lo siento, lo siento muchísimo —respondió él con los dientes tan apretados que la voz era una mezcla de murmullos.

—¿Es mamá? —preguntó sin lágrimas ni gritos.

Los ojos mustios de Conrado Gómez no vieron a Serena, sino una lupa a través de la cual era posible mirar y atraer a la ausente.

—No es acerca de Marlene, gracias a Dios, pero sí una tragedia. El jefe Urbano ha muerto.

—¿Y mamá? ¿Qué hay de ella?

—No lo sé. No me atreví a preguntar.

—¿Qué les pasa, no están listos? — Lina había entrado en la sala con la actitud imaginada por Serena y los miraba lánguida, como miran las modelos a la cámara. Calzaba unas sandalias de charol con tacones altísimos y vestía un traje estrecho, escotado, que pertenecía a Marlene.

—¿Estoy linda? —avanzaba dos pasos y se detenía, como le enseñaron en un curso de *glamour*.

Serena sintió que el aire se helaba. Escuchó al padre preguntar:

—¿Listos para qué?

—El desfile, la colección Gaia, por supuesto. Gema no ha muerto como dice la radio. Es un truco publicitario. Lo sabe todo Bogotá.

—¿A causa de un desfile faltas al colegio?

—Me di vacaciones. Estuve toda la tarde en el salón. Descubrí un estilista grandioso.

—Está bien que ahora las mujeres se vistan y maquillen como mamarrachos, allá ellas. Pero tú eres mi hija, estás bajo mi techo. Eres una niña. ¡Fuera con esa ropa! ¡Lávate la cara! No estás perfumada, sino remojada.

—Tengo casi dieciocho años —un tacón oscilaba con petulancia—. Nos invitaron a Satín-Gema.

—No iremos a una casa de modas sino a una funeraria. Fernando Urbano ha muerto, y si tu mamá accedió a integrarse a su comitiva, también estará muerta.

—No te creo. ¡No dices la verdad!

—Al entrar a una habitación hay que saludar a los presentes, ¿o no lo sabías? Falta mucho para tus dieciocho.

—¿Muerta mamá? ¡No lo creo! Imposible. Nooooooo.

Serena no se atrevía a mirarlos, ni a llorar por el futuro. Mejor hija de padres divorciados que de una madre muerta. ¿No podría Marlene haberse fugado con otro hombre? Los adultos hacían cosas locas. ¿Viajaba en el avión del viejo Urbano? Solía ir en fila india en su corte, como amiga o asesora de imagen. ¡Dios! Lina y su papá lloraban abrazados. Contempló sus botas, los pantalones desteñidos con diamantes falsos en los bolsillos. No podía gritar, ni rogar, ni olvidar que la guerra por el momento estaba detenida. Si Marlene estaba viva, juraba por Cristo, le dedicaría su primer libro de historia.

5

Era domingo en la tarde. Leopoldo, que la había invitado a almorzar, comía arroz con pollo y champiñones metido entre la cama. El sonado compromiso de Juana Inés Calero con Fernando Urbano no lo afectaba. Más bien, parecía divertirle. Marlene, que había acudido dispuesta a consolarlo, en el papel de hija reclamado por él después del tercer whisky, no advertiría, sino hasta los postres, que ella sí que necesitaba un hombro paterno donde apoyarse y gritar, así fuese de segunda mano.

—Sugiero que invites a Gómez Londoño a la fiesta de Juana. Será de antifaz y a todo platillo.

—¿A santo de qué Gómez Londoño?

—Muy sencillo: para estar a tono con la situación. Juana Inés no sólo anuncia su próximo matrimonio con Fernando. Sin mencionarlo, celebra el viaje de Gema a Berlín.

—Juana exagera.

—En su opinión, la familia Urbano le dispensa demasiada atención a la mocosa. Su carrera les ha costado mucho dinero. Y no le gusta. Quiere una relación libre de rémoras.

—¿Qué hará con Carmiña?

—No es problema. Estudiará en un colegio suizo o bostoniano y la veremos cada año, durante las vacaciones de invierno.

—Insisto en que exagera. Mex ha movido cielo y tierra para que los modistos alemanes se interesen en Gema. Aquí estará fuera de circulación durante unos meses.

—El tiempo que Juana Inés necesita para afianzar su posición y convertirse en una Urbano.

—¿Y qué pasa conmigo? Tengo nariz propia. No necesito enredarme con un cirujano plástico.

—Juana piensa que es el hombre ideal. Quiere protegerte y su intención es sincera.

—¿Qué puedo temer?

—No lo sé.

—¿Por qué nadie tiene prevenciones en tu contra? Y eso que vuelves locas a todas las mujeres.

—Estoy fuera del bien y del mal. Atraigo a las chifladas, que es distinto.

Leopoldo trinchó un trozo de pollo y encogió los hombros bajo la seda blanca del pijama. Sus ojos brillaron como puntos metálicos entre los párpados descoloridos. Marlene había aprendido a quererlo sin los cuestionamientos, reclamos, disputas, que hubiese tenido en la relación con un auténtico padre. No obstante, con una mezcla de amor y desdén que le permitía tratarlo con ternura y condescendencia. Sin subestimar el resentimiento de su madre, quien encontraba una amarga complacencia al ser la mujer legítima. Leopoldo la acusaba de haberse metido a vieja para agredirlo, tacharlo de inmaduro, minimizarlo.

Leopoldo Maestre sabía, de primera mano, que el compromiso de Juana Inés con Urbano no tenía categoría social debido a que ella —hasta entonces— había alegado distintos pretextos para evitar su formalización. Así que la fiesta de antifaz constituía el final de una pugna silenciosa con los hijos de su prometido, empeñados en imponer a Gema y llevarla a todas partes. El que su amiga Ofelia Valle hiciera lo mismo con Helios Cuevas, no la mortificaba. Decía que a Ofelia los kilos le permitían quebrar las convenciones, ascender por encima del vulgo e ir a la cama con hombres, mujeres, zancudos o basiliscos. En cambio, ella debía tener cuidado. No era millonaria. Sí-sí, iba a casarse con un potentado. Así que necesitaba tiempo para alejar a los gorrones y protegidos. Nadie debía usufructuar el sitio que a Carmiña le correspondería por derecho.

En procura de ese tiempo, Juana Inés compró un apartamento en el mismo edificio en donde vivía Ofelia, uno de los más exclusivos del norte de Bogotá, y se dedicó, habitación por habitación, a decorarlo. La adquisición implicaba una base, una dote, cierta independencia y seguridad. Su inauguración justificaba una recepción fabulosa.

—Está bien, invitaré a Gómez Londoño —aceptó Marlene—. ¿Tienes su número telefónico?

—Lo tengo.

En estado de sobriedad, Leopoldo Maestre escatimaba las palabras. El compromiso de Juana Inés con Urbano, la fiesta de antifaces, eran satélites del tema que deseaba tratar. Los nombres de Aurel y Gema navegaban sumergidos entre los dos.

—Entonces, manos a la obra.

Una doméstica de uniforme negro, cofia y delantal blanco, entró sin tocar a la puerta y les lanzó una mirada oblicua. Marlene estiró las piernas y se acomodó otra vez en el sillón colocado al lado de la gran cama. La mujer traía fresas con crema en cuencos de porcelana y bandeja de plata que dispuso sobre la mesa de mármol.

—Por favor, el café —ordenó Leopoldo.

La misma mesa de su infancia, junto a la cual comía arrodillada o sentada, mientras Leopoldo y su madre leían los periódicos dominicales. Tanto el televisor como el sillón eran nuevos. Los cortinajes amarillo oro, empalidecidos, desentonaban con un mueble de material acrílico, con varios niveles y gavetas, utilizado por Leopoldo como mesa de noche, escritorio, archivador, cartelera. Numerosas invitaciones se apilaban al lado del teléfono.

En la cartelera, forrada con paño y corcho, la calcomanía de un pene acorazonado pregonaba un lema del clan de Los Ociólogos, *Sex-ocio*. Una tarjeta postal, aislada en la esquina y con una chincheta, destacaba en primer plano a una mujer delgadísima, boca abajo, con los tobillos encadenados y que colgaba de un cable —suspendido entre altos edificios— en el vacío. Abajo, en las aceras, un grupo de curiosos miraba estupefacto. Al fondo se superponían la avenida Jiménez de Bogotá, el letrero del café Kranzler en Berlín, la puerta de Alcalá en Madrid y una silueta de Nueva York. Gema-Gema era la mujer enfundada en una trusa oscura con los cabellos cortos. Al dorso podía leerse:

Gema Brunés Colombian beautiful model suspended-in-mid-air-between Bogotá-Madrid-Berlín-New York.

—¿Qué significa?

—Gema necesitaba una nueva postal para enviar a los amigos y periodistas. Por Internet y en cinco días hemos vendido más de doscientos mil.

—En la carrera de Gema soy el cerebro creativo.

—Pero el contrato pertenece a la agencia Mex, y fue idea tuya cederla a los alemanes.

—¿Quién hizo el trabajo fotográfico? ¿Aurel?

—No del todo. Diseñó la postal basada en una de Houdini, el mago. El resto es imaginación, cámara y laboratorio de un genio berlinés, Unter den Linden.

—¿Houdini? ¿Unter den Linden? Me suenan.

—Es tu problema. No lees lo suficiente.

—¿En dónde está Aurel? ¿Dónde? Hace días que no tengo noticias suyas.

—Ha solicitado una licencia. ¿Qué podíamos hacer? Dar la aprobación. En realidad, el chino necesita descanso. Hace unas dos semanas que vive en Berlín.

Marlene sintió calor y puntillazos en las sienes, el avance del huracán... El timbre de la puerta sonó con insistencia. Leopoldo estiró las sábanas, ordenó los periódicos, alisó sus cabellos lacios. Tenía dedos blancos, regordetes, las uñas recién limadas. El taconeo de una mujer resonó a través del patio por el empedrado.

—Si no invitas a Gómez Londoño, lo invitaré yo. Será una manera de reunir las montañas.

—Mejor contrata una buena empleada. Tu servicio es deplorable.

—Beso a papá.

—Te daría vitriolo.

Marlene salió sin despedirse. No aguantaría conocer a otra amiga de Leopoldo, así que ignoró a una morena de ojos vacuos y cabellera esponjada. En el corredor aspiró el aire puro, el aroma a geranios florecidos, el agua límpida que chorreaba desde la fuente española y aquel patio enclavado en los juegos de su niñez. Un gorrión picoteaba a saltos. Sus lágrimas empañaban el fantasma vivo de su madre, una vez más destronada en las volubles emociones de Leopoldo. No, no y no, a ella no le sucedería lo mismo. Aurel Estrada no la convertiría en viuda sin luto, sin difunto. Aprendería a amar a otro hombre. Haría honor a su apodo. Criaría musgo.

6

Ante el *Gema Brunés ha muerto,* Estrada estrujó el periódico. La sangre hormigueó por sus riñones y la cabeza resintió el golpeteo del corazón. Muerto-ha-muerto. El aviso ocupaba un espacio mínimo en la página última, D-6, del diario *El Tiempo,* y pasaba inadvertido entre los recuadros de distintos tamaños en donde varios grupos familiares, sociales, políticos y empresariales —así como universidades, logias, clubes, academias, diarios, revistas, casas editoriales— y toda persona que considerara tener lazos de afecto, amistad o agradecimiento, lamentaban los decesos de Fernando Urbano y de sus hijos, Francisco, Ricaurte y Antonia.

Los *Descansó en la paz del Señor, con hondo pesar, lamentan e invitan a la velación, a las exequias, al cementerio,* quintuplicaban las páginas dedicadas a otros anuncios mortuorios. Tanta profusión avasallaba el recuadro dedicado a Gema, y contrastaba con la austeridad que había circundado las trágicas muertes de Ofelia Valle y el poeta Cáceres; con excepción de los amigos íntimos, nadie se había pronunciado en público. Los obituarios escasearon, y fue como si ninguno de los dos hubiese existido, al menos en la superficie festiva que incluía salones, galerías, fincas, clubes, teatros, iglesias, casas, piscinas, discotecas, restaurantes, en donde otras personas ocupaban el inasible espacio que dejaran libre, a despecho de ellos mismos.

Estrada se encontraba en una sala alargada de techos altos y en pirámide, formados por delgados listones de pino y cristal. Dos ventanales transmitían sensación de espacio y miraban —desde un séptimo piso— hacia el centro de Bogotá, la línea accidentada de las montañas y la iglesia de Monserrate, contra un cielo luminiscente azul añil. Un amontonamiento formado por edificios, casas bajas, las agujas y cúpulas de otras iglesias y la carrilera del tren, que cruzaba parte de la ciudad. La sala estaba llena de muebles y libros, rimeros de periódicos y revistas. En un condominio que en automóvil distaba quince minutos de la zona colonial, flanqueado por talleres, garajes, locales comerciales, bodegas, el gran mercado popular de Paloquemao y pequeños mercados satélites, oficinas del gobierno.

Estrada encendió el televisor. Unos músicos vallenatos cantaban a ritmo de acordeones. Permanecía atento al menor quejido o movimiento realizado por Gema en la única alcoba, situada escaleras abajo. En una de las paredes colgaba un cartel tamaño pliego, en blanco y negro: desnudos, retadores, Gema y Helios, brazos y piernas entrelazados, sus rostros cercanos al orgasmo. Eran como un monstruo de dos cabezas, rostros bellísimos y un cuerpo deforme; a la vez, los iris fulgentes y codiciosos del ojo infinito de la mosca universal. La dedicatoria decía, con letra de ella, *Para Isabela, de Helios y Gema, con amor*. El tráfico por la avenida diecinueve no tenía un momento de tregua. Hacía frío. El viento soplaba atronador estrellándose contra los ventanales. Estrada, incómodo después de una noche en vela, abría un libro tras otro sin concentrarse en ninguno. Olía a brea calentada al sol.

Leopoldo había tenido razón al esperar la mañana y solicitar una cita con el director de la clínica privada. Pese a las irregularidades en la inscripción, y después de pagar una elevada suma, les fue posible poner a Gema bajo la supervisión de un neurólogo. Había sufrido una contusión, pero no acusaba lesiones cerebrales. Los análisis de sangre indicaban anemia, desnutrición, propensión al alcoholismo. Además de antibióticos y proteínas necesitaba tranquilidad, sueño. Los cortes en las muñecas no constituían problema; serían disimulados con cirugía plástica.

Leopoldo Maestre, quien pudo avalar su calidad de abogado asesor y representante de Gema, contrariando las opiniones médicas, resolvió trasladarla al estudio de Isabela Machado. Su prioridad era evitar que los periodistas confirmaran la historia del suicidio. La novelista mantenía el lugar cerrado gran parte del año. Hasta los colegas desconocían su existencia. Era allí, Estrada el último en saberlo, donde Gema iba a refugiarse cuando estaba deprimida o deseaba intimidad. Después de un baño de agua tibia, y una comida con caldo, hígado, pan y fruta, ella dormía.

Tenía sed. En la cocina encontró café instantáneo, que detestaba, y té Hindú. Optó por el té. Debía contentarse con esperar a Leopoldo, quien se había negado a contratar a una enfermera. Gema estaba fuera de peligro y no debía ser reconocida. Esperar-esperar. En la misma situación de años atrás, cuando al caer a una terraza ella había permanecido inconsciente durante diez días, con el cráneo, el tabique de la nariz y un brazo fracturados. Entonces descubrió un cúmulo de emociones que, a pesar de su relación con Marlene Tello, desconocía pudiese consentir.

Sentimientos posesivos y todavía latentes, dispuestos a surgir para socavar su estabilidad emocional, su matrimonio.

7

Todo había comenzado al cumplir Gema la mayoría de edad e instalarse en su primer apartamento, en Chapinero Alto, con terraza y vista hacia la calle. Quería atender a los amigos, aprender a cocinar, escuchar música, estar sola. Intenciones alejadas de su realidad. En menos de quince días la agencia Mex le había asignado un automóvil con chofer, una empleada de limpieza y dos escoltas que se turnaban en el corredor y frente a su puerta, día y noche.

Quizá se trataba de un capricho. Con excepción de la cama doble, la nevera, las cortinas, una butaca y una mecedora, no tenía prisa en decorar, surtir la cocina, invitar a nadie. Aunque ella disfrutaba la experiencia. Dormía bien, realizaba sus ejercicios, cumplía con sus horarios de trabajo. Ni siquiera parecía extrañar a Helios Cuevas, quien al marcharse al ejército o ser despedido de la agencia, Estrada no recordaba la causa, la había sumergido durante semanas en un vórtice de inseguridad. De repente no estaba deprimida, ni ansiosa. Transmitía un carisma arrollador en las pasarelas y los anuncios, evitaba figurar en las publicaciones dedicadas a ventilar escándalos. En esa época él había filmado *Gema*, un cortometraje de calidad discutible, que durante años se exhibió en cineclubes. El sugestivo rostro, magnificado después en Internet, carpetas y cuadernos escolares, hasta un álbum con pegatinas. Gema unida a los símbolos de Colombia, café, esmeraldas, orquídeas, el Museo del Oro, la palma de cera, las murallas de Cartagena,

Monserrate, San Agustín, Mompox, Barranquilla, Ciudad Perdida.

—Mayoría de edad implica independencia —se ufanó un día Estrada ante Leopoldo Maestre—. La muñeca lo hace muy bien. Nos ha dado una lección de vida.

—¿Te lo crees?

—Gema ha comenzado a madurar.

—Eres como un monaguillo a quien le apagaron el cirio. Despierta, hijo. No sigas pensando con la verga.

Estrada sabía que, pese a su rebuscada frivolidad, a Leopoldo nada se le escapaba. Tampoco los Urbano, ni los Brunelés, estaban tranquilos; encontraban anormal que Gema se empeñara en pasar las noches solitaria. Necesitaba saber dónde pisaba. Como los escoltas eran pagados por Mex y él podía objetar sus contratos, citó a uno de ellos a un café de la bulliciosa carrera trece.

—¿Qué pasa de noche en ese apartamento, chino? Quiero la verdad.

—Eso es lo raro, patrón. No pasa nada.

`—¿Cómo así?

—Hay luz en la sala, suena la música y el timbre del teléfono, pero no hay visitas, ni se escuchan voces, ni hay movimiento.

Recompensó al sujeto, exigiéndole absoluto silencio. Después visitó a la administradora del edificio, habló con los porteros y las empleadas, sobornó a los ascensoristas, hasta averiguar que el mejor amigo de Helios Cuevas había arrendado un apartamento en el piso once. Gema vivía en el doce. Por tanto, ella podía eludir la vigilancia e ingeniárselas para cenar y dormir con Helios. Estrada se planteaba qué hacer, cómo abordarla sin fungir como espía, interrumpir aquella relación, cuando ocurrió el accidente. ¿Perdió el equilibrio, o quisieron asesinarla? Gema no quiso explicar cómo se había caído a la terraza y por una ventana estrecha, así que los rumores de un suicidio fallido comenzaron recorrer Bogotá. En aquella ocasión, la influencia de Fernando Urbano, que sonaba como candidato a la Fiscalía General de la Nación, impidió que los medios explotaran la noticia. Además de Leopoldo, todos los amigos se unieron para alegrar la convalecencia y urdir un telón de silencio alrededor de Gema; complacer sus caprichos, obligarla a realizar los ejercicios de rehabilitación.

En esa oportunidad, Marlene Tello, encargada por la agencia Mex para contratar a Conrado Gómez Londoño, el conocido cirujano plástico, se llevó la mayor tajada. A su manera, ella intentó liberar a Estrada del pantano afectivo en donde lo hundiera su pasión por la belleza y la debilidad, a pesar suyo. Sin previo aviso y en reunión de la agencia, solicitó que se aceptase en nombre de Gema una propuesta del diseñador alemán Waldemar Schneider, quien lanzaría con ella su colección de verano. El cambio sería beneficioso para dispersar habladurías, realzar el nombre, brindarle nuevos escenarios.

Leopoldo Maestre y Ofelia Valle apoyaron a Marlene. Además, los ejecutivos secundaron el viaje. A espaldas de la junta directiva opinaban que la Brunés ya no le ofrecía buenos dividendos a Mex, ni suficiente prestigio. Las campañas donde intervenía demandaban más y más esfuerzos. Sacarla del país, por su bien, con un contrato en euros, resultaba excelente negocio.

Gema se mostró entusiasmada. Había visitado Europa como modelo en tres viajes de promoción y después, en cada ocasión, efectuado una excursión turística. Tenía en la cabeza un barullo en donde las pasarelas de Milán y Roma, la capilla Sixtina, el *David* de Miguel Ángel, Lisboa, Cádiz, la tumba de Romeo y Julieta, los tablados flamencos y la plaza de San Marcos, el café Gijón, el Mediterránco y las islas griegas, Barcelona, los Campos Elíseos, las tabernas de Francfort, Munich y la torre de Rapunzel, las boutiques de París y Londres, la calle Serrano y los almacenes londinenses, Amsterdam y Estocolmo, los restaurantes junto al Sena, se aunaban en un territorio reluciente y fantástico, que ella resumía en frases celebradas hasta la saciedad por Leopoldo Maestre y Fernando Urbano.

—El Museo del Prado y Versalles son las casas más bellas del mundo. Pero lo mejor de visitar Europa y Suiza es quitarse los zapatos en las tascas de Madrid.

8

Cuando Gema decía Madrid - Madridiidd en la obcecada añoranza, Leopoldo Maestre entró en el apartamento. Hizo un gesto de saludo y tuvo que forcejear para cerrar la puerta batida por un golpe de viento. Bajó las escaleras aprisa y permaneció en la habitación unos minutos.

—Está fuera de peligro. Se salvará. Ahora vamos a tomar un respiro. Los próximos días serán amargos.

—Deseo quedarme —dijo Estrada.

Leopoldo lamió sus labios cuarteados. Tenía la voz rasposa, la piel agrisada, el aliento acidulado, pero los dientes blancos. Su traje gris de paño inglés, la camisa blanca y los zapatos negros eran impecables. Habló despacio, con actitud paternal y gesto de intocable superioridad.

—Mi ahijada está a salvo, te lo aseguro. Ahora eres tú quien debe cuidarse. Si no te disculpas a tiempo con Carmiña, estarás en verdadero peligro.

—Ella me necesita.

—Gema es como los gatos, que siempre caen de pie. No lo olvides. Cierto, necesita alguien cercano para chillar acompañada y curarse las heridas. El indicado no eres tú.

—¿Qué quieres decir?

—Hablé con la china Carmín y me expresé como los ángeles. Nos espera para tomar una copa. Así que en marcha, Aurel.

Quería protestar, pero acompañó a Leopoldo, ablandado ante la mención de Carmiña. Descendían en el ascensor panorámico cuando divisó a Columba Urbano, de sastre azul turquí y lentes oscuros, que caminaba —seguida por cuatro escoltas— hacia la cabina de recepción. Así que propuso un rodeo por los garajes para evitarla. Leopoldo aceptó. Gema tenía compañía de sobra. Como decía Marlene Tello, era un objeto lujoso. Debido a su altísimo precio siempre podría ser disputada, escamoteada, encerrada bajo llave, vendida al mejor postor. Estrada carecía de la paciencia para asistir a subastas, y había llegado a una etapa crucial de su vida en donde otros hombres educan hijos, ejercen el poder, dirigen imperios financieros, han pasado a la historia. Sus únicos soportes eran la educación y el capital heredado, puesto que ni su carrera ni su matrimonio tenían los cimientos necesarios para resistir las catástrofes. Temía que Carmín no perdonara la deserción de los últimos días y su futuro profesional estaba en riesgo, puesto que Mex incubaba dos células malignas: Renato Vélez y su escritorio.

Las ciudades de su proyecto eran brújulas flotantes mientras conducía camino del norte y al estacionar en la bahía del Andino, el primer centro comercial encontrado al paso. Compró una libreta, un ordenador de bolsillo, marcadores y bolígrafos. Un diseño modular simplificaría el trabajo y permitiría elegir la música correcta. De pronto, incluiría mapas y árboles genealógicos. No era lo mismo la Roma de Nerón, Tiberio, Heliogábalo, que la de Espartaco y Miguel Ángel. Había lugares como Nan-Madol y ciudades subterráneas, Kaymakli y Derinkuyu entre muchas, situadas entre Nevsehir y Nidge, sin historia, que exigirían tratamiento fantasioso. Troya precisaba el resumen de la *Iliada*, quizá los datos de los héroes que participaron en la guerra; y también los de Heinrich Schliemann, su descubridor. Era una lástima que Héctor Estrada faltara, con su entusiasmo por los viajes y memoria prodigiosa.

Tenía que buscar el libro de Italo Calvino, dedicarles un capítulo a las ciudades invisibles, que Héctor Estrada consideraba más importantes que las verdaderas. También debía consultar *La ciudad antigua,* de Fustel de Coulanges, y *Utopía,* de Tomás Moro.

Luego había conducido por toda la séptima, y terminado en Usaquén, un pueblo anexado a Bogotá, de calles armoniosas y casas con jardines pintadas de vivos colores. De pronto, no tenía el menor deseo de tomar ninguna copa. Así que alquiló una habitación en un hotel restaurante cercano a la plaza. Pidió al comedor pollo frito, media botella de whisky. Se emborrachó mientras tomaba notas, elegía locaciones, escribía textos. Cayó fundido al amanecer y soñó que caminaba a través del evanescente otoño berlinés en compañía de Isabela Machado. Recorrían una gran avenida que era la Kurfürstendamm y a la vez Wilmersdorferstrasse, Wittenbergplatz y un laberinto que concluía al borde de Spandau. A lo lejos había un altísimo muro con letreros en español: *Somos los torturados - Los desaparecidos - Los desplazados- Los exiliados- Los cadáveres:* Gema los saludaba desde allí. Estaba de pie, el cuello y los hombros envueltos en seda turquesa y envarada bajo un chaquetón. Tras ella el muro amenazante chorreaba pintura rojo sangre, amarillo mostaza, negra y ocre. Los letreros eran como arañas machacadas por un martillo *was dem cit- Good Diepe See Elliot - Eric Komm - Hser usu ¡ammatiki!* Flechas y corazones y esvásticas y dinosaurios y volcanes en erupción. Isabela comenzó a danzar y a cantar «¡Estamos de luto, lloramos a diario!». Las piedras en avalancha formaban una montaña que era Monserrate. El muro electrificado, más aterrador que el derribado en Berlín, dividía a Bogotá y a Colombia. Titilaban créditos de cine: *Gema Brunés ha muerto.*

Estrada despertó lavado en sudor. Tenía una erección. Levantó el auricular del teléfono. El encargado de la recepción llamaba para despertarlo, como había solicitado.

Según Leopoldo, quien después de asistir a un evento publicitario en Munich y con quien se tomó dos copas en un ruidoso bar del aeropuerto de Telge, a Marlene Tello no le tomó por sorpresa el matrimonio de Estrada. Al contrario, había reaccionado con el típico comentario a la bogotana:

—Aurel se ha casado con un icono. Gema no es real, sino un producto bien concebido y publicitado. Una imagen-joya muy cara. Yo la inventé. No me explico cómo Aurel pudo olvidarlo.

—Marlene no diría nada por el estilo. No te creo, son inventos tuyos —se defendió.

—Aunque así sea, mi hija Marlene es inteligente y tiene clase. Otra te sacaría los ojos por control remoto. Socialmente ustedes todavía son pareja.

—No creo que desviaras tu itinerario y te aguantaras un trasbordo para contar chismes. ¿Por qué no me pediste que viniera con Gema?

—Mi sobrina nada tiene que hacer aquí. Tengo unos veinte minutos, pronto llamarán a abordar y necesito plantearte un negocio. Llegaste tarde.

—Acabas de telefonear hace una hora. ¿De qué se trata?

—Un contrato a lo grande. Tu secretaria te enviará el informe por correo electrónico —le entregó un resumen del original antes de pasar a la sala de espera.

Una comunicación escueta, pero contundente, que leyó en el taxi. El comité que dirigía la campaña de Fernando Urbano a la presidencia había elegido el equipo Tello-Estrada para renovar su imagen. En una cláusula del contrato se exigía que vallas, afiches, avisos y objetos de propaganda electoral fuesen diseñados por Estrada. Por tanto, la agencia esperaba que él renunciara al exilio voluntario para cumplir una tarea que le aportaría notoriedad, acceso a las altas esferas del poder e inyección de capital al negocio.

Estrada dudaba. Le asistía el derecho de negarse. La sociedad con alemanes le permitía incursionar en el medio del diseño europeo. Estaba contento en Berlín. Pero luego, debido a la insistencia de Gema, telefoneó a Leopoldo y solicitó unos días para decidir.

A Gema le encantó la idea del regreso: estaba apabullada. No le interesaba aprender el alemán. Le bastaba con decir *bite, tanke, verbotten*. Interpretar a la bella extranjera, paseándose por la Kunfürstendamm con abrigo Garibaldi, sombrero embonado hasta los ojos, ya no la divertía. Cuando su confidente, Isabela Machado, viajaba a España, en donde tenía un amigo, la envidiaba. Detestaba el invierno desgajado entre nieblas, oscuridad al atardecer y lluvias finísimas. Echaba de menos los estruendosos aguaceros bogotanos. Al terminar un desfile o una sesión fotográfica no comprendía ni disfrutaba las felicitaciones. La magia triunfal del verano, de su amor con Aurel y la luminosidad del otoño parecían volatilizarse para siempre. Su nariz enrojecía con facilidad. Vivía temerosa de corizas y resfriados. Al faltar Isabela, las invitaciones a reuniones y fiestas con amigos berlineses, de Colombia, Chile y Argentina, escaseaban. Pero si la escritora insistía en visitar sus sitios favoritos, la encontraba pedante y aburrida.

—No entiendo nada, ni parezco yo —eran las palabras repetidas a diario.

Tenía suficiente del Museo Dahlen y el de Arte Moderno, los pintores expresionistas, la Ópera; ¿por qué adquirir fragmentos plastificados del muro que antes dividía a Berlín? ¿Para qué visitar el palacio de Charlotten Burg a cada rato? El teatro de Bertolt Brecht era igualito a otros teatros. El altar de Pérgamo, un jaleo de esculturas rotas. La puerta de Babilonia y la calle de las ceremonias tenía mucho dorado y azul, ¿y qué? Babilonia ni siquiera existía. Los genios alados, los dioses de piedra y héroes que tanto emocionaban a Estrada, a ella no la conmovían. Creía ser más bella que las ruinas, la puerta azul añil, las ciegas deidades. Superior a la misma Nefertiti del Museo Egipcio. ¿Y a quién le importaba?

—No parezco yo. Nadie me mira.

Los berlineses, que al comienzo la deslumbraron, con el frío perdían atractivo. Los encontraba demasiado rubios, serios, pálidos, irascibles. La ciudad que la recibiera con cerezas, aplausos, flores veraniegas, conciertos al aire libre, vino en las terrazas, se tornaba hostil.

Una tarde, cuando se dirigía al Kuda por Oliva Platz, dos turcos que caminaban en sentido contrario señalaron, vociferantes, los ajustados *jeans* y el pañuelo rojo que protegía sus cabellos de la llovizna. Uno de ellos, de gorro y bigote canoso, la golpeó en la cabeza, iracundo. Gema se salvó de ser apaleada al pedir auxilio en español.

—*Spanish woman* —el hombre, que olía a pintura y cal, detuvo el castigo y escupió a sus pies. Gema lloraba recostada contra una vitrina donde se exhibían cuencos de loza decorados con aves del paraíso.

Los turcos corrieron hacia la entrada del metro. Gema regresó a Storkwinkel atemorizada. Estrada le habló sobre el significado del chador y el celo con que vigilaban los musulmanes la pureza de sus mujeres. Con mayor fanatismo en aquella ciudad, en donde se sentían hostigados por una población que sólo veía en ellos a emigrantes o competencia laboral extranjera.

—El *jean* es una prenda execrada por los santones.

—¿Qué quiere decir execrada? Hablas en chino. Pareces hijo del tío Leopoldo.

Tuvieron motivos para reír y pudo calmarla. Amenazaba con hacer las maletas.

Ocho días más tarde, al llegar a una fiesta en el hotel Penta y descender del taxi, un viejo borracho le hizo gestos obscenos y le gritó «gipsy». En la misma acera un grupo de chicos de cabezas rapadas se burlaba. Y esa misma semana, mientras esperaba el cambio del semáforo para cruzar la calle, unos motociclistas rubios y corpulentos, adornados con cadenas, águilas, esvásticas y calaveras, al verla se taparon las narices. Como si ella, la bella Gema, oliese mal.

Estrada no le dio importancia al suceso. Gema, sin embargo, estuvo ensimismada por varios días. Si no atendía compromisos de trabajo pasaba las horas sentada junto a las ventanas que miraban hacia una autopista. Lloraba por nada. Ni la idea de salir a cenar o tomar café en el Kranzler, su sitio predilecto, la entusiasmaba. No quería entrar a la cocina, aunque encontraba horribles los guisos de Aurel y muy condimentados los de Isabela. El agua reciclada escamaba su piel, le restaba brillo al cabello. Berlín era una ciudad fabulosa, pero allí ni las flores ni las frutas le olían a nada. Casi no se veían niños en las calles. ¿Por qué no regresaban? ¿Quiénes eran los europeos comparados con un hombre tan poderoso como su padrino Urbano? ¿Aurel iba a desairarlo? En cuanto a ella, prefería ser un ama de casa en Colombia que una princesa en Europa.

9

Estrada contó las llaves, nuevas y relucientes, que una empleada de enmarañados cabellos, falda larga y zuecos, le entregó en nombre de la firma Rugeles-Estrada, dirigida por un primo suyo, y en donde su padre le obsequiara unas acciones. Probó las cerraduras, firmó el inventario, se despidió cortés. Cerrada la puerta, disfrutó del primer momento de tranquilidad desde el instante en que una voz anónima —en su grabadora telefónica—, lo sumió en el miedo y el desasosiego.

Sin temor por la salud de Gema ni las reacciones de Carmín, sin prisa por regresar a la agencia. Claro en sus objetivos. En un espacio propio. Como siempre, Leopoldo Maestre tuvo razón al decirle, en vísperas de su segundo matrimonio:

—Un hombre necesita aire. Jamás debe renunciar a su cueva de soltero. Los amores, las relaciones, pueden destruirse en un segundo. Hay que estar preparados.

Atendió el consejo y encomendó la administración del apartamento a la firma del primo, que lo alquilaba por días, semanas. Por suerte estaba libre cuando explicó sus intenciones de habitarlo por una temporada. Aunque el sitio conservaba los cuadros y cortinas adquiridos por él, su ambientación sugería limpieza clínica, una atmósfera de relaciones fugaces, ejecutivos de paso, mujeres que nunca dormían en la alcoba. Pero comenzaba a sentirse libre. En orden de prioridades, el primer asunto que debía tratar era el video escalera de Gema, que exigía ser terminado. Así que telefoneó a Felisa Riera. Ella no soltó una andanada de reclamos, sino que escuchó sus disculpas, paciente, como desencantada.

—Necesito ayuda —concluyó él.

—Somos dos. Odio esta agencia. Mañana mismo voy a redactar mi carta de renuncia.

—¿Qué sucede?

—Lo que tú y el idiota de Leopoldo Maestre se ganaron por desaparecer durante cuatro días. Alguien ordenó sacar a la calle el escritorio de Renato Vélez. Un despelote. Nadie puede entrar o salir del edificio. Arrasaremos en avances de televisión y todos los noticieros de la noche.

—¿Qué?

—Es para contemplar en vivo. Te juro que vale la pena.

—Voy en seguida.

—Toma un taxi. La cuadra está como feria de pueblo. Y no es cierto que el automóvil sea tan buen amigo del hombre. Es mejor comprar un pastor alemán.

Desde la iglesia de San Diego, séptima con veintiséis, Estrada tardó unos veinte minutos en llegar a la ciento cuarenta con la misma vía, donde el taxi fue desviado por la policía de tránsito. Caminó entre los curiosos, peatones apresurados, mensajeros, automóviles mal estacionados, camarógrafos, vendedores de dulces y cigarrillos, los ladrones del sector: muchachos con chaquetas de cuero, *jeans*, zapatos tenis. Un helicóptero giraba en el cielo plomizo que amenazaba lluvia. Cerca sonaba una balacera.

—Exijo mis derechos protesto exijo mis derechos protesto exijo mis derechos exijo y exijo.

Estrada consiguió sortear los nudos de mirones, codazos y embestidas, a los fotógrafos y reporteros. El escritorio y Renato Vélez estaban encadenados a la reja del edificio de Mex, con una habilidad tan precisa que no se veía candado.

—¡Se ha irrespetado mi persona! —gritaba como un actor en huelga interpretándose él mismo.

La voz impostada que dos días atrás brindaba por el poeta Ignacio Homero Cáceres, denunciaba por un megáfono el trato —reiterado como oprobioso— que la agencia Mex, sus directivos, empleados y visitantes, infligieran a su dignidad, profesión, hombría, hogar, imagen, espíritu, finanzas, lugar en la sociedad. Su caso era una flagrante violación de los derechos humanos y sus verdugos tan crueles como los grupos armados que asolaban el país con diferentes, mortíferos pretextos.

—Apelo al Ministerio de Trabajo, a la Procuraduría, a la Unesco, a las Naciones Unidas, Amnistía Internacional, a todas las asociaciones de publicidad en Colombia y el mundo entero.

El tráfico había comenzado a fluir por el carril del lado de los cerros. La voz airada del publicista doblaba su resonancia. Atronaba la balacera. Los curiosos corrían, un político había sido asesinado en la otra cuadra. De pronto, un hombre fornido, de cabeza pelada, que cargaba una videograbadora más pequeña que sus manos, exclamó:

—Cierto, cierto. Es Renato Vélez... —y corrió hacia la verja, como si hubiese visto una aparición.

La aventura tenía un final predecible. Renato Vélez obtendría la indemnización que la agencia no quiso pactar en el momento adecuado. Demandaría por daños morales y materiales, salarios de brazos caídos, y quién sabe si el vergajo agregaría las colillas que muchos irresponsables apagaran sobre el escritorio. Pero ¿quién sacó el mueble a la calle? Sería difícil, aun con testigos, probar que el mismo Vélez se había encargado de precipitar los acontecimientos, aprovechándose de la tragedia sufrida por los Urbano.

Estrada aconsejaría a los administradores de Mex pagar en seguida. Renato Vélez pertenecía a ese abominable clan de Los Ociólogos, y si era capaz de trabajar durante un año en el ostracismo, ganaría cualquier pleito. Mejor evitar otro escándalo. ¿Hacia dónde conducía la situación? A ninguna parte. No asistiría a la velación ni al entierro de los Urbano. Enviaría una corona. ¿Y cómo desarrollar ideas mientras la situación de Mex comprometía su estabilidad económica? ¿Qué hacer? Había cometido la estupidez de centrar sus esperanzas en un trabajo que exigía amplia financiación y talentosos guionistas, historiadores, expertos en computación. Lo correcto era enfilar energías hacia otros temas. Olvidar a la Atlántida y Shangri-La. No, no. Tampoco debía claudicar. Se daría tiempo. Total, el cerebro puede guardar, sepultar, simular que desconoce, suprime y borra, pero nunca archiva el futuro. Tenía que organizar su matrimonio y su vida, impedir que se unieran a las ciudades y los continentes desaparecidos. Con las muertes de Fernando, Ricaurte, Francisco y Antonia Urbano había penas hasta para rifar.

IV
EL ANTIFAZ

1

Encontrar a Conrado Gómez en la fiesta de Juana Inés constituyó para Marlene un motivo de interés, que suavizó su tristeza, la ausencia de Aurel y la temible amabilidad ajena. Aunque estuvo a punto de ser tomada por sorpresa, gracias a Leopoldo, pudo actuar con naturalidad, sonreír.

—Ánimo Musgo. Mereces lo mejor de la vida y si quieres puedes tenerlo. Las fiestas, chiquita, no aportan lo que prometen. Hay que casarse joven y a menudo.

—¿Qué quieres decir?

—Te invito a un whisky doble y a reunirte con Gómez Londoño. Esta no es tu noche.

—No pienses por mí. Ni me busques pareja.

Leopoldo tenía razón. En menos de diez minutos y por una conversación fragmentada, supo que Aurel se alojaba en Berlín con Gema, quien compartía un apartamento con una amiga suya becada por el gobierno alemán. Se llamaba Isabela Machado (un seudónimo) y había comenzado su carrera ayudando a su madre, Catalina Fonseca, a redactar consejos de belleza para revistas femeninas y programas radiales, con tanto éxito que la Fonseca tenía su propio sello editorial.

Sobre Isabela, Marlene había escuchado decir que escribía bien, pero no tenía la menor sensatez al elegir sus amistades. Extravagante y mal hablada, como a los doce años y asesorada por Leopoldo Maestre, abogado de sus abuelos, había solicitado a sus padres el divorcio formal, obligándolos a suspender el encarnizado pleito que sostenían por su custodia. Era tan vanidosa como Gema y Marlene esperaba, con tétrico placer, que terminaran la relación a gritos y arañazos. Ojalá disputándose a un hombre.

—Bebe, linda. El licor es un vicio horrendo, pero necesario si la enfermedad se encuentra en fase terminal —y le entregó un sobre.

Storkwinkel 12-1000-Berlín-31 ondulaba el remite. En su carta, Gema le narraba a Leopoldo los pormenores de su matrimonio con Estrada, del cual había imágenes concretas. Antonia Urbano, risueña y desdeñosa, enseñaba a todos una serie de fotografías.

—Nuestra Gema se ha convertido en señora. La víctima es Aurel; ¿quién otro podría ser? Los hombres como él siempre se enredan con cabezas huecas. No parece hijo de Héctor Estrada, sino tuyo, Leopoldo.

—También hay un video. Está en el televisor del estudio —intervino Columba.

En silencio, las manos heladas, Marlene contempló la pantalla y escuchó exclamaciones como, «¡Regio!» o «¡Qué maravilla!». Los rostros alrededor transformados en una masa donde giraban ojos, labios, tabiques nasales, frentes y cejas. No obstante, todo sería lógico después; la letra menuda y con errores ortográficos; el querido, queridísimo padrino, donde Gema firmaba a grandes rasgos Gema Estrada. En seguida el video grabado por Isabela Machado y el periodista andaluz Ricardo Bada, titulado *Boda en Berlín*. Protagonistas: Gema Brunés y Aurel Estrada. El cambio de alianzas, la firma del registro, la lluvia de arroz. Novios e invitados que brindaban con vasos de cartón. Ella vestía un traje largo azul turquesa, estampado en amarillo topacio, vaporoso, flotante; sobre sus cabellos cortos llevaba una corona de rosas doradas. Aurel, con un traje gris y camisa verde sin corbata, sonreía. Ambos, y Marlene no quiso evadirlo, irradiaban alegría, plenitud, dicha absoluta.

La recepción, narraba Ricardo Bada, contó con unos sesenta invitados. Africanos, alemanes, exiliados chilenos, argentinos y turcos; colombianos procedentes de Mannheim, Colonia y Munich. Asistieron modistos y modelos, publicistas, joyeros, escritores, actores, periodistas.

La lejanía de Alemania no impedía que el dolor experimentado por Marlene fuese una mezcla confusa. Ese pesar de sí misma, la ira que rodaba como ácido, segundo a segundo, sobre la plancha metálica que, de súbito, quemaba en su interior. Sin embargo, ni siquiera el despojo tenía el suficiente poder destructivo. Imposible llorar.

—Holaaaa.

—¿Cómo estás, preciosa?

—Bien, muy bien.

Marlene hablaba y se movía como una polichinela. El vestido la agobiaba, demasiado ajustado al cuerpo, de un lavanda frustrado. El verdadero personaje —la novia— se paseaba por el salón en instantáneas Kodak, como si los amigos de Berlín no fueran suficiente público.

—¿Contenta? ¿Todo bien?

—Muy bien.

Juana Inés Calero había invitado a unas doscientas personas a la fiesta de antifaz. Políticos con sus esposas. altos militares, banqueros, hombres de negocios, publicistas, figuras del periodismo, el teatro y la televisión. Más allá de la intensa tristeza, Marlene experimentaba una sensación repetitiva de haber vivido aquello innumerables veces y de estar sometida al suplicio de la misma gente, condenada a peregrinar por el mismo evento durante el tiempo que aún tenía sobre la tierra. Decir tierra era referirse a Bogotá, D. C., donde los grupos son como células divididas y vueltas a dividir para formar nuevas células, sin lograr una transformación total.

2

Hacia las cinco de la tarde Juana Inés Calero sintonizó la radio —para escuchar las noticias de la hora— y una voz consternada lamentó la muerte de Fernando Urbano y de tres de sus hijos. Marlene Tello no aventuró frases amables, ni abrazos de pésame, aunque su simpatía por el senador era sincera. Con los gritos de Juana y el llanto espantado de Carmiña, la familia Urbano anunciaba el derrumbe. No deseaba saber nada más de aquellas mujeres, prefería alejarse, no haberlas conocido.

—Las veo más tarde —dijo al salir.

Marlene había pasado la noche anterior y parte de ese día en aquel apartamento en donde Aurel Estrada vivía y dormía con otra mujer, mientras Juana Inés dictaba por teléfono avisos mortuorios y redactaba obituarios e invitaciones a misas, homenajes, velaciones. Su decisión y energía demenciales la hacían acreedora a lástima y desprecio, al rencor antiguo y al anticipado, pues a causa de ella su carrera como la más exitosa presentadora de televisión llegaba a su fin. Del otro fin, las ilusiones acerca de Aurel,

Carmiña se había encargado. Además, ¿qué pensarían Serena y Lina de una madre que permanecía fuera de casa toda la noche sin justificación? ¿Qué explicaciones le daría a Conrado? ¿Cómo, después de tantos años de convivencia, podría demostrar cuánto lo quería, decir que continuaría amándolo, y no deseaba contemplar junto a su almohada otro rostro al despertar?

Lo que no supuso, ni se permitió imaginar, fue la posibilidad de su propia muerte. Era lo murmurado por vecinos, camarógrafos, periodistas, a lo largo de la calle. Nadie había reconocido a la elegante Marlene Tello en la mujer agitada, sin maquillaje, que había descendido frente el condominio en un taxi y no en un coche último modelo. Había fumado demasiado durante el prolongado encierro, pero un cigarrillo Camel temblaba, apagado, entre sus dedos agarrotados. No necesitó llaves para entrar a su casa; se abrió paso entre el gentío que atestaba la acera. Sin despegar los labios ni mirar a los periodistas, quienes acaso la tomaban por una hermana mayor de Marlene Tello, se estrelló con el dolor y el primitivismo engastado en la muerte. Serena y Lina lloraban sin cortapisas o pudores, Conrado discutía a gritos con dos voluntarios de la Cruz Roja y otro cirujano plástico que poseía una avioneta. Estaban a punto de llegar a un arreglo para viajar al sitio en donde había ocurrido el siniestro.

—Soy yo —y el terror superado la estremeció.

Alguien le había encendido el cigarrillo, y la pava le quemaba las uñas, sentía el raspar de la chaqueta del hombre al que hasta ese día ignoraba amar con humildad y agradecimiento, orgullo desmesurado. La emoción, la alegría, no le impedían sentirse fuera de sí. Nimbada por el espanto. Era como plagiar la propia historia. Conrado Gómez Londoño que había llegado a su vida precedido por el caos, la amargura y el horror, ahora alcanzaba su corazón en medio del vértigo. Otra vez estaban sumergidos en la tragedia, pero juntos y a salvo. Al escribir y repetir Gema Brunés, unido a la palabra muerte, Juana Inés Calero había liberado las mismas fuerzas oscuras que impulsaran a Helios Cuevas a cobrar venganza, impía y feroz, en víctimas equivocadas, cuando, resentido por el abandono de Gema, se convirtió en asesino. Al invocar tantas veces la desaparición de su enemiga, Juana consiguió lo deseado a pesar de trastocar los muertos y los obituarios.

Todos los presentes hablaban al mismo tiempo. Cada quien tenía un comentario, un gesto lúgubre o condolido. Aturdida y consciente de la uña quemada y las medias rotas, Marlene permitió que Conrado la condujese a la alcoba, empeñado en obligarla a descansar. Serena y Lina se encargaban de recibir, atender y despedir a las visitas. A pesar del extremo cansancio tomó una ducha, eligió ropa severa, se peinó y maquilló y decidió acudir a la casa de los Urbano, la única forma de apagar comentarios, informar que continuaba con vida.

—No, esta noche no iremos a ninguna parte —no era la primera vez que Conrado se oponía a los deseos de Marlene, pero sí una de las raras ocasiones en que ella aceptaba la negativa con tranquilidad.

—Me pareció lo correcto. Somos amigos de esa familia.

—Hoy nada es correcto o incorrecto. Lo único válido es tenerte aquí, ¿telefoneaste a tu mamá? Leopoldo estaba preocupado, acaba de llegar.

Ni una pregunta, ni un reproche, como si las explicaciones no contasen. Cuando intentó franquearse con Leopoldo, comprendió que él, ese día malhumorado y sobrio, no estaba dispuesto a permitir que ella lo cargara con sus temores. Hasta se permitió bromear.

—No olvides que soy como los maridos perfectos, que cierran los ojos y espantan los cuernos. No es día para brindar, pero necesito un whisky. Otro trago y otro amor. La vida será bastante aburrida sin mi compadre Urbano, lo mismo que Bogotá. A mi edad no es fácil hacer amigos.

No mencionó a Ofelia Valle ni al poeta Cáceres. El tono de su voz rechazaba el dolor y la autocompasión. Marlene se sintió como la niña a quien Leopoldo le contaba cuentos y pensó en su madre, atrincherada en el rencor hacia él y su matrimonio fracasado, decidida a fungir como vieja e inútil para molestarlo, incapaz de consentir otros sentimientos amorosos.

—Tengo que llamar a mamá.

—Olvídalo —dijo Lina—. No es buena idea. Es obvio que no ha escuchado la radio, ni encendido el televisor.

—Mi abuela utiliza el periódico para limpiar ventanas —interrumpió Serena—. ¿Ustedes qué quieren tomar?

Los socorristas, el colega de Conrado y los visitantes no habituales se habían despedido. Lina y Serena también pensaban que lo indicado era acudir a casa de los Urbano. Además, Juana Inés y Carmín necesitarían compañía.

—Estamos mejor aquí y ahorramos energías —Leopoldo anticipaba el cansancio—. Salvo el personal de servicio y políticos de provincia, no hay nadie a quien dar el pésame. Todavía no se han rescatado los cadáveres. La secretaria de Columba prometió telefonear apenas tenga noticias.

Como una autómata, aceptó la copa que Lina le ofrecía y el abrazo firme de Conrado. Pensó que su cuerpo terminaría por adquirir forma de sofá, sus huesos y piel adheridos al cuero de la chaqueta masculina, y que jamás podría caminar derecha, ni recobrar su celebrada elegancia. Reprimió un sollozo.

—Por varias horas creímos que tú habías desaparecido, que viajabas con Urbano, o que... —Conrado no terminó la frase.

—Llora, si quieres llorar —dijo Leopoldo—. Vamos a estar de entierros hasta la coronilla. La gente tiene la mala costumbre de morir, sobre todo la gente que lo quiere a uno.

—¿Quieres comer? —preguntó Serena—. ¿Un café? ¿Té?

Marlene tembló ante aquella inesperada ternura. No recordaba haber comido, pero tampoco tenía hambre. Estaba bien en casa, aunque temerosa de las preguntas y respuestas inevitables. ¿Cadáveres? Además de Fernando Urbano, ¿quiénes? Tres de sus hijos. Tres. Se llevó la copa a los labios; contemplaba su hogar, su reino. Cómo, ¿no había flores en la sala? Era necesario comprar cristalería, los vasos resultaban toscos, dispares. El tapete se inflaba en las esquinas. La platería necesitaba lustre. Ella tenía que pedir cita con el odontólogo y el ginecólogo. ¿Qué día era? Debía efectuar cambios, dedicarse a cuidar lo suyo. El programa *Famosos con Marlene Tello* cambiaría de nombre y rostro. Todas las comunicadoras que conocía, lindas o feas, jóvenes o maduras, torpes, audaces o desenfadadas, querían trabajar en televisión.

—Un desastre —decía Leopoldo, quien mezclaba su segundo o tercer whisky—. Por fortuna, Marlene no iba en ese vuelo. Es más que una hija, más que una amiga.

¿Iría Aurel en la comitiva de Urbano? No quería saber, ni permitir que nada empañase su felicidad. Sintió que su mano y la de Conrado formaban una sola extremidad y ligazón, por fin una misma carne. Eran la memoria y el pensamiento los que trampeaban, obligándola a sufrir por Aurel Estrada, el amante que no la amaba y nunca la amó lo suficiente para respetar el pasado conjunto, mentir por ella, o establecer distancias. «Nunca más desnuda y desnuda en la misma cama con él, nunca más voy a sentirlo entre mis muslos, nunca más voy a gritar y a gemir entre sus brazos. Nunca más».

3

Juana, la perfecta anfitriona, le obsequiaba a Conrado Gómez Londoño: un hombre delgado, de cabello suave y oscuro, cuyos ojos brillantes miraban a Marlene con una mezcla de inteligencia e interrogación.

—¿Ustedes se conocen...?

No hablaron del encuentro anterior, que aunque extraño y fallido, constituía un lazo secreto. Pero desde ese momento él asumió una actitud posesiva que tranquilizó a Marlene y le impidió revolotear de grupo en grupo como era su costumbre y todos esperaban que hiciera. Más bien, los otros giraban a su alrededor. Leopoldo Maestre, eufórico, con una amiga que pregonaba su intención de ser actriz; Antonia y Simón Urbano, Ofelia Valle, Carmiña, el poeta Cáceres, todos con esa sonrisa entusiasta destinada a las cámaras, diarios y revistas, páginas sociales.

—Vamos a tomar una copa afuera. Es temprano y conozco un bar de estilo inglés cerca de aquí. Allí se puede conversar. Te gustará —la invitó Gómez Londoño.

Marlene le dijo «Sí, sí, necesito un respiro». Ofelia Valle estaba mostrándole al diseñador Gino Rosé una fotografía del lago Dahlen, en donde Gema y Aurel tomaban el sol desnudos, entre una multitud veraniega.

—La pareja hace demasiada bulla con el matrimonio. Molestan a sus amigos. No hay sino que mirar al gallinazo del diluvio —dijo Columba Urbano a su lado.

Helios Cuevas saludaba con expresión distante, tensos los labios, y sus ojos glaucos no veían a nadie, como si despreciara a todo el género humano.

—¿Y nuestro bar inglés? —Conrado Gómez insistía.

—Quiero un cigarrillo —dijo Marlene.

—En seguida.

Era uno de esos médicos que aceptan a las personas con sus costumbres y evitan amonestar sobre los peligros de fumar o beber. Marlene lo vio alejarse, aliviada. Quería gritar, morder, morir ahogada.

—¿No es Helios un lucero? —Ofelia resplandecía de alegría y posesivo celo. Su traje pantalón era de seda natural y los botones de la pechera, granates reales. Un adorno con plumas color genciana realzaba el antifaz y el cabello negro.

—¿Helios Cuevas un astro? —Columba Urbano reía escandalizada—. ¿Un lucero? A mí me aterran sus ojos; es de los que miran a través de los demás.

—Es lo que es. Me gusta más que comer con la mano —retaba Ofelia.

Gracias a Helios Cuevas, Aurel, Gema, la fotografía y el lago perdían interés. Marlene acudió a secundar a Ofelia.

—Me agrada Cuevas. Es inteligente y buen modelo. Puede sostenerse con su trabajo.

—No acaba de convencerme. Ese no sabe ni de coños ni de carcajadas —intervino el poeta Cáceres quien, hasta ese momento, escuchaba y bebía en silencio—. Al caminar no se mueve como un ente masculino sino como una cobra.

—Prohibida la poesía, ¡abajo los dobles apodos! Helios Cuevas es el chulo glorificado. Columba lo bautizó primero.

Marlene no tenía fuerzas ni suficiente chispa para los comentarios divertidos. Había dejado que Gema Brunés clavara sus zarpas en Aurel. Si se permitía la menor debilidad, un gesto agraviado, sería zarandeada sin compasión. La piedad no abundaba en una ciudad donde ser irreverente es normal y hacer chistes a costa de los demás es tan común como respirar.

—Hace meses que no escribo un poema. Me he comprado un computador e intento convertirme en novelista. Con tanto material, con tantos temas en el aire, seré un éxito de librerías. Voy a dedicarme a la novela negra.

—¿Quieres acompañarme al tocador? —la voz de Ofelia sonaba grave, tensa.

—Espero a Conrado Gómez. Fue a buscarme un cigarrillo —Marlene sonrió con forzada alegría.

La nueva amiga de Ofelia Valle, Miriam o Lirio, se acercó. Su vestido, forrado al cuerpo, semejaba un ropón de sal marina. Otra colonizadora. El tocador era un pretexto y salvarla de Cáceres, el verdadero objetivo. Ofelia se alejó, su enorme cuerpo imponiéndose a los grupos y sin dispensarle mayor atención a Miriam o Lirio.

—¡Que te aproveche el doctor, Marlene! Te lo mereces. Voy a darle un vistazo a Helios, a consentirlo. No quiero que ninguna de mis amigas se lo coma.

—¿También tú, Ofelia, corazón mío? —exclamó el poeta.

Marlene maldijo sin abandonar la sonrisa. Imaginó a Ofelia como una ballena entre un mar de gente. Tan segura de sí misma y aquel muchacho de quinta categoría: Helios Cuevas, espléndido y altivo como un descendiente real, mientras ella podía ser confundida en la calle con una próspera verdulera.

—No hay que temerle a Dios, sino al ridículo —decía Leopoldo Maestre.

Luchaba con el llanto, la ira y humillación, cuando sintió los dedos de Conrado Gómez acariciar su brazo desnudo.

—¿Salimos...? —la voz recia, tranquila, sin dejos insinuantes—. Necesito hablar contigo. Y no encontré los cigarrillos que te gustan.

—¿Cómo sabes cuáles son mis cigarrillos?

—Lo sé.

—Tengo que regresar —advirtió—. Juana me ha invitado a desayunar. Traje mis *jeans*, mi pijama y mi cepillo de dientes.

—También lo sé.

Camino del guardarropa Marlene tropezó con Helios, una copa de vino blanco sin probar en la mano derecha. Su vestimenta era un reto a la fiesta: buzo, pantalón y zapatos negros. La sencillez resaltaba el tono dorado de su piel y los ojos verde agua rasgados hacia las sienes, bajo tupidas pestañas y anchas cejas endrinas. Usaba los cabellos negros sujetos a la nuca y trenzados a la espalda. En él todo resultaba impactante, hasta la voz. Masculina, cadenciosa, lenta. Centro de un grupo, aunque no intervenía en la charla, como si encontrarse allí fuese un accidente corporal. Eran sus manos largas, nerviosas, al sostener la copa, las que denunciaban fuerza.

Numerosas mujeres conocidas de Marlene, sofisticadas y atractivas, cultas, sensibles, aburridas y experimentadas, superdotadas y frívolas, giraron alrededor de Helios Cuevas decididas a conquistarlo. Sin resultados. Él permanecía helado ante los avances, coqueteos, asedio continuado o adoración.

Además de su fantástica belleza e impasibilidad ante los afanes pasionales de los demás, Helios Cuevas actuaba como si no poseyese ego, vergüenza, intenciones. Ni se comportaba como el *gigoló* o el satélite de Ofelia Valle, sino que la trataba como a una mascota, así como otros llevan encadenados a un dálmata o un gran danés.

—Es incondicional, y eso es lo que cuenta. No me interesan sus motivos —decía Ofelia—. Nada ni nadie lo hará abandonarme.

Los motivos de Cuevas, según el análisis de Leopoldo Maestre, eran bastante simples:

—Junto a ella transita en terreno sólido desde un comienzo y no necesita esforzarse en aparentar que la quiere. Ofelia es amable y generosa con él, acepta sus migajas y obtiene más compañía que sexo. Hay un trato implícito que los convierte en cómplices, ¿para qué buscar otra relación? A su manera, el muchacho es un asceta. Al fin y al cabo el amor-amor es bastante escaso y en la mayor parte de los casos uno se masturba con las mujeres. A él no le interesan los culos masculinos.

Leopoldo no se atrevía a decir (ni a Marlene) que el verdadero interés de Helios Cuevas era moverse y continuar junto a la gente que rodeaba a Gema. Eso lo sabían los miembros de la familia Urbano sin necesidad de admitirlo en público, ni siquiera como un rumor. Pero tanto Ofelia Valle como Gema Brunés pretendían ignorarlo.

—¿Una fuga romántica? —Carmiña detuvo a Marlene. Los observaba con una expresión intensa, especulativa, vestida de rosa malva y, como siempre, peinada y maquillada como su madre, lo cual acentuaba su candor e infantilismo. Conrado Gómez le siguió la corriente:

—Sí, sí. Es una buena idea raptar a Musgo y tenerla encerrada hasta que todos sepan que me pertenece.

—Me gustaría ser querida así.

—Eres muy guapa. Debes tener loco a más de uno —dijo él.

—El hombre que me gusta ni me mira. Aunque tarde o temprano voy a llevarlo de narices a la cama y al altar. No se me escapa.

—¿Ese afortunado quién es? ¿Estudia contigo? —preguntó Marlene.

—El novio berlinés que Gema me ha robado. Desde siempre ha sido mío.

—Seré la madrina.

—Los padrinos.

—¿Es una promesa...?

—El juramento que se hace antes de raptar a la mujer amada es sagrado.

—Me atracaré de jamón y vino en nombre de ustedes y para celebrar —prometió Carmín.

—¿En qué piensas? Me encantaría saberlo.

—En que tomaré una copa, sólo una... —coqueteó Marlene. Abandonaban el apartamento y corrían a detener el ascensor que comunicaba con los garajes comunales, una caja metálica, sin espejos, pero a prueba de balas.

El bar inglés quedaba a unas doce cuadras y aún no era medianoche. El haber tenido la osadía de escapar le otorgaba a Marlene seguridad, el consuelo de olvidar por un rato la burla que Aurel y Gema le infligieran.

—Por nosotros —él se inclinó a besarla por encima de las copas, el abandono, la ausencia y el desamor. Marlene pensó que no, no era su hombre; prefería la soledad a una relación dominada por el despecho.

Regresaron a la fiesta, hacia las dos y tomados de la mano. En el ascensor se encontraron a Helios Cuevas, los cabellos húmedos y olor a colonia de menta, como si acabara de bañarse después de hacer el amor.

—¿Quién sería la dichosa, la elegida? —se preguntó Marlene.

—También salí a dar una vuelta. A veces no me soporto a mí mismo —dijo él.

4

Una madrugada brumosa, cuando el carillón de la iglesia quemada durante la segunda guerra mundial y uno de los símbolos berlineses cantaba la hora, los despertó el teléfono. Era Leopoldo Maestre, y sus palabras afectaron tanto a Gema que Estrada podría situar —en el futuro— el minuto, hora y día en que había perdido toda influencia sobre ella. El asesinato de Ofelia Valle y del poeta Cáceres sonaba terrible y doloroso, pero no los afectaba. Así se lo dijo y repitió, aunque ella insistía en regresar en seguida.

Era lo indicado, insistía. No podían permanecer indiferentes al dolor de sus amigos y la situación del país socavado por la guerrilla, los narcotraficantes, paramilitares y otros grupos subversivos. Además, estaba harta de ser extranjera, mirada como nativa de un país estigmatizado por el contrabando de drogas. ¿Por qué no? Para Aurel sería muchísimo más importante dirigir la campaña política de su padrino Urbano que diseñar una línea de joyería para los europeos.

—¿Desde cuándo te interesa tanto la situación de Colombia? Ni siquiera en Bogotá leías un periódico, ni entrabas a Internet.

—Hablo por teléfono. A mis padres les hago muchísima falta.

—¿Desde cuándo mi carrera?

—Desde que estoy enamorada de ti. Es decir, desde que te conozco.

Estrada intentó hacerle comprender que en Berlín tenía otro tipo de oportunidades y una privacidad e independencia imposibles en Bogotá. Vivir en Europa constituía el sueño de modelos y publicistas, triunfar, ser aceptados. Después conquistarían París, Nueva York, Roma y Milán. No todo se resumía en desfiles, televisión, portadas de revistas; afuera había gente y vida social. No resultaba absurdo que personas como Ofelia Valle y el poeta Cáceres, atrajeran animadversión, envidia, pasiones negativas. Muy triste, sí, perder a dos amigos de manera tan espantosa. Pero, ¿no era mejor estar lejos? Gema no deseaba escuchar. Cuando él resolvió imponerse y dijo que respetarían los contratos y continuarían viviendo en Alemania, tuvieron una pelea monumental.

—En París no conozco a nadie y en Milán almorcé sola todos los domingos. En Roma todos los hombres me tocaban y perseguían en la calle. Aquí no entran mis canales preferidos de televisión. Me perdí la nueva telenovela. Quiero vivir en Bogotá.

Gema comenzó a romper objetos, platos y vasos que ni siquiera les pertenecían, como tampoco a Isabela, sino al inventario del apartamento y al programa de artistas de Berlín patrocinado por el gobierno. Estrada permaneció impasible ante el pataleo, los chillidos, las bofetadas. No quería igualarse ni ceder. Entonces ella amenazó con suicidarse.

—Adelante.

Estuvo sin dirigirle la palabra durante cuatro días, hasta que Estrada fue a una agencia de viajes en Europa Center e hizo reservaciones a Madrid. Allí pasarían la navidad, el fin de año y la fiesta de Reyes.

Se animaría con los pasajes en la mano, la fecha, el número de vuelo. Era un 15 de noviembre. Desde el día siguiente, Gema comenzó a recorrer los grandes almacenes, KDW, Wertheim, C.A., Europa Center y otros centros comerciales. Revoloteaba alrededor de una tienda china cercana al zoológico, los negocios de baratijas y ropa hindú. Adquiría pequeños obsequios, collares, pañuelos, sortijas, cascabeles. Para todos los amigos (en realidad amigos de Isabela) elegía un detalle. Gastos innecesarios, que Estrada aceptó en silencio.

La invitación de su padre a pasar las fiestas en Bogotá —con motivo del matrimonio les había enviado orquídeas y cinco mil dólares pero sin una nota— con pasajes y apartamento ya reservados, lo tomó por sorpresa. Era un gesto de inusitada generosidad. Gema hubiese podido rechazar el obsequio, decir «No voy, no acepto nada del viejo», pero no lo hizo. El estado de nuera la seducía. Quería ser aceptada sin restricciones.

Así que desde el 20 de diciembre y al cruzar la aduana del aeropuerto Eldorado, comenzaron a vivir lo que parecía una atmósfera grata y familiar, pero que Aurel encontraba falsa. Breves encuentros con Héctor Estrada en restaurantes y terrazas, solemnes y casi sin conversación. Demasiadas reuniones obligatorias con la familia de Gema. A un compromiso seguía otro y otro más. Sin que Leopoldo Maestre y los Urbano hicieran presencia, ni siquiera el 24 o el 25 de diciembre. Todos con la disculpa exacta y una ausencia real que hubiese debido alertarlo.

El 30, hacia las ocho de la mañana y cuando todavía se encontraban en la cama, sonó el citófono. A Estrada se le espantó el mal humor cuando la voz del recepcionista solicitó el ascensor interno. Se anunciaba la familia Urbano.

—Apuesto a que traen el desayuno —eufórico, volvió a despertar a Gema. No tendría que colar el café o contentarse con huevos hervidos.

Ella lo empujó al baño entre risas. Tomaron una ducha juntos e hicieron el amor de prisa, bajo el agua tibia y la espuma del jabón, mientras en el comedor un camarero disponía la mesa.

—Por los recién casados.

Sobre el mantel blanquísimo se amontonaban las granadillas, anones, uchuvas y feijoas, pomarrosas, mangos y ciruelas sangre de toro, cuyos intensos perfumes tornaban sosos los delicados aromas del bosque y las naranjas color oro del otoño alemán. El rojo, verde y amarillo de las frutas desplegaban los tonos del hogar.

—¡Viva la rumba!

Fue al servir la segunda botella del vino blanco y una copa de aguardiente para Estrada; Francisco y Antonia Urbano miraron a sus hermanos como si respondieran a una señal. No incómodos, no. Sino aliviados al alcanzar el momento esperado desde horas, días, meses atrás.

—Tenemos que hablar —Columba o Antonia; en la memoria de Estrada las hermanas serían, en el momento y después, una sola muchacha de cabellos negros y ojos oscuros, con marcadas ojeras atenuadas por el maquillaje.

—Venimos a pedir tu ayuda.

Antonia —¿o Columba?— deslizó «el senador» afectuoso, condescendiente y con una ligereza rebuscada.

—El senador ha sido elegido por un sector importante del Movimiento Popular Nacionalista como candidato a la presidencia. No es oficial, todavía.

—Felicitaciones —interrumpió Gema.

Las elecciones presidenciales estaban lejos y no era la primera vez que el nombre de Fernando Urbano sonaba entre los posibles elegidos. ¿Tendría que renunciar a la investidura senatorial para emprender la campaña? Estrada no lo sabía.

—Si se trata de mi aporte, no creo ser la persona indicada. No en el momento... —aventuró.

—Los creativos de Mex realizarán un buen trabajo —cortó Simón—. Aquí nos trae otro problema.

—Es el viejo en persona. Atraviesa una temporada difícil. No está contento consigo mismo... —dijo Francisco.

Estrada creyó que de todas maneras insistirían en una asesoría. Por rutina, comenzó a enumerar las cualidades de Urbano, las que podrían ser reforzadas sin lesionar la imagen conocida por el público en general y los electores.

—¿Qué puedo hacer? Estaremos unas tres semanas en Bogotá. Hemos adquirido compromisos en Berlín.

—Tú, muchísimo. Ante todo ser tolerante —dijo Ricaurte.

—Tolerante con Gema y comprensivo con papá —coreó Francisco.

—¿Gema? ¿Qué quieren decir...?

5

El reconocimiento de los cadáveres (una mano, un reloj, un mechón de cabellos) transcurría bajo ese sol intenso, implacable, que en sus breves períodos de verano suele iluminar la sabana de Bogotá. En contraste con un cielo límpido, azulado, el día arrastraba vientos glaciales. Leopoldo Maestre estaba exasperado. Hubiese querido tener la posibilidad de aullar, balear, emprenderla a patadas e insultos con todos aquellos delegados de la Procuraduría, Fiscalía, detectives, policías, funcionarios de medicina legal que solicitaban su tarjeta profesional, la autorización autenticada para representar a la familia Urbano, su cédula de ciudadanía, los permisos, salvoconductos, sellos y firmas de altos oficiales o miembros del gobierno que justificaban su presencia en el lugar del siniestro.

Sobre el terreno flotaba un olor amargo a carne chamuscada, metales calentados al rojo vivo, excrementos, tierra arrasada. Existían firmes indicios de un atentado. Una bomba colocada por la guerrilla, los paramilitares, quizá por enemigos políticos; quizá por narcotraficantes a quienes hubiese ofendido su tesis sobre la necesidad de oficializar los cultivos ilícitos, legalizar y controlar la venta de drogas. No faltaba la versión del crimen pagado por agentes extranjeros para impedir su camino al solio presidencial. ¿Cuál era la verdad? Leopoldo Maestre, presionado a dar opiniones, respondía siempre lo mismo:

—Represento a la familia Urbano, pero como abogado y no como portavoz.

Con reticencias y numerosas recomendaciones, autoridades, investigadores y periodistas aceptaron su papel. La presencia de Camilo y Simón Urbano alivió lo más duro, aquellos restos en fundas de polietileno aceptados como amigos, personas, nombres. Los trámites siguientes, incluido el servicio de funeraria (en donde giró cheques y utilizó tarjetas de crédito), velación, iglesia, honras fúnebres, entierro y lápidas fueron igual de agotadores. Finalizaba la tarde del tercer día, y Leopoldo regresó a su casa para descansar un rato. A pesar del nerviosismo, la sed, percibió la invasión antes de oprimir el control de la puerta del garaje. Se persignó, gesto que no había realizado en años. Un sudor copioso humedecía su frente, la nuca, espaldas y axilas, en caluroso fogaje.

—¿Qué mierda sucede aquí? —tuvo que gritar, aunque las risas infantiles, el griterío y el sonido de los juegos no daban cabida a su primer pensamiento: ¡ladrones!

Dos payasos con pelucas color zanahoria, que se empujaban y pegaban con una palmeta, lo saludaron con estrambóticas reverencias, sin suspender un confuso diálogo. Unos veinte niños sentados en el patio reían a carcajadas. Otro grupo correteaba alrededor de la fuente.

—¿Cómo se llama usted?

—¿Usted cómo se llama?

—Yo pregunté primero.

—¡No me diga!

Cansado de esperar, Estrada escuchó los alaridos de Leopoldo, más fuertes que el alboroto. Si bien la celebración le pareció fuera de lugar, tampoco la encontró descabellada. Ni el hijo de Leopoldo ni su madre frecuentaban a la familia Urbano. En el estudio, sentado frente al televisor, había intentado recordar la descripción de Shangri-La, ese territorio inventado por James Hilton, en donde no existían ni la enfermedad, ni la vejez, ni la violencia; sólo para divertirse y alejar sus pensamientos de la guerra, la muerte, el oprobio de vivir en un país dominado por el miedo.

—Hasta las fiestas infantiles están envenenadas —pensó, mientras descendía por las escaleras resbalosas, evitando serpentinas, papeles, charcos de helado y Coca-Cola.

—¿Estás chiflada, o qué? —Leopoldo tenía el cuello hinchado, y la ira marcaba lamparones en sus mejillas—.

¿Quién te ha dado permiso? ¿A quién consultaste? ¿Desde cuándo eres la dueña de esta casa? ¿Quién te crees tú?

—No necesito permiso, no soy una criada. Es el cumpleaños de nuestro hijo. Diste el visto bueno. Dijiste que la fiesta sería aquí.

—Eso es, loca y de remate. ¿No tienes respeto por los muertos? Te faltan sesos, imaginación. ¡Estamos de luto, tarada!

—Los niños no entienden de tragedias ni de lutos. Duermen porque tienen que dormir y comen a la hora de comer. Necesitan jugar. El nuestro está de cumpleaños.

—¡Esto se acabó! Necesito silencio, tranquilidad, respeto. No estoy para alborotos. En el término de la distancia quiero a todos estos cagones fuera de mi casa. ¡No me obligues a echarlos!

La mujer de melena rojiza, hombros y caderas estrechos, vestía un traje anaranjado y exhibía esa delgadez excesiva que adquieren las fanáticas de las dietas. Estrada había tropezado a otras como ella en el gimnasio, entre las modelos, actrices y ejecutivas. El nerviosismo, la irritabilidad y el insomnio las sitiaban como esporas envenenadas. El difunto poeta Cáceres hubiese dicho que terminaban convertidas en hongos, de gran armonía a la vista y amargas al paladar.

—¡Fuera de mi casa! —gritaba Leopoldo.

—Es tu casa, es tu hijo, fue tu voluntad.

Uno de los payasos lanzó una risotada que los niños corearon. El sonido de un silbato acarició el aire hasta la proximidad del silencio y expiró devorado por un estruendo musical. Rock-rock. Globos multicolores ascendían hacia el horizonte diáfano, de azul intenso, como adorno de una ciudad que las estadísticas catalogaban como una de las más atractivas e inseguras del mundo.

—¿Qué te propones? —el sudor brillaba en la frente de Leopoldo.

—Mi hijo se queda y sigue la fiesta. Te enviaré un abogado.

—Tranquila, mi china, y disculpa... Vamos a tomar un trago y hablamos.

—Vete al mismísimo carajo.

Estrada la vio alejarse hacia la casa, segura, altanera. Permaneció en su interior por unos minutos y salió con un bolso de cuero. Atravesó el patio con sus altos tacones acribillando el empedrado. Ladeó su rostro de arlequín, sonriente, triunfal. Al salir, tiró la puerta con tanto estruendo como ira.

—Ahora sí nos jodimos. Como si la muerte del compadre no fuera bastante. ¿Tú qué haces vestido así?

—¿Así cómo?

—En plan de paseo o becerrada. Tenemos que hacernos presentes en los funerales.

—¿Yo? Es lo último que haría.

—Urbano era como tu suegro. Nobleza obliga.

—No lo siento así. Menos ahora que Carmiña piensa divorciarse.

—¿Divorciarse? ¿Perdieron la razón o qué? No es el momento. Carmiña hereda y tú también, ambos figuran en el testamento. El viejo siempre estuvo agradecido contigo.

—Agradecido o no, los Urbano acabaron mi primer matrimonio.

—Nadie acabó con nada. Gema no era para ti. Muy poca gente conoce ese episodio del pasado, y quienes lo recuerdan no tienen interés en hablar. La prioridad es asistir a la iglesia y al entierro, permitir que tu mujer y tu suegra se apoyen en ti.

Micos y ratones de cuerda corrían por todo el patio. Tras ellos, los niños gritaban enardecidos. Olía a naranjos, a limoneros recién podados, a los geranios renovados año tras año. Avasallado por la palabrería de Leopoldo, a quien siempre había pedido consejo, aun en vida de Héctor Estrada, Aurel consideró innecesario discutir.

—Está bien. Mi divorcio puede esperar. ¿Qué sucederá con la agencia? Tenemos problemas con Renato Vélez.

—Tú, tranquilo. Ahora puedes dedicarte al cine, o mantener tres Carmiñas de quince años cada una, o dos de treinta si se te antoja. Vamos por un whisky.

6

Francisco Urbano estiró las puntas del pañuelo que tenía amarrado al cuello, y sus manos fuertes, de nudillos abultados, con un anillo de familia en la derecha, también nivelaron los puños de la camisa listada. Habló con suavidad.

—Se trata de Gema.

—¿De Gema? ¿Qué quieres decir?

—Papá está muy triste. No trabaja con el mismo gusto, le hace falta su niña menor, ustedes viven en la porra y lejos —en cambio, el tono de Columba era agresivo.

—Regresaremos a Berlín.

—Gema no tiene nada que hacer allá. Su lugar está entre nosotros, como siempre lo estuvo —intervino Ricaurte. Pese a la untuosidad, las palabras sonaban como cintarazos.

Estrada no encontraba las preguntas, ni el tono de la voz. Tampoco los cojones. ¿Era la ahijada título de una comedia? ¿La nena consentida por los hermanos Urbano una farsa? ¿Por qué ella había aceptado contraer aquel matrimonio en donde él, un Estrada, había llegado al momento cumbre de su vida y también al escarnio? Un vínculo cuya continuidad o disolución no dependía de sus deseos, opiniones o intereses.

—Gema toma sus propias decisiones —sin vacilar, escuchó su propia voz.

—¿Estás seguro? —preguntó Antonia.

—Lo estoy.

—Entonces ella se queda y nosotros nos encargamos del papeleo y del divorcio. Está claro. El senador no olvidará tu gesto, ni nosotros tampoco —dijo Simón, o tal vez Ricaurte, para Aurel ya no importaba.

Gema ni lo miró ni protestó. Francisco Urbano estiró otra vez las puntas del pañuelo y comenzó a tamborilear sobre la mesa. Estrada se sirvió un aguardiente doble. Lo bebió de un solo trago sin respirar.

—Con permiso, debo retirarme.

En la alcoba ordenó en un maletín su ropa interior, unos bonos al portador, la fotografía de su padre. Además de las llaves del automóvil tomó los gemelos de oro y el reloj legado por un invisible tío abuelo, la chequera y tarjetas de crédito. Sus documentos de identidad iban siempre en la billetera.

—Mañana enviaré por mi equipaje —dijo.

—El apartamento sigue a tu disposición. Gema viene con nosotros.

Antes de salir, tranquilo a fuerza de voluntad, besó a Gema en los labios.

Condujo hasta el centro internacional entre la batahola de la carrera trece, e introdujo el automóvil en los garajes subterráneos del hotel Tequendama. Necesitaba caminar y pensar y quizá dar aullidos. La casa de Leopoldo era su único refugio. ¿Acaso no era un maestro? A no ser por él, la única alternativa sería el suicidio.

—Al ridículo, hay que enfrentar el mismo ridículo —decía, ante las situaciones insoportables.

Estrada no haría el papel de marido complaciente. Había pasado una temporada espectacular en Europa con una fabulosa modelo. Nada más. Atravesó la carrera décima por un pasaje flanqueado por joyerías, licoreras, casas de cambio. Soslayó a una multitud que camino del palacio presidencial y la plaza de Bolívar copaba la séptima, cuadras y cuadras, en protesta por el asesinato de un dirigente comunal. Se persignó ante la iglesia de San Diego, un oasis blanco entre los puentes, los altos edificios y el Planetario. Nubarrones de sal levitaban por encima de los cerros horadados por una luz munificente. Al llegar al Parque Nacional se detuvo en una caseta tachonada con letreros de Pepsi, Colombiana y Coca-Cola, pidió un aguardiente doble a la dueña. De un trago. Mensajeros y manifestantes rezagados que tomaban café en vasos plásticos lo miraron recelosos. Ni siquiera lloraba. Se sentía como una proyección de sí mismo, transeúnte de un video en color de ciudades fantasmales arrasadas por el tiempo, la crueldad y la barbarie, alguien a quien le escamotearon el orgullo, la sangre y el semen. Pero no; no, los había cedido. Otro aguardiente doble. Ningún año nuevo, ningún futuro con Gema Brunés.

—Aurel, Aureeeel Estrada... mi amor.

El Peugeot plateado frenó en seco, a pesar del intenso tráfico de la séptima y la protesta de taxistas, conductores de buses ejecutivos, otros automóviles, la admiración de los mensajeros. En un principio no reconoció a la chica de cabellos largos con visos dorados, cejas espesas, ojos amarillo miel. Risueña, iba al volante, sus pequeñas manos enguantadas. Carmiña. Juana Inés Calero y Marlene Tello la acompañaban.

—¡Mamacita! —gritó un mensajero.

—¡Aureeel! ¡Qué alegría! ¿Cuándo regresaste? Te quiero mucho. Besos, besitos. ¿A dónde te llevamos?

—A casa de Leopoldo.

—¿Estás invitado a almorzar? Me encantan las casualidades. Nosotras también. Esto es el destino.

Su pequeña amiga Carmiña latente en aquella espléndida jovencita. Fue ella, atrevida, quien lo situó en la realidad.

—¿Gema qué tal? ¿La adorable esposa?

—Ninguna esposa. Se terminó. Vamos a divorciarnos.

—¡Lo sabía! ¡Lo dije! Me alegro un resto.

—Carmín, nena, por favor.

—No es asunto tuyo, mamá, sino entre Aurel y yo. ¿Cierto? De mí no vas a librarte. Estás advertido.

—Será como tú digas.

—Hablo en serio. Lo de Gema no podía durar. He rezado por eso, que no se te olvide.

—Soy todo tuyo.

—¿Cómo está ella? ¿Supo lo de Helios? ¿Qué ganaban con ocultárselo? Si todo el mundo sabe que crecieron juntos y los importamos del mismo barrio.

—Carmín, por favor —la protesta de Juana Inés no tenía fuerza—; disculpa, la niña es como su madre. No tenemos el don de la oportunidad, o así dice Leopoldo.

—Leopoldo no ha escrito los evangelios, ni la urbanidad de Carreño. ¿Qué le ocultaban a Gema, y por qué?

—No le hagas caso —estalló Marlene—. No hay nada que ocultar. Helios Cuevas mató a Ofelia Valle y al poeta Cáceres. Está preso en la cárcel Modelo, y lo condenarán a treinta años.

7

Hacia la medianoche de aquella fiesta de antifaz, el controlado mundo de Juana Inés Calero perdió el ritmo y fue desviado de su eje, como si el desastre hubiese viajado durante años y años en el tiempo, siempre encaminado a causar una colisión de efectos prolongados. De manera inesperada, Carmín le había dicho «Estoy harta, hasta las tetas, mamada; me voy a mirar la tele», pero ella no le prestó atención.

Después de la cena, el ambiente había alcanzado un sostenido punto de ebullición, se contaban chistes y sonaban carcajadas. Los camareros repartían vodka, vino y whisky. En el balcón, un conjunto de cuerdas tocaba música colombiana. Una pelirroja auténtica balanceaba puntiagudos tacones envuelta en una de esas capas que la lluvia bogotana lanza a la moda por necesidad; Leopoldo Maestre la guiaba hacia la salida y al pasar se disculpaba. Ella necesitaba urgente una aspirina, descansar un rato en el apartamento de Ofelia Valle. Bastaba descender un piso. Él tenía llave. Juana Inés los detuvo preocupada.

¿En dónde se había metido Ofelia? ¿Y el poeta Cáceres? No podía creer que hubiesen rechazado la fiesta del año. Les gustaba contemplar el amanecer, espantar el guayabo con cerveza o vino blanco; después, almorzar en un restaurante de la sabana. Marlene Tello y Gómez Londoño que regresaban de tomar una copa a solas, no lograron tranquilizarla.

—Ofelia estará cansada.

—Cansarse no es lo suyo. ¡Imposible! —la inquietud de Juana crecía.

—De repente organizó una rumba íntima. No hay otra explicación —Marlene no quería mezclar a Gómez Londoño con las rarezas de sus amigos.

Antonia Urbano se acercó. Su intuición, afinada desde niña, sentía el nerviosismo suspendido en el ambiente como los ecos desgastados de una rechifla electoral. Su padre manifestaba cierto aburrimiento, pero Juana Inés no parecía dispuesta a divertirlo. De pronto había relegado sus deberes de anfitriona, inmersa en una situación que sería más sensato disimular. Dejar una rumba a esas horas no era habitual en Ofelia, pero ¿valía la pena tanto aspaviento? Antonia estaba irritada. Era el momento de hablar con sus hermanos, analizar una vez más si la Calero era la esposa correcta y compañía ideal, el timón que la familia requería.

La amiga de Leopoldo protestaba, no quería descansar. ¿A santo de qué?

—Ofelia salió para regresar —recordó—. Hasta me pidió que los acompañara. Ella y el poeta querían disfrazarse y organizar una comparsa de bodas. Más o menos era la idea.

—Cambiaron de planes y ahora descansan. Es tarde —Marlene intentaba tranquilizar a todos.

—No lo creo.

Helios Cuevas y Columba Urbano, en el extremo de un sofá, hablaban con la mesurada cortesía de quienes coinciden a menudo sin ser amigos. Dos camareros repartían caldo y tostadas. ¿Es que no se ofrecería un desayuno? El mal humor de Antonia crecía. Juana, como si lo presintiera, exageró las explicaciones. Otro bufé al amanecer era un despropósito, una extravagancia impuesta por gente como Leopoldo Maestre y los ociólogos. Aún no era la señora de Urbano, como para incorporar tal despilfarro a sus costumbres. Si ofrecía un refrigerio a sus invitados era para complacer al senador. Que no fuese un gasto del todo inútil. Le llevaría una taza a Carmín.

La encontró en el estudio, bajo el escritorio, en posición fetal, estremecida por el llanto. Consideraba el matrimonio de Estrada y Gema una afrenta personal, hablaba de morir, matar, las frases consoladoras redoblaban sus lágrimas. Juana no pudo convencerla de atender a los invitados o ir a la cama, pero en el forcejeo se rompió las medias.

—¿Y Carmiña...? ¿Por qué no está presente? —le preguntaron al regresar al salón.

—Quería retocarse el maquillaje. No demora.

—De eso hace como una hora.

—La nena es como es.

Antonia pensó que una mujer incapaz de controlar a su hija no le convenía a su padre. ¿Para qué repetir la historia? Cuando ella tenía catorce años y Columba doce, después de tres abortos sucesivos y un bebé nacido muerto, su madre comenzó a sentir unos celos irrazonables, a combatir la carrera del senador, a fraguar acusaciones de infidelidad y desvíos sexuales. Desautorizada por sus hijos mayores, buscó refugio en una secta carismática y desde allí partió a la conquista del alma y la sublimación corporal. Había muerto en estado de éxtasis, después de alimentarse durante años con manzanas, pan integral y agua. Aunque no sentía lástima por aquella madre (mucha nostalgia, sí), prefería su memoria a la entronización de la señora equivocada en los afectos y la vida del padre. Al caminar y por la abertura de la falda larga, las piernas de Juana Inés enseñaban las medias rotas.

En un impulso y seguida por Gómez Londoño, Marlene se dirigió al guardarropa. El abrigo de Ofelia, también el del poeta Cáceres y el de una tal Miriam o Lirio, continuaban allí.

—¿Qué hacemos?

Después de telefonear con insistencia sin obtener respuesta, Leopoldo Maestre abrió el apartamento. La sala estaba desierta, pero en la alcoba principal había una línea iluminada bajo la puerta. El silencio persistía ante sus toques y voces perentorios.

—Me parece que tenemos problemas —advirtió a Marlene, al retornar a la fiesta—. Es necesario prevenir a Juana. Disimular ante los demás. Me haré cargo.

Llamó a un camarero, pidió un whisky y se dirigió al rincón cercano a la chimenea encendida en donde Fernando Urbano escuchaba música, atento a los desplazamientos de sus hijos. Leopoldo alzó el vaso en un brindis ostensible. Las escasas palabras susurradas bastaron. A los cinco minutos, el senador y su familia se despedían.

—Ahora es el turno de ustedes. Salgan en diez minutos —ordenó Leopoldo.

Marlene, asustada, se retiró en compañía de Gómez Londoño, de quien no volvería a separarse.

Preocupada por Carmín, quien continuaba ovillada bajo un escritorio, Juana Inés no lamentaba la marcha de los Urbano, pero encontraba excesivas las precauciones adoptadas por Leopoldo. Como si Ofelia Valle y el poeta Cáceres fuesen inocentes colegiales. Apostaba su cabeza a que estaban en órbita. Ambos cultivaban gustos agridulces, manías indecorosas, amistades censurables. ¿La nariz del poeta no estaba reforzada con tabiques de marfil? A su esposa Helena la había llenado de hijos, pero no la presentaba, ni la llevaba a ninguna parte. Ella, Juana, se merecía su suerte. ¿Cómo se le ocurrió comprar un apartamento en el mismo edificio de una mujer que no respetaba normas? Quería, estimaba a la Valle. No iba a negarlo. La pregunta obligada era ¿le correspondía ella? Muy dudoso. El momento de colocar en la balanza tal amistad había llegado.

Leopoldo despachó a su pelirroja con los rezagados y una rudeza que no admitía dilaciones. Telefoneó a dos abogados, a un alto oficial de la policía y al administrador del edificio. En presencia de este último, como apoderado de Ofelia, abrió la puerta de la alcoba. No tuvo necesidad de entrar. El mal olor era una advertencia. Degollada sobre la cama redonda, desnuda y blanquísima, semejante a una enorme, desinflada muñeca de plástico, con una almohada colocada bajo la nuca, Ofelia miraba a alguien que no estaba allí. En los ojos había una expresión atónita, la incredulidad de la profesora que ha sorprendido al estudiante favorito dedicado a juegos perversos. Tenía heridas más débiles en las manos y los antebrazos, como si en un momento clave hubiera renunciado a la lucha u ofrendara su vida al agresor. A un lado, cubiertos hasta la cintura por sábanas de seda rosa ensangrentadas, estaban el poeta Cáceres y Miriam o Lirio también degollados, inocentes o estúpidos engañados para jugar al sexo y a la muerte, las frentes adornadas con chapuceras guirnaldas de flores y pajaritas de papel dorado.

La noticia del triple asesinato no trascendió. Los diarios y noticieros informaron sobre un absurdo accidente. El administrador del edificio enfrentó con experta asesoría los resultados de la investigación que señalaría a Helios Cuevas como el único culpable; en un tiempo prudencial recibiría la recompensa que le permitiría dedicarse a su propia empresa de servicios.

8

Marlene Tello escuchó distintas versiones de lo ocurrido en el apartamento de Aurel —a donde él no regresaría ni siquiera para empacar su ropa— la mañana en que Gema le fue arrebatada. En una de ellas, popular a lo largo y ancho de la ciudad, se afirmaba que el publicista no sólo les permitió a los hermanos Urbano reclamar a su mujer y la entregó sin protestar, sino que al hacerlo demostró el más despiadado y a la vez jubiloso cinismo.

—La he gozado durante más de un año, ¿para qué más? Se la regalo al senador. Puede quedarse con ella.

Otra más elaborada corría por las agencias, estudios de televisión, cadenas radiales y salas de redacción, en la cual Estrada cambiaba a Gema por las acciones que la familia Urbano poseía en la agencia Mex para así tomar el control como socio mayoritario de la empresa.

Sea cual fuere la verdad, Estrada asumió la rutina como si nada hubiese ocurrido. Era como si retrocediera en el tiempo para otorgarle a Marlene la posibilidad de seducirlo y recobrarlo, de no haberlo perdido. Y aunque estuvo a punto de claudicar, no quiso mentirle a su propio anhelo. El abandono sufrido por Aurel era el reflejo de su propio abandono y ella se veía a sí misma salvándolo de la tristeza y la desesperanza, sin exigir nada a cambio. Vivía a la espera del día, no tan lejano, en que él comenzaría a desearla y amarla de nuevo. ¿Imposible? No. Durante aquel estadio breve y maravilloso que le vida decidiera obsequiarle, Marlene escribió y rasgó esa carta que muchísimas otras mujeres han escrito una y otra vez: «Siempre puedes retornar, hacerme el amor. Estoy contigo, no importa dónde, no importa cuándo, ni la lejanía o la ausencia».

Ante sus colegas, clientes y amistades, Aurel Estrada imponía la imagen del hombre que había disfrutado de la mujer más codiciada del país, casándose con ella por cortesía y divorciándose en buenos términos. Sin que en realidad la tuviese en más estima que sus cámaras, su automóvil, su afición por el cine y la arquitectura. Sí, sí. Era el momento una y mil veces ansiado por Marlene.

La oportunidad de consolarlo, retenerlo, suplir una pérdida que iba más allá del dolor dado que, ante todo, el temor al ridículo había triunfado.

—Me divertí con Gema Brunés un buen rato. Tuvimos unas felices vacaciones. Ahora no me interesa —contaban en el clan de Los Ociólogos que él había dicho.

Por la misma causa, el ridículo, esas carcajadas colectivas que podrían marcarla como una lapidación, Marlene se mantuvo distante. No quería arrodillarse, ni reconstruir un amor sobre los escombros. Permaneció unida a Conrado Gómez Londoño y aceptó casarse con él a los primeros síntomas de embarazo.

—Es lo más sensato —comentó Leopoldo Maestre, el primero en conocer la noticia—. Con Estrada no tenías la menor oportunidad.

—¿Qué quieres decir?

—Lo que dije. El chino no se pertenece.

—Hablas como el poeta Cáceres.

—Los poetas, geniales o mediocres, saben de sentimientos.

—¿Por qué tantos rodeos? ¿Tanto verbo?

—Estrada sigue obsesionado con Gema, y Carmiña está obsesonada con él. No tiene una dueña sino dos.

El comentario sobre los poetas no suavizaba su realidad. Desde el día en que se conocieron, en aquella fiesta de año nuevo, Aurel era hombre ajeno. Cómo no había pensado en Carmiña, entonces niña sensible, aguda, quien a todo grito manifestó la intención de crecer con rapidez para enamorarlo, seducirlo, casarse con él. Voluntariosa e inteligente, desconocía los convencionalismos. A ella no le importaba que Aurel hubiese viajado a Europa para casarse con Gema. Lo quería para sí, y ni Gema, ni diez Gemas, iban a bloquear su camino. En cuanto a Marlene Tello, no la consideraba rival.

—Tendrá catorce años, a lo sumo quince.

—Nació maquillada —dijo Leopoldo— y tan fuerte como Juana Inés. Mi sobrino no tiene escapatoria. Con gusto o disgusto, terminará por convertirla en su mujer; ahora, ¿qué deseas tomar?

Carmiña Luque alegaba tener derechos sobre Estrada. Al primer descuido consiguió una llave del apartamento, intentó dormir en su cama y comenzó a presentarse como su novia, sin importar quién estuviese presente. Como tales afirmaciones resultaban equívocas, Juana Inés intentó aconsejarla. Ella, Carmiña, una especie de hermana menor, no podía insistir en una relación amorosa; la gente terminaría por falsear la verdad. Señalarían a Estrada como un hombre traicionado, amargado, que pervertía a una colegiala. Sería vergonzoso propiciar semejantes chismes.

—¿Y qué? A mí no me importan.

—A mí sí. Ten consideración conmigo.

—Bueno, mami. Si es lo que tú quieres.

Discutir con Carmiña significaba discutir sola. Juana Inés obtendría unas semanas de tregua, en tanto que la novia adolescente afianzaba a la hermana menor: celosa, antipática, llegaba a la oficina o al apartamento de Estrada a cualquier hora. Tomaba prestadas sus cámaras y chaquetas, se burlaba de sus amigas, le saqueaba la billetera, con lo cual la palabra incesto comenzó a depositar sus larvas en viscosos rumores.

Aterrado, él acudió a pedirle auxilio a Marlene. El consejo de ella fue tan absurdo que el mismo Conrado Gómez le dijo que estaba fuera de órbita:

—Habla en serio con Juana y pide tiempo para formalizar el noviazgo. Por ahora toca esperar a que Carmiña termine de crecer, de educarse.

—Pensaba que tú eras una mujer sensata. He debido acudir a Leopoldo.

—Soy su hija y discípula, no lo olvides.

—Tiene que existir otra solución.

—Un compromiso, así sea a la distancia, puede cansarla. Es casi una niña y terminará enamorada de un muchacho.

—No soportaría tanta responsabilidad. Me pasaría contando los meses, los días, hasta su mayoría de edad. Insoportable.

—Entonces se casará contigo. Nadie puede impedírselo.

El vaticinio de Marlene tardaría cinco años en cumplirse. Ella y Conrado Gómez serían padrinos, y sus hijas, Serena y Lina, damitas de honor. Pero la solución inmedia ta procedería de Juana Inés. Sumergida en la sorda lucha de su fallida relación con Fernando Urbano, imaginaba que el afecto y la simpatía dispensados a Carmín por la familia eran su mejor triunfo. Contaba con los inminentes matrimonios de Antonia y Columba para ocupar su verdadero lugar. Hasta que una tarde, al llegar temprano a su apartamento, escuchó la voz juvenil repitiendo una lección:

—Usted, a quien respetamos como nuestro padre. Usted, el más grande, a quien hemos elegido para salvar el país. Porque necesitamos su ejemplo...

Carmiña era una pésima estudiante que buscaba a diario excusas para faltar al colegio; ¿qué materia podría interesarle tanto? De puntillas entró al estudio, y la contempló desde el marco de la puerta con un micrófono en la mano izquierda, una hoja de papel en la derecha, paseándose de un lado a otro de la habitación. El televisor estaba encendido. En la pantalla, una niña como de doce años, morena y de cabellos largos, presidía una manifestación. Pancartas y banderines ondeaban en rojo:

Bienvenidos, Aguiluchos
¡Vamos a construir un mundo nuevo con
Fernando Urbano!

—¿Y eso, nena?

—Cosas de la Antonia. Quiere que aprenda a liderar grupos juveniles y los acompañe en las próximas giras nacionales. ¡Me moriré de aburrimiento!

Juana Inés salió del estudio. En ese mismo mes decidió realizar un viaje por Europa llevándose a Carmiña. La matricularía en un exclusivo internado suizo, donde las reglas eran estrictas, pero la compañía lo bastante atractiva como para hacerle olvidar sus pretensiones con Aurel Estrada. De paso, la alejaría por un tiempo del clan Urbano.

9

Gema Brunés facilitó el divorcio y lo capitalizó al venderle a una revista española los pormenores del romance, matrimonio, rompimiento. Crónica reproducida por la publicación colombiana *Aló* y las páginas de Gema en Internet, desmenuzada en la televisión. Aseguraba seguir enamorada de Aurel Estrada. Las razones que la motivaron a divorciarse ya no le parecían importantes. Estuvieron centradas en la nostalgia que sentía por Bogotá y Colombia, durante su permanencia en Berlín. Había actuado con torpeza, impulsada por un arrebato, sin detenerse a medir las consecuencias. Ella asumía sus errores. ¿En qué lugar del mundo encontraría a otro hombre como él? El milagro no se repetiría.

En ambas revistas se destacaban la próxima apertura de la casa Satín-Gema y el lanzamiento de los perfumes Gema-Amor. Se apuntalaban con fotografías en color —portada y páginas centrales— del rostro de Gema, que transmitía anhelo, tristeza, añoranza. La pareja iba en un segundo plano y como extraviada y acariciada por los bosques berlineses. Una historia sublime. Gema, que había recibido varios millones de pesetas por contarla, agotaría cuatro ediciones en setenta y dos horas.

Al asumir sus errores, la modelo les daba la razón a las amas de casa, las cajeras de almacén, las taquilleras y telefonistas, las enfermeras y camareras, las recepcionistas y obreras calificadas, las manicuristas, a todas las consumidoras que, al adquirir un nuevo labial o gastar un tercio del sueldo en un vestido, aspiraban también a obtener el halo seductor que la circundaba. Como devotas imitadoras se afirmaban ante sus amigos, amantes, jefes, hijos, maridos, explotadores. Al reflejo de Gema Brunés surgían para la vanidad e imaginaban que tenían derecho al éxito, a la riqueza, a plantar a un hombre como Aurel Estrada si así les daba la gana.

Lo que Estrada, Marlene Tello y Leopoldo Maestre tardarían en saber era que el único hombre a quien ella no hubiese abandonado, ni permitido que la abandonase, era Helios Cuevas. Sentimiento desconocido por ella misma al contraer matrimonio, que le fuera revelado a destiempo y por un triple asesinato.

Cuando supo que Helios Cuevas se encontraba preso, respaldada por Leopoldo Maestre y con el apoyo de sus padres, Gema tomó las medidas necesarias para brindarle asesoría jurídica, un dinero mensual, protección de los guardianes. Estaba dispuesta a obtener su libertad, pero no quería realizar ningún movimiento que ofendiera a la familia Urbano. Al parecer había retornado al país por gusto, a la vida que deseaba y a la promesa —no dicha por Antonia o Francisco, ni por ninguno de los hermanos— de ser complacida en sus antojos o exigencias.

A pesar de las advertencias de Leopoldo, tardaría en comprender que Fernando Urbano no daría un paso, ni un centavo, para limpiar el nombre de Cuevas. La necesitaba, sí. Quería tener cerca a su niña. Pero no involucraría su imagen, su carrera política, la herencia de sus hijos, para favorecer a un criminal. Soslayaba el tema y rechazaba indignado las afirmaciones de Juana Inés, quien acusaba a Gema de haber desencadenado la tragedia con su boda, a la cual achacaba el fracaso de una unión que hubiese podido llevarlos al solio presidencial.

—Nuestra desgracia —insistía ella— fue habernos mezclado con gentuza. De otra forma, Fernando y yo pudimos alcanzar altos cargos, metas insospechadas.

Leopoldo, Carmín, Marlene y Conrado Gómez conocían de memoria el estribillo de Juana: Helios era un depravado, Gema una aparecida, su fracaso inadmisible e injusto; y la única vez que expuso sus numerosas quejas ante Aurel Estrada, éste le respondió con acritud:

—El poeta Cáceres y Ofelia Valle eran amigos tuyos, de todos. No creo que Cuevas necesitara realizar ningún esfuerzo para corromperlos. Es presumible lo contrario. En su lugar, quizá yo hubiese hecho lo mismo, y entonces ninguno de nosotros tendría salvación.

Leopoldo le restó importancia a lo dicho por Estrada. Haría la broma justa al decir que el legado del poeta consistía en la grandilocuencia y la verborrea. Desaparecido él, que solía acaparar toda conversación con visos intelectuales, sus amigos comenzaron a hablar demasiado. Inclusive un ociólogo que le temía al secuestro, Gustavo

Villalba, quien llevaba dos años metido en la cama leyendo a Proust, renunció al encierro que estaba a punto de enloquecer a su esposa para dictar una serie de conferencias sobre la obra de Ignacio Homero Cáceres.

Por su parte, Juana Inés argumentaba:

—Nadie puede obligarme a reivindicar mi amistad con la Valle. Ha podido escoger otra noche, otro año y otro edificio para organizar sus orgías. Me insultó para siempre.

Ofelia Valle, íntima amiga y confidente de Juana Inés, cuyo apoyo económico le había permitido fundar una pequeña casa editora y dos revistas populares, no tenía derecho de figurar en su pasado. Recordarla, admitir su memoria, era como evocar o admitir al ofensor, Helios Cuevas, quien en vez de cuidar el lugar que el destino y la agencia Mex le brindaran, olvidó su buena suerte, procedencia, obligada gratitud. La arrogancia y desfachatez al regresar a la fiesta, con la sangre de sus víctimas recién lavada, constituían la auténtica traición. Gracias a Leopoldo, sus invitados fueron escamoteados de cualquier rumor y de las crónicas amarillistas que surgirían mucho más tarde, la radio y la televisión, pero como si los asesinatos hubiesen ocurrido durante otra noche: el hecho enfocado como un acto de locura y celos, protagonizado por un mantenido —en estado de embriaguez—, quien encontró a su amante en la cama con otro. A Miriam o Lirio no se la mencionaba.

El juicio, iniciado meses después, condenó a Helios Cuevas y aunque no involucró directamente a Juana Inés, su nombre aparecía en el expediente, así como el de los otros residentes del edificio. Motivo alegado por Fernando Urbano para considerar inadecuado su proyectado matrimonio. Sin embargo, considerándose un caballero, no quería desairarla. Esperaba su comprensión. A un concejal, alcalde o gobernador, aun a ministros o diplomáticos, los críticos, opositores y el pueblo en general les perdonaban muchos errores. No así a un candidato al primer cargo del Estado.

Desde tales perspectivas, tarde o temprano los líderes de otras corrientes políticas, o los periodistas aficionados al tremendismo, los enemigos jurados o los extorsionistas, relacionarían a Juana Inés con Ofelia Valle y el poeta Cáceres. Leopoldo Maestre, encargado de hablar con ella, no logró hacerla entrar en razón.

—Mi compadre ya no puede casarse contigo. Su carrera estaría amenazada.

—Me dio su palabra. Tenemos un compromiso, y ya hice demasiados gastos. Las cuotas del apartamento me tienen quebrada.

—No eres bienvenida en la familia Urbano. En cuanto a los gastos, no hay problema. Me pasas la cuenta.

Juana estuvo a punto de ceder. Asumir el temido fracaso, fallar ante sí misma y su hija. No obstante, el mismo Leopoldo lo impidió al exagerar su papel.

—¿A él le importó?

—No seas ilusa. No preguntes tonterías.

Sin ninguna sutileza, como si disfrutara al pisotearla sin piedad o diplomacia, expuso las razones empapadas en whisky. Más que una esposa, lo que Fernando Urbano necesitaba era una acompañante. Una mujer inteligente, distinguida, con brillo social, fotogénica, comprensiva. Un brazo femenino al cual asir en las recepciones, conferencias, misas, foros, homenajes, plazas públicas, seminarios, asambleas. Una belleza reposada, pero soberbia, como una vitrina ambulante destinada a exhibir las joyas de la familia Urbano. Un rostro armonioso junto al suyo en las pantallas, vallas y fotografías.

—Ante todo, una dama que fortalezca su imagen y gobierne su casa. Los hijos de Fernando no tolerarán una mujer prolífica o que no puedan controlar.

—¿Son ellos lo que mandan o qué? ¿No hace Fernando lo que le viene en gana?

—Sospecho que mi compadre es como un rey en cautiverio, amado por sus cortesanos y el populacho, dueño de inmensas riquezas, pero bajo el imperio de una sinarquía.

—Deja de hablar tanta basura. Todavía me viene la menstruación, pero ni estoy en edad ni me interesa criar. Sin embargo, he adquirido derechos. Fernando me prometió su respaldo, con todas las implicaciones económicas.

—Asumirá la educación de Carmiña, incluida la universidad y las especializaciones. La recordará en su testamento.

—Dame una esperanza personal.

—Por mí, haz lo que te plazca. Si insistes, él terminará por casarse, cumplirá su palabra.

—¿Qué piensas?

—Soy abogado pero amigo de ambos. Mi labios están sellados. A nadie le conviene disgustarse con el poder.

—En mi situación, ¿te atreverías a entablar un pleito?

—No tendrías esa oportunidad. Antonia y Columba no permitirán que la imagen de su padre sea empañada, ahora sí, ni con el azote de una rosa.

10

Marlene Tello sospechaba que la presencia constante de los hijos alrededor de Fernando Urbano actuaba como una salvaguardia. Eran cascos, telones, corazas, escudos, que le impedían al gran público descubrir al hombre diario que había expulsado de la vida normal a la primera señora Urbano. Así que otra esposa reforzaría el muro de contención. Y lo intuido fue certeza cuando su matrimonio con Juana Inés se celebró en Puerto Rico, en sencilla ceremonia, con Camilo, Simón, Francisco, Ricaurte Urbano y Leopoldo Maestre como únicos asistentes.

Con el matrimonio, continuaban las suposiciones; Fernando Urbano aceptaba a una dama intachable que no había cometido el menor desliz en su relación con Leopoldo y pudo emerger de ella fortalecida, sin siquiera perder un átomo de su señorío. También se establecía un acuerdo. Juana Inés no interferiría en su rutina o diversiones, ni objetaría sus amistades, ni le fallaría en los momentos importantes. Tal vez la costumbre propiciara el diálogo, el resurgimiento de la atracción.

Así veía el panorama Marlene, pero como quien asiste a una confusa representación teatral (o a una película), con la mente dividida entre la amiga que pretendía ser y la comunicadora obligada a vislumbrar el futuro. Un pacto entre Juana Inés y Urbano le parecía implícito. Ni el amor ni la intimidad contaban. En cambio el silencio, la comprensión, tenían prioridad. Hasta creyó que Juana había triunfado, cuando *Conrado Gómez Londoño y señora* comenzaron a recibir invitaciones de *Fernando Urbano y señora*. Sin embargo, a pesar de la vertiginosa actividad social y política, la posible candidatura a la presidencia desaparecería paulatinamente, tanto en las plazas públicas como en los medios de comunicación.

Debido al brusco cambio ocasionado por el nacimiento de su primera hija y un segundo embarazo, Marlene perdió de vista a Juana, a los Urbano y sus satélites. Lejos estaba de ese amor inútil volcado en Aurel Estrada. Gema Brunés era una imagen a la que podía estrujar en periódicos y revistas, relegar a otro canal en la televisión, suprimir en Internet. Carmiña Luque, en las fotografías una chica de larguísimos cabellos teñidos de rubio pajizo, le enviaba postales desde Suiza y por intermedio de Leopoldo: *A la tía Marlene, abrazos*. Así que con la ayuda de Conrado, hubiese sido sencillo romper con lo anterior, renovar su mundo. Sin embargo, ella no pudo encajar en otro medio, atraer simpatías, jugar canasta o polo, mejorar su saque en el tenis, cultivar orquídeas o bonsáis. Los colegas de su esposo la encontraban pedante e intelectual; sus esposas y amantes la miraban como a una logrera, que había salido a cazar marido y obtenido un trofeo.

Al ser llamada por una nueva cadena de televisión para dirigir un programa institucional destinado a reconocer a personas destacadas, en oposición a espacios que presentaban histéricas, violadores, mitómanos, supuestos caníbales, ogros, vampiros, pirómanos, adúlteros, corruptos y terroristas de todas las esferas, Marlene exigió una apreciable suma, dos libretistas, maquilladora personal, coctel de lanzamiento y la posibilidad de elegir los invitados al programa inaugural.

—¡Felicitaciones! —la reacción de Conrado fue entusiasta—. Vamos a celebrar en grande. Todo el grupo está invitado.

Marlene no preguntó a qué grupo se refería. No era necesario. Conrado Gómez, a su habilidad con el bisturí, unía considerables dosis de prudencia y sensibilidad. Aquella celebración la colocaría en el tiempo perdido, ya que los demás no exhibían cambios tan notorios. Era ella, Marlene Tello, quien tenía un esposo importante, dos hijas, un hogar, pero quien necesitaba identificación, continuidad en la memoria de los otros, sensación de pertenencia.

Tan agradecida estaba con la suerte que no indagó acerca de las recomendaciones que motivaran su elección. Ignoraría hasta último momento que el motor detrás del programa, ejecutivos, productores, investigadores, era Aurel Estrada, en representación de la agencia Mex. Para entonces renunciar era absurdo; asumió con altura aquel cilicio, el desafío, los riesgos. Cuando la programadora le presentó una lista de posibles entrevistados, entre los cuales figuraba —en honroso tercer lugar— el senador Fernando Urbano, a quien sus seguidores llamaban «nuestro presidente», Marlene supo que nunca se había salido del camino.

La visita de Juana Inés Calero, con su actitud de gran amiga, no se hizo esperar. No pedía demasiado. Necesitaba un gran favor de Leopoldo Maestre y requería la compañía de Marlene, su apoyo moral:

—Serás mi pretexto para visitarlo.

—Eres amiga íntima del viejo. No me necesitas.

—Las cosas han cambiado y ahora somos como extraños.

—Está bien, te acompañaré... y ¿qué más puedo hacer?

—Tenerme en cuenta, validarme en público como la señora de Fernando Urbano.

Juana Inés Calero dijo que el orgullo y la delicadeza le habían impedido sincerarse antes, pero Marlene tenía derecho de conocer la verdad. Hacía meses que había renunciado a vivir en una casa donde nadie tenía habitación propia, sus hijastros no le permitían acercarse a Fernando y la trataban como a una intrusa. No obstante, esos hechos no implicaban derrota. Ella no cejaría en su intención de reconquistar la admiración de su esposo, la cercanía, el afecto. No era imposible, dadas las inminentes bodas de Antonia y Columba, que despejarían el espacio y le permitirían construir su propio hogar.

—Leopoldo Maestre es el único que puede ayudarme, impedir que Fernando se divorcie. Entonces, ¿me acompañas a visitarlo?

—¿Cuándo?

—Mañana mismo.

Pero Leopoldo, incapacitado para guardar un secreto o evitarle dolor a una mujer, se encargó de coartar las esperanzas de Juana indicándole que las mismas no tenían asidero. Suave, confidencial, en la sala, amoblada inicialmente por la madre de Marlene y deteriorada al paso de innumerables reuniones, amigas, madrugadas, paladeando un whisky doble que era otro trago y el mismo de siempre, dijo en el tono protector del médico que ausculta a un paciente desahuciado:

—No hay nada que hacer. Te lo dije a tiempo. No te quiere a su lado.

—Es mi esposo. Soy la mujer que necesita.

—Contrajo matrimonio bajo presión. Motivo suficiente para acudir a un buen abogado.

—No quiero divorciarme.

—No es una decisión que puedas objetar. Si aceptas, si te portas bien, mi compadre lo tendrá en cuenta. Vivirás como una reina el resto de tus días. De otra manera, el pleito será ruinoso. Vas a perder.

Faltaba lo más degradante. Fernando Urbano esperaba, en un lapso correcto, volver a casarse. De momento no aspiraba a gobernar el país, reconciliar a los grupos en pugna, legalizar y controlar el uso de las drogas, suprimir la violencia, ser recordado por las futuras generaciones como artífice de la paz. Tampoco le temía a la censura pública. Reclamaba el derecho de vivir sus últimos años con tranquilidad y la mujer de su gusto. Era fuerte y vigoroso, deseaba tener otros hijos.

—Dijiste que a nadie le convienen los pleitos y que los hermanos Urbano no tolerarían hermanastros.

—Las cosas cambian. Fernando ha decidido escriturarles la mayoría de sus propiedades, sólo se reservaría el capital y una tercera parte de los intereses.

—¿Quién es la mujer?

—Una elegida por los hijos del compadre. Educada a la medida de la familia.

—¿Gema Brunés?

—Muy intuitiva la señora.

La magnitud de su cólera —y el engaño— silenció los gritos e insultos que estremecían a Juana. Atinaría a decir que la decisión tomada por Urbano correspondía a un viejo reblandecido, a un desquiciado. Gema era demasiado joven y cercana a él, hasta cierto punto una hija adoptiva. No. No permitiría dicho enlace. Preferiría la ruina, el infierno desatado si era preciso.

—Veremos quién gana.

Leopoldo, que había escuchado las amenazas sin interrumpir, renovar el whisky, ni dirigir palabra a Marlene, izó su mano derecha como quien pide licencia para discursear.

—Mi compadre tiene los ases.

—No me importan tus opiniones. ¡Me tienen sin cuidado! —Juana Inés comenzó a golpearlo en el pecho, con tanta furia que Leopoldo la remató con una frase que despertaría la hilaridad de los ociólogos y lo acompañaría en numerosos brindis.

—La juventud es un defecto que se endereza con el tiempo. Para ejemplo estamos nosotros.

—¡Eres un estúpido!

—Hace rato que Gema es mayor de edad. Mi compadre es un tradicionalista, para él tirar es procrear. La vida se le hace tediosa e insufrible sin niños, risas, juegos, gente joven bajo su tutela. Enviar a Carmiña a estudiar a Suiza ha sido un error. Sintió que lo despojabas de la benjamina.

11

Marlene besó a Leopoldo, como si no hubiese presenciado la escaramuza, y se retiró con la certeza de haber cumplido, airosa, su papel. Testigo perfecto. El porqué no tardaría en caer como un clavo oxidado que llevaría adherido a la boca del estómago durante los meses siguientes: Juana Inés Calero, la comunicadora integral; Juana Calero, la editora; Juana, la mejor amiga, exigía agradecimiento, pleitesía, complicidad...

Necesitaba reactivar la carrera de Gema Brunés. Afianzarla como un símbolo constante del siglo XXI. La mujer llamada a inspirar a los artistas del nuevo milenio. Quería hacer de ella una auténtica deidad, amada, odiada, invocada a distancia. Situada por encima del bien, del mal, de las otras mujeres.

—¿Por qué? ¿Con qué fin? —el miedo y el desconcierto latían por sus manos, erizaban los vellos de sus brazos, humedecían su espalda.

—Una modelo estrella puede ser la esposa de Aurel Estrada o de Renato Vélez, la protegida de la familia Urbano, pero una deidad debe elegir con esmero sus compromisos terrenales. Evitará unir su vida a un político mañoso, envejecido.

—Gema pertenece a la mitología urbana. Su carrera sigue en el punto culminante. ¿Cómo podría superar su propia imagen?

—Con un equipo creativo a sus espaldas y una agresiva campaña. Vamos a elevarle el pedestal.

—¿Qué esperas a cambio? ¿Por qué el «vamos»? Me invitaste como testigo de una conversación con Leopoldo. No entiendo ni por qué.

—Te invité para saber la verdad. Eres la hija que Leopoldo no tuvo, te quiere, adora lucirse en tu presencia. Sé lo que quería saber.

—¿Qué...?

—Esperar es lo perfecto, dar largas al divorcio. A que Gema caiga y se estrelle contra su propia egolatría y necedad. A que me permita asistir en primera fila a su derrumbe. Cuento contigo.

—No es mi asunto.

—Tiene que serlo. En principio le dedicarás tres programas, sin ahorrar ni esfuerzos ni dinero. La presentaremos como la mujer más bella entre las bellas, carismática, ardiente, la deseada por todos los varones.

—¿Luego qué?

Salieron de la casa de Leopoldo a una tarde transparente, sin nubes, iluminada por ese azul añil que logra perfilar las montañas, resucitar los árboles, tamizar la contaminación, desterrar la niebla, convertir a Bogotá en una ciudad encantada.

—La princesa encarnará en rana.

—El gran público tiene debilidad por los monstruos. Gema es capaz de triunfar, aun grabada en un basurero o en una carnicería. La extracción popular es su fuerza.

—Sería el menor de los males. Así no llegará a señora Urbano. Voy a divertirme, a destruirla. ¿Cuándo empiezas a trabajar? Tendrás un buen contrato y bonificaciones de mi bolsillo.

—No he dicho que lo haré.

—Estás en deuda conmigo. Me lo debes todo.

V
EL AGUA

1

Después de varios días espléndidos, el amanecer desató una violenta tempestad con granizada que arrancó las hojas de los árboles, blanqueó techos y azoteas, amontonó dunas escarchadas en el norte de Bogotá. El aguacero movió a la esposa de Renato Vélez a pedir auxilio a los ociólogos, sus peores enemigos, quienes en una operación relámpago lo arrancaron de la verja de Mex, ensopado e inconsciente. Y en menos de una hora lograron desnudarlo, secarlo, cambiarlo, reanimarlo y emborracharlo, mientras lo llevaban a la clínica del Country, iracundo, afónico y ardido en fiebre. Como si dieran por finalizado otro capítulo de un dramatizado por entregas —en horario especial— que la muerte de Fernando Urbano no había podido detener.

A pesar del ventarrón, Estrada acudió al apartamento de Juana Inés, a primera hora, esposo y yerno solícito. Leopoldo Maestre tenía razón al afirmar que no era el momento indicado para hablar de separación. Encontró a su suegra vestida de negro, acongojada y llorosa, no sólo

233

debido a la muerte de Urbano y sus hijastros, sino a la actitud de Carmín.

—Habla con ella, por favor. Te lo suplico

—¿Qué le pasa?

—Tiene miedo. Al morir, su padre la salpicó de sangre. Intentaron secuestrarlo en su presencia y él se resistió. No lo recuerda, pero lo siente.

—Entonces el accidente y colisión con la tractomula son inventos. ¿Por qué nadie me dijo nada?

—Carmín no tenía ni seis años y nunca se supo cómo pudo escapar. Después estuvo veinte días en coma, deshidratada. Al recobrar el sentido conservaba imágenes confusas: su papá herido, la caminata en la oscuridad... Con los meses recordó, volvió a olvidar, y yo le acomodé la historia del accidente. No acepta nada más... ¿Qué más da una versión u otra? Los secuestradores y asesinos de mi primer marido exigieron rescate y me arruinaron, pero él nunca regresó. Ni siquiera sé en dónde está enterrado.

—Lo más sano sería enfrentarla a la verdad.

—Tiene miedo.

Carmiña tenía miedo de los difuntos, los ataúdes, los pésames. Nunca había visitado cementerios ni funerarias, tampoco sufrido la muerte del suegro, Héctor Estrada, quien había fallecido en un viaje por las islas griegas, regresado al país como un puñado de cenizas y, según su testamento, diseminado desde un helicóptero sobre la sabana de Bogotá.

—Ruégale que salga. Tenemos deberes que cumplir, hacernos presentes en la funeraria primero que todos.

Abrumada por la tragedia y la obligación de acompañar a su madre y hermanastros durante la velación, oficios fúnebres, entierro, Carmín se había metido debajo de una cama. Juana Inés que conocía tales reacciones y las temía, estaba al límite de sus fuerzas ¿no podría Aurel inducirla a tomar su lugar?

—También me angustia el lloriqueo general. No voy a resistir sin ustedes. A la hora de la verdad son mi única familia. No me dejen sola.

—Haré lo que pueda.

—Los espero sin falta en la funeraria.

Hablaron durante largo rato. Aurel al lado de una cama, tendido en el suelo. Carmiña convertida en ojos, sonidos, muecas en el rostro deformado por una tenue oscuridad. A las palabras afectuosas respondía con vehemencia, sin intenciones de ceder. Que no; no iría. Menos a su lado. Él quería maltratarla, burlarse de ella, hacerla quedar mal ante las amistades. Por capricho nada más, para correr tras una mujer que ni lo determinaba y muchísima gente daba por muerta.

—Primero me abandonas tú y ahora el viejo Urbano. Encima no tengo un centavo y tengo que vivir metida donde mamá.

Debajo de la cama hubo murmullos de papel. Carmín extendió una mano y le acarició los labios con una pastilla de chocolate reblandecida. Por la barbilla de Estrada corrió un licor pegajoso que sabía a limas amargas, una pierna de ella cruzando sus riñones, y el deseo que hasta entonces no existía ni para sí mismo. Tuvo una violenta erección.

—No vamos a separarnos. Quiero un hijo, o quizá dos. Los que vengan. Tú eres mi tesoro, mi Carmín, mi caramelo.

El teléfono comenzó a sonar sobre la mesa de noche. Ella se volteó por la alfombra, obediente al reclamo musical, la boca llena. Gorjeó, lanzó un beso a la bocina y dijo con sequedad:

—No, no quiero ir. A cementerios yo no. Besos. Besitos... Mi amor, es para ti. El tío Leopoldo:

—Ahora sí nos jodimos.

La mujer de Renato Vélez amenazaba con imitar a su marido, amarrándose a la reja de Mex. Así que Leopoldo Maestre citaba a una reunión urgente. Tenía plenos poderes de Gema y los Urbano. A Marlene no había podido localizarla. En su opinión lo mejor era reintegrar a Vélez a la empresa, indemnizándolo con un paquete de acciones. Era el momento oportuno, estaban en duelo e interregno, mañana podría ser demasiado tarde.

—Te necesito. Tienes una hora. A las once en la agencia.

—¿Qué hago con Carmiña? Está al borde de una depresión.

—No hay que darle tanta importancia. Es como los animales consentidos y los tontos, se crecen si les prestan atención.

—Por ahora tengo que vivir con ella, ¿o no? Es tu consejo.

—Un poco de sexo y afecto bastan. Las mujeres se aguantan todo después de una buena encamada. Con la muerte de mi compadre Urbano tenemos suficientes complicaciones. Mex es prioridad.

En seguida hicieron el amor sobre la alfombra, entre carcajadas sofocadas y aroma de chocolate, Carmín con los ojos cerrados y la subyugante concentración que desplegaba en sus orgasmos y momentos culminantes, día a día, al conquistarlo. El proyecto de las ciudades fantásticas, como Malagana, Zangabal, Lorien, El Dorado y Cíbola, la dorada y resplandeciente On, exigía dedicación absoluta. Mejor seguir casados.

—¿Me escuchas, linda?

—¿Qué?

—Niños. Necesitamos hijos... —susurró.

Carmín le acarició el ombligo y el sexo, le lamió los párpados y los labios y de súbito comenzó a llorar. Un llanto aterrorizado, cierto, la voz, el sentimiento de una chiquilla expulsada de la ronda infantil.

—¿Niños? ¿Por qué? ¿Qué te hice? Sin contar a Gema, a Marlene, a mamá, el tío Leopoldo, la Antonia y la Columba... Sí, ya sé, Antonia ya no está, pero Felisa Riera sí, y otro montón de viejas. Tengo que aguantar chinos cagados...? ¿Por qué? ¿Es que no te gusto? ¿No te basta conmigo? ¿No soy linda? ¿No te alegra hacerme el amor?

—Los hijos son lo más importante de quererse.

—A mí no me vengas con cuentos ni babosadas.

Estrada se sacudió el traje, con el tiempo justo para bañarse y llegar a la agencia. Los sollozos lo perseguían, él sin manera de consolarla, con la sensación de estar embalsamado con jugo de limas y líquido para desmanchar.

—¿Qué otros problemas tiene Carmín? —descendía con Juana en el ascensor panorámico, el verde ralo de las montañas borrado por hongos de niebla.

Maquillada a la perfección, con un sastre negro diseñado y confeccionado a su medida para asistir a eventos relacionados con lo política o el dolor, lo miró pesarosa:

—No lo sé. Si comienza a llorar, nadie puede calmarla.

—Siempre creí que era una comedia.

—Yo también. Pero, en serio, le tiene miedo a la soledad. A no ser amada, o menos amada que los demás.

—Hablé de tener niños. Siempre alegran un matrimonio. Le proporcionan solidez.

—La muerte de su papá marcó a la nena. Me parece que no debemos exigirle demasiado. Al menos por ahora.

—Se la ha mimado en demasía y todavía no asume sus responsabilidades. ¿Qué debo esperar? No trabaja. No estudia. Ni siquiera desea formar un verdadero hogar.

—Te casaste con ella, ¿no?

—Ella se casó conmigo, que es otra cosa.

—Estamos de luto. No es el momento para afrontar dramas conyugales. Espero que Carmín decida rechazar la depresión, la oscuridad. Ahora se refugia en ella al menor problema.

—¿Qué clase de oscuridad?

Varias personas esperaban frente al ascensor y otras formaban grupos anhelantes. Mujeres llorosas, policías uniformados, tenientes, políticos, líderes comunales, oficinistas atentos a sus relojes, dos monjas carmelitas, periodistas y camarógrafos. Estrada alcanzó a escuchar las explicaciones de Juana Inés, aunque no la respuesta esperada.

—Mucha gente desea acompañarme. Así que he solicitado la colaboración de los porteros. Enviarán a los visitantes a la funeraria.

Juana Inés descansó por breves instantes en los primeros brazos extendidos para recibirla. Los dolientes retrocedieron, como esos torreones y ciudadelas de arena coloreada, dentro de un marco de vidrio, que al ser tocados comienzan a desmoronarse y evolucionan hacia otros paisajes. Ella, los cabellos peinados en aureola, el sastre negro, las medias y zapatos en armonía con la sobriedad del momento. Sin hacer caso de quienes deseaban saludar, Estrada se deslizó hacia la puerta principal.

2

Después de hablar con Aurel Estrada y Columba Urbano, Leopoldo Maestre rasgó dos sellos de plástico y esperó a que las aspirinas efervescentes se disolvieran en el vaso de agua mineral. Sus uñas mostraban un borde amarillento. No tenía dolor de cabeza, ni acidez, sino un malestar que iba tras él como el roce de un papel adherido a la suela del zapato. El teléfono había comenzado a timbrar desde temprano, con tanta insistencia que el niño despertó a su lado, sin saber en donde se encontraba. No era miedoso, o llorón, ni se orinaba en los pantalones. Ni siquiera se chupaba el dedo pulgar, pero demandaba atención constante. Tenía el cabello húmedo, el cuerpo frío.

—¿Mamá? ¿Dónde está mamá?

—Soy papá-mamá.

Logró calmarlo, los latidos del pequeño corazón contra su pecho. Encendió la lámpara, retiró el auricular. Una respiración sin voz.

—¿Diga? —y al niño—: duerme, campeón. Duerme.

Comenzó también a transpirar. Sentía angustia, un temor adosado a otros temores. ¿Otra vez llamadas anónimas? Demasiadas muertes, y Gema hundida en un delirio creado por la estupidez, tanto de ella como de Juana. La respiración, después de envenenar la madrugada, cesó. El identificador de llamadas indicaba un número desconocido. Colgaron. No iba a permitir que lo dominaran por miedo. Aún tenía que acompañar al cementerio a su compadre Urbano, a los hijos, a todo su pasado. Enfrentar cambios en su vida. Con ese chiquillo tan suyo, suyo hasta en el parecido, quien necesitaba una niñera, jardín infantil, el mejor pediatra, un hogar. El teléfono volvió a timbrar.

—Hola.

Una voz firme, autoritaria, desleída en sus recuerdos en tono cálido, lo sacó de la cama. Codos sobre la mesa de noche y los pies descalzos, el helado amanecer enroscándose en sus articulaciones y huesos.

—Habla la esposa de Renato Vélez. Quiero un arreglo. Hoy mismo.

Oprimió el botón de la grabadora que siempre mantenía conectada al teléfono. Dijo unas palabras corteses y, paciente, escuchó sin interrumpir aquella voz. No grave y cadenciosa como la de ciertas mujeres de sociedad, no con el tono nasal reinante entre universitarias y bellezas profesionales; apuntaba a una jugadora acostumbrada al riesgo, de ruleta o bacará, la pregunta ganadora sería ¿con quién estaba casado Renato Vélez? En un matrimonio reciente, pues cercano a los cuarenta años había protagonizado dos separaciones.

3

Hijo de un propietario de teatros, había crecido con el control del televisor en la mano y dicho tele antes que teta, vencido a campeones de juegos virtuales, visto todas las películas proyectadas en las salas del padre y filmado su primer corto antes de cumplir ocho años. Tanta genialidad no le impidió a la familia ejercer obstinada oposición ante sus intenciones de estudiar cinematografía. Apostar al cine en un país sin una sólida industria fílmica era una locura. Acosada por la inseguridad, la gente permanecía más tiempo en casa frente a la televisión y los computadores. ¿Por qué no se dedicaba a la informática?

Renato Vélez aceptó estudiar ingeniería de sistemas con la mira de ampliar las empresas de su herencia, pero antes de finalizar el primer semestre decidió viajar a Nueva York para editar unos cortos filmados durante sus días libres.

Había llegado una tarde de mediados de noviembre y en un vuelo turístico al aeropuerto Kennedy, compartido una limosina con otros pasajeros y contemplado al paso la ciudad que comenzaba a parpadear al compás de una luminiscencia ultraterrena, dorada y blanquecina con destellos metálicos, oxidados. Al sortear el tráfico, sentía el aliento espeso y la energía de la ciudad, la deseada durante meses y años, vista a retazos en innumerables películas, videos, libros de fotografía, carteles.

Sentía su corazón expandirse ante el poderío de Manhattan, los rascacielos semejantes a relucientes espejos y poliedros, ante el declive de un sol sin forma ni color definidos. Un estremecimiento lo sacudió. Exultante, supo que aquella metrópoli amada y odiada por el resto del mundo lo recibía como a un triunfador, el director destinado a filmar el cine del futuro, un cine con rango y estatura de obra artística. La arrolladora vitalidad de la ciudad lo había invadido antes de haber dormido en ella y con ella. No era el inmigrante, sino el favorito. Estaba allí para conquistar sus calles, los ruidos incesantes, las luces variables, la desmesura, el Atlántico y el río Hudson. Atrapar su esencia. Descendió frente a la entrada del hotel Pickwick Arms, le pago al conductor, tuvo que esquivar a un hombre de traje azul turquí y camisa blanca, que rodeado de maletas intentaba detener un taxi.

En la recepción, un hombre de tez oliva, bigote lacio y chaqueta roja con abotonadura plateada, en una mezcla de inglés y español erizada de eles, lo atendió en seguida. Con las llaves de la puerta y la caja fuerte, subió al tercer piso. La habitación era estrecha y antigua, pero olía bien. Había sábanas limpias y agua caliente. Estaba en pleno Manhattan, nervio del mundo.

Después de guardar en la caja fuerte empotrada junto a la cama los dólares y cheques de viajero, obsequiados a regañadientes por sus padres, Renato salió a explorar sus futuros dominios. En realidad a iniciar un viaje que, en breve, lo llevaría al punto de partida. Con su grueso abrigo de paño negro, las manos enguantadas, caminó por la calle cincuenta y dos al ritmo del turista que ha recorrido antes el trayecto, inmerso en el fervor del reconocimiento. Atravesó Lexington Park, Madison, y con un giro hacia la derecha mil veces imaginado llegó a la Quinta Avenida. Disfrutaba con anticipación del encuentro con Tiffany, Gucci, Ferragno, Coca-Cola Company, la Warner Brothers. Sería su única noche al garete. Quería utilizar al máximo el tiempo. Ir diez horas diarias al cine, primero a los estrenos de Hollywood y después a las proyecciones de cineastas independientes y contestatarios, directores de habla hispana y de otros grupos étnicos que ni su padre ni otros distribuidores consideraban rentable exhibir en Bogotá. Deseaba matricularse en un curso de efectos especiales, comprar todos los guiones recién publicados. Tomar una copa en una terraza que dominara el río Hudson y contemplar el mar desde la estatua de la Libertad. Paseaba confundido entre los transeúntes que caminaban de prisa. Hombres de abrigo y periódico bajo el brazo, muchachos de *jeans* y zamarras, señoras de cabellos tinturados afianzadas en paraguas o bastones, oficinistas impacientes a la espera del cambio de los semáforos. Luces potentes, avisos y arreglos navideños resplandecían a lo largo de la Quinta Avenida y las calles aledañas. Titilaban esquinas como enchapadas en metales rutilantes o papel celofán. Dejaba atrás los frontones adornados con inmensas hojas de muérdago plástico, lazos encarnados y campanas doradas, vitrinas con la moda de invierno, las puertas batientes de los restaurantes y los anuncios de McDonald's, el aroma de las perfumerías, comida china e italiana, ostras, salchichas, grasa. Le encantaban las ejecutivas con sus maletines, que corrían envueltas en pieles y con zapatos tenis, y las amas de casa que empujaban coches y bebés, cargaban paquetes, se abrían paso decididas. Las sirenas sonaban sin cesar. En el aire vagaban salmos y villancicos. Un organillero. Un coro de niños con ropones rojos que cantaban a la entrada del almacén de juguetes Schwartz y frente al hotel Plaza. En la plazoleta, entre la cincuenta y ocho y la cincuenta y nueve (no olvidaría la ubicación), una muchacha morena de trusa blanca desfilaba por un estrechísimo puente metálico —lanzado de extremo a extremo de las fachadas de dos edificios—, con riesgo de caer al vacío, ante las miradas de los vendedores de castañas, un papá Noel que agitaba vigoroso su campanilla, equipos de filmación, grupos de videoaficionados, periodistas y curiosos. Tardaría unos minutos en advertir que era un maniquí-robot, seguido por otros maniquíes de la misma modelo, transformada en rubia, negra, india, china, árabe, albina, hasta donde alcanzaba su vista. Y la mujer real mirándolo, o él lo creyó así, sentada en la cornisa de una ventana y sobre un amontonamiento de damascos, encajes, muselinas, brocados, pieles y bajo potentes reflectores.

—... la modelo colombiana Gema Brunés ha invadido y conquistado el corazón de Nueva York con sus clones y fabulosos diseños futuristas... —decía un periodista—. Informó desde Manhattan, para el canal Caracol de Colombia...

Renato Vélez no estaba allí para admirar proyectos ajenos. Abordó un autobús rumbo al Village, vagabundeó unas dos horas y después tomó café en un local decorado con sillas vienesas, fotografías de Madonna, Jimi Hendrix, Michael Jackson, Marilyn Monroe y Janis Joplin. Pidió una copa en el Mercer Street, mientras un marica de peluquín y pestañas violetas le guiñaba los ojos. Regresó a Manhattan en un taxi que lo dejó frente a un restaurante griego, diagonal al Pickwick Arms. El hombre del traje azul turquí y la camisa blanca, rodeado de maletas, seguía allí intentando detener un taxi. Una repentina nevada azotó las vitrinas. La calle invadida por copos blanquecinos, que se disolvían al tocarle el rostro y una luminosidad volátil. Ululaban sirenas. El estremecimiento premonitorio tornó a invadirlo. La chica de los maniquíes, Gema Brunés, estaba sentada al fondo del local, sola, frente a una porción de berenjenas, los ojos satinados fijos en él.

—Me ardían la frente, los ojos y las ingles, pues Renato se quitaba los guantes y se dirigía a la mesa con una mirada posesiva —le contaría después Gema a Leopoldo Maestre—. Me enloquecí, me enamoré. Nunca había visto a un tipo tan atractivo como ese, abrigo largo oscuro, tenis, aretes y ojos adormilados. Esa misma noche nos fuimos a la cama.

—Normal, china. Nevaba y estabas a punto de pescar un resfriado y ser colonizada.

—Te lo juro, padrino. Era amor: el flechazo, la campana, la auténtica asoleada. Si hasta me dolía el tunjo.

—¿El qué?

—Un término decente para hablar de cucas. Invento de mi amiga Isabela Machado.

—A un lado tanta labia. ¿Qué quieres decirme?

—¿Sabes qué, padrino? Me casé en Las Vegas con ese Renato Vélez, un cineasta, esta vez en serio. Vamos a quedarnos una temporada en Nueva York. Haremos películas.

—No será tan fácil, linda. Una cosa es la vida privada, otra los contratos. Los tuyos con la agencia Mex no han vencido.

—Están en tus manos, Leopoldo. Necesito una licencia de Mex y renovar mi visa. Quiero vivir un tiempo aquí.

—¿Cuánto es ese tiempo...?

—Todo el que se pueda.

—¿Te gusta Nueva York?

—Después te cuento. Aquí nadie me dice «Hola, Gema», fuera de las horas de trabajo. Como si no existiera.

El asombro maravillado de Renato Vélez por Nueva York permanecía incólume. En cambio, Gema no podía aceptar que su marido, además de asistir a un curso de guiones, pasara tardes y noches enteras zampado en las salas y los estudios de cine. El domingo, cansadísimo, lo único que deseaba era vagar por la ciudad y filmar. Ella prefería el colorido de Chinatown, la gente, las falsas pagodas, comprar ropa y adornos exóticos en los puestos callejeros, aunque odiaba la bulla y los olores. Estaba harta de caminar por Central Park y visitar las boutiques del Village. No le gustaba salir de Manhattan, pero tampoco quedarse encerrada en el hotel. Broadway le parecía caótico y mugroso. La Pequeña Italia le olía a ajo y Harlem la llenaba de pánico. Cruzar el río en el ferry no tenía chiste. Echaba de menos a Bogotá, a sus padres, a la maquilladora Rosario Navarro, las reuniones en casa de Leopoldo, los fines de semana con los Urbano. Además, tenía compromisos y los creativos de Mex comenzaban a impacientarse por su ausencia. De manera que no protestó cuando, agotado el dinero de Renato y las posibilidades de conseguirlo a través de tarjetas de crédito, préstamos y sobregiros bancarios, éste decidió regresar a Colombia.

Eufórica, Gema comenzó a decorar un nuevo apartamento y a planear una fiesta para anunciar su matrimonio, fiesta cancelada dos veces por consejo de Leopoldo Maestre.

—No hay que precipitarse, china. Espera a estar segura de tu relación. A veces la historia se repite y a tus padres y a los Urbano les gustaría verte casada con otro tipo de hombre.

—Renato me adora. Está loco por mí.

—Mientras su amor no sea un asunto de catre y polvos dominado por tu imagen...

Citado por Francisco, Camilo, Ricaurte y Simón Urbano, Vélez saldría una mañana de la alcoba a medio amoblar y no regresaría. Los hermanos no tuvieron que presionar o amenazar. Se limitaron a firmar un contrato que lo incorporaba a la agencia Mex, con el sueldo más alto pagado hasta entonces en la historia de la publicidad colombiana.

La segunda esposa, una rubia escultural capaz de competir con Gema, alcanzó a protagonizar dos largometrajes dirigidos y producidos por Renato en su tiempo libre. Lo abandonó, aterrorizada, acusándolo de sufrir demencia visual.

—No quiere una esposa, sino una actriz. Al hombre se le confunde el cine con la realidad. No tiene ojos sino teleobjetivos y lo único que le interesa en serio es filmar. La esposa y la casa, comer, amarse, tirar, son cosas secundarias; él mismo se siente como un personaje de película —alegó en su descargo.

Después del segundo divorcio, Renato Vélez dedicaría sus energías a Mex. Su enfoque creativo, comercial y visual, le permitiría a la agencia tener filiales en todo el país, asociarse con estudios de grabación, noticieros y programadoras de televisión, adquirir acciones en casas de modas y cosméticos e invertir en otras agencias, sin que la central perdiese la informalidad que permitía a los clientes sentirse en casa, acudir a cocteles improvisados, desayunar o cenar mientras discutían sobre las cualidades de un nuevo detergente o cadena hotelera. La ampliación de Satín-Gema sería uno de sus proyectos claves.

—No hay que perderlo de vista. El hombre tiene metas a largo plazo. Si nos descuidamos, nos dejará sin calzones y en la cochina calle —había dicho, en broma y entonces, Leopoldo Maestre.

Las metas que lo empujaban a trabajar doce y quince horas diarias, y sanear sus condiciones económicas, le permitieron a Vélez reinvertir en los teatros familiares, remodelar unos y alquilar otros con ganancias, adquirir las opciones y derechos de varios guiones, instalar cinebares en centros comerciales.

Tres, cinco años. No. Serían nueve o diez. La publicidad lo había cortejado, seducido, glorificado. Soltero exitoso, pero huraño, el clan de Los Ociólogos lo adoptó como miembro dilecto. El medio lo convertiría en un creativo-ejecutivo cada vez más costoso, con derecho de comprar acciones de Mex y Satín-Gema y demasiada injerencia en los asuntos internos de ambas firmas. Por tanto, la junta directiva de Mex, pese a estimarlo en su valor, consideró necesario plantear su renuncia. Con resultados nefastos.

4

¿Quién sería la nueva esposa de Vélez? Aquella voz sin rostro y sin nombre causaba intenso desasosiego a Leopoldo Maestre. Le disgustaba estar tan temprano fuera de su casa y con el día sobre la nuca. ¿Qué pasaría con el niño? Telefoneó a la criada, por favor, quería traerlo a la agencia. Las nueve; Mex estaba en plena actividad. Tres empleadas limpiaban el barrizal, retiraban muebles y tapetes, por encima de secretarias y ejecutivos. La tempestad había tapado las alcantarillas de la cuadra. En el jardín y los garajes anegados el agua se retiraba lentamente. Flotaban olores a barro, moho, letrina, desinfectantes. No era posible ordenar un desayuno en forma. A Leopoldo le sirvieron cerveza, huevos fritos, tostadas. ¿Cuánto tardaría el niño?

La mujer de Vélez había dicho que no desestimaba el duelo de la familia Urbano, no. Temía que la situación cambiara sin que a su esposo se le hiciera justicia. Las tostadas estaban húmedas, los huevos cristalizados, la cerveza tibia. Leopoldo necesitaba urgente un masaje, una manicura, sueño. Ir al baño turco. Libertad para negociar. Sin embargo estaba allí en una espera calculada, prevenido. No era conveniente exasperar a una mujer que se atrevía a telefonear a la madrugada por asuntos de negocios.

—Buenos días.

—Hola.

Debido a la camisa color fresa, o pese a ella, a la afeitada perfecta, el aroma a colonia y la melena alborotada, el rostro de Estrada parecía moldeado en harina sucia. Ojeras abotagadas enmarcaban sus ojos en contraste con la piel bronceada pegada a las sienes, el puente de la nariz, las oquedades junto a los pómulos.

—¿Desayunaste?

—No.

—No hay mucho para escoger.

—Me basta con el café, aunque desearía prepararlo yo mismo.

—No es posible.

Por el intercomunicador anunciaron que Vélez se encontraba en recepción. Leopoldo Maestre pidió agua mineral.

—Creí que Renato estaba al borde del coma.

—Estaba, aunque no tanto para aceptar que otros hablen y discutan por él.

—¿Viene con alguien?

—Su mujer. Hablé con mis sobrinos Urbano. Están de acuerdo. Hay que negociar ahora que controlamos la situación. Si es necesario, fecharemos el arreglo diez días atrás.

—¿Te parece?

—Dadas las circunstancias, sí.

En la puerta sonaron varios golpes. Espaciados, fuertes, precisos.

—Siga.

—La sala es mía, yo la reservé primero —Felisa Riera entró impulsada en unas botas rojas, tal como lo impusiera la última colección de Satín-Gema. Vestía un sastre de paño negro y medias de listas negras y blancas que le conferían un aspecto risible, como de monja disipada.

La afirmación agresiva, entusiasta, perdió sentido al contemplar la bandeja con el desayuno apenas tocado, el aspecto mustio de Leopoldo.

—¿Qué pasa? Los clientes estarán aquí en unos minutos. Es importante. Debido al escándalo organizado por Renato Vélez he cancelado dos citas. No quiero más aplazamientos. Necesito el proyector.

—Cancela de nuevo, o acomódate a las circunstancias. Luego aplaudiremos tu fabulosa presentación.

—Ni un día más, ni uno solo. Me voy. Estoy harta del circo... —desconsolada y con el llanto y la ira contenidos, Felisa buscó el apoyo de Estrada—. ¿Qué hago?

—Tranquila, china linda. Necesitamos papel, grabadora y videograbadora. Esto es una emergencia. Y que pidan el almuerzo a casa de Helena Cáceres. Quiero una botella de whisky.

—Ya escuchaste a Leopoldo: resuelve el problema como puedas. No es tan grave.

Felisa salió con un portazo y retornó en seguida, en sus labios una mueca risueña y asombrada. Estrada advirtió que se controlaba en función de Leopoldo.

—Su empleada y su hijo están en recepción.

—Ella que espere en la cafetería. Al niño me lo traes. No quiero perderlo de vista.

—También llegaron nuestros Vélez —y al decir «nuestros» disfrutaba; en su sonrisa brillaron las placas y ganchos de un frenillo metálico.

Hasta entonces, Estrada no había detectado el revoloteo de Felisa alrededor de Leopoldo, claro, por eso el afán de asistir al almuerzo de África Sierra. La ilusa se quedó ensayada. Sus ojos se fijaron en la bandeja de cerámica azul ceniza y una tostada desmoronada, los huevos fritos como ojos vaciados de cuencas enormes. Un agrio doblez le estrujó la boca del estómago.

—Necesito un café —dijo plañidero.

Felisa extendió unas manos largas, rosadas, en cada dedo anillos adornados con granates, topacios, cuarzos, acerinas. Alcanzó a tocar la bandeja. Leopoldo ordenó:

—Quieta, mi linda.

Ella estaba radiante, al moverse casi flotaba. Segundos después abría de nuevo la puerta:

—¿Qué les digo a los Vélez?

—Que pasen. No se te olvide mi chico.

—¿Debo quedarme? Tengo cerros de trabajo y Renato Vélez me saca de quicio. Es un hampón —dijo Estrada.

—Te necesito. Por ahora ninguna tarea es tan urgente.

—¿Ni siquiera la carpeta y el video de Gema? Está sin terminar y me esperan otros compromisos.

—Si nos descuidamos, Vélez se cagará en la agencia y en todos nosotros. La muerte de mi compadre Urbano nos hace vulnerables. Varios periódicos y hasta noticieros dicen que Gema también está muerta. Así que por el momento no hay nada que aclarar.

—¿Qué hago con ese material? —insistió.

—Archivarlo. En unos meses será de subasta y colección.

La protesta de Estrada abortó al abrirse la puerta. El niño entró con un abrigo demasiado grande; abrazaba un oso-almohada, la panza abierta y rellena con bolsas de papas fritas. Tras él Renato Vélez en silla de ruedas, febricitante, conducido por su mujer.

—Los Vélez —dijo Leopoldo sin malicia o sorpresa.

—Sí, somos los Vélez —sonrió Catalina Fonseca, altanera, condescendiente, el triunfo en sus bellos ojos almendrados.

5

Mientras tomaban asiento en la mesa de bordes semicirculares, Felisa repartía libretas, ceniceros, lápices recién afilados y Leopoldo Maestre acariciaba la espalda del niño, para evitar su llanto o su euforia o cualquier reclamo inherente a tales criaturas llamadas hijos. ¿Cómo pudo olvidar el timbre de aquella voz? ¿La sonrisa y perfume, el movimiento de las manos? Más que bella era la perfección misma, de cutis translúcido, ojos y labios aterciopelados. Desde el cabello nacarado —su única concesión a la edad— hasta las uñas sin esmalte, Catalina Fonseca, no, Vélez, encarnaba a la amante desechada. ¿Qué pensaba cobrarle? ¿Un matrimonio roto o el intelecto de su hija Isabela Machado? Leopoldo la había evitado en el teatro, la plaza de toros, el aeropuerto. Y de pronto, unos años atrás, comenzó a respetarla como a una experta, autoridad en belleza, editora. Tan importante o más que Isabela. ¿Qué deseaba? Forzar el pasado, recordarle un matrimonio roto, el súbito enloquecimiento por África Sierra, la de nombre telúrico, capricho de una noche. Otra irreverencia del país: los nombres rebuscados.

—Bienvenidos —Estrada se incorporó. Comenzaba a sentir terror, no veía ninguna solución, ni siquiera la vislumbraba. Perderían hasta el último centavo.

Un camarero entró con destreza y rapidez, sobre el carro de licores whisky, vasos, tazas, vino, café, caldo.

—Gracias —Renato Vélez pronunció con trabajo y extrema ronquera, el rostro pálido, demudado por el esfuerzo.

—¡Bienvenido! —Leopoldo actuaba como si Catalina no existiera y la reunión fuera amistosa, un encuentro netamente masculino.

—Escuchamos propuestas —la voz femenina clara, modulada.

—No. No es necesario —Leopoldo acarició la cabeza del niño, quien sin soltar al oso-pijama, sonreía con aire extasiado.

Felisa despidió al camarero con un ademán. Tomó asiento. «¿Café?», brindó, sin que ninguno de los presentes aceptara.

—Escucho —dijo Vélez.

—Felicitaciones —Leopoldo habló como alguien que ha estudiado un tema hasta agotarlo—. Será un placer trabajar otra vez con un creativo de tu talla. Eres bienvenido a la nueva filial de la agencia, que estará dedicada a producir cine, televisión, programas de computador. Aceptaremos las obligaciones económicas que Mex pudo haber adquirido contigo como base de tu participación. Tendrás la oportunidad de producir o dirigir dos largometrajes durante el lapso de cinco años, como mínimo, al menos una serie de televisión, si así lo permite tu ritmo de trabajo. También podrás contratar a otros directores, participar con nombre propio en festivales internacionales y nacionales, ampliar las líneas esenciales de Producciones Cinematográficas Mex, pero no negociar con tus acciones sin el visto bueno de los otros socios. El capítulo dedicado a la informática es electivo...

La fiebre mojaba la frente de Renato Vélez como un vaho alcalino sobre un cristal opaco. Estrada comenzó a servir whisky. Leopoldo hizo un paréntesis para solicitar la grabadora por el intercomunicador. «No, no y no», susurraba Catalina.

—No pienso firmar nada, aceptar nada, sin la presencia de mi abogado —dijo Renato Vélez.

—Hecho —aceptó Leopoldo.

Estrada sintió que era necesario intervenir.

—Ahora debemos cumplir un compromiso. Nuestro deber está con la familia Urbano. Tenemos la semana entrante para definir estatutos, estudiar y firmar documentos.

—Un brindis trae buena suerte.

—No lo permitiré, no mientras seas mi marido.

—¡Visqui, visqui! —exclamó el niño, que metía lápices y dedos en la bandeja de los huevos fritos.

—¡Salud! —Estrada levantó el vaso, sin hielo, bajo la mirada arrogante de Catalina Fonseca, ahora Vélez.

—Dije que no voy a permitir que cometas una locura —ella extremaba la suavidad, las manos delgadísimas aferradas al espaldar de la silla de ruedas—. Renato, estás sofocado, deliras.

—No, no, preciosa; por favor, no intervengas. Mex es mi negocio. Conozco sus posibilidades. Ayudé a convertirla en una gran empresa.

—Es una trampa. Te estafarán.

—Luché mucho por este momento. Ahora puedo ser socio. Voy a tener verdadero poder decisorio.

—No te darán nada. No seas idiota... —retiró los dedos del metal y la silla, el gesto despreciativo.

—Cállate —la ronquera transmutada en firmeza.

—Idiotas, diotas, taaas —entonó el niño, que comía y trituraba las papas fritas sobre la bandeja.

De pronto, con los ojos fijos en el oso, la bandeja, los huevos y tostadas, Catalina chilló:

—Saca las manos del plato. ¡Obedece, enano, obedece...! —los movimientos perfumados electrizaron el aire.

—Tonta, tonta. Viejaa, viejaaa. Fea, feísima con tetas —tarareó el niño y le lanzó la bandeja a Catalina, quien alcanzó a bajar la cabeza, en su cara alunada el gesto satisfecho de un candoroso Leopoldo Maestre.

—¡Niño, pudiste matarme!

Felisa Riera, tranquila y decidida, humedeció unas hojas de papel en agua mineral, limpió el borde de la mesa, recogió los pedazos y restos de comida y los depositó en una papelera.

—¿Ahora qué pasa? —a Catalina le resultaba difícil controlarse. Y Felisa:

—Tengo una presentación importante. Nada ni nadie va a impedir mi proyección —dijo Felisa.

—Lo que tú digas, princesa —Leopoldo realizó un amago de reverencia a los demás—; la sala es de la señorita Riera. Tú te quedas, Renato.

Ruth, la secretaria del equipo, entró con cuatro hombres de trajes oscuros, camisas en tonos pastel, maletines y computadores portátiles: «Buenos días», «Buenos días», «¿Qué tal?». Tomaron asiento con pulidas sonrisas. El niño había comenzado a clamar «Quiero hacer pipí, quiero pipííí». Aunque en la sala reinaban la penumbra y el miedo al sol que circundaban a Leopoldo Maestre como una prolongación de su sombra, la oscuridad corrió como tinta. Al mismo tiempo el «Quiero hacer pipííí» sonaba espantado.

—Aurel, ¿te puedes encargar un rato del chico? —preguntó Leopoldo—. Quiero hablar más tarde y a solas con mi compadre Renato.

—No. No puede ser, no quiero que lo hagas —dijo Catalina, sin que Vélez respondiera.

Estrada tomó al niño en brazos e intentó sustraerse a los ojos de Gema, que lo miraban desde la pantalla que había descendido desde el techo.

—Nos vemos en la funeraria —dijo Leopoldo.

Gema citada como símbolo o producto —Estrada no lo sabía muy bien—, desnuda, en posición casi fetal, con las manos entrelazadas alrededor de una gaviota, dentro de una burbuja y bajo una lluvia oscura, que podría ser petróleo o sedimentos químicos. En superposición, y en letras de movimiento aéreo, se planteaba el lanzamiento de nuevas modelos —¿o mujeres?— a partir de una premisa que no desconocía el mito Brunés, pero que se apoyaba en él para obtener su refundición...

Las grandes firmas de modas y cosméticos continúan aferradas a normas obsoletas, antiguas, que pretenden complacer a todas las mujeres por igual. Lo mismo santas que asesinas, amas de casa, ejecutivas, trabajadoras sexuales, colegialas, militares, intelectuales, artesanas, recicladoras. Igual abuelas que astronautas.
Pero olvidan a las nuevas mujeres...

—Quiero aquí, quiero cine, cine —berreaba el niño.

—Shhhhhsssssss —Estrada se detuvo junto a la puerta. La voz infantil se calmó.

En la pantalla desfilaban chicas con trajes de plástico y vinilo, papel encerado y metálico, materiales reciclados, fibras de vidrio y titanio; fibras carbonizadas que rechazaban el fuego. Con tonsuras, cascos, trenzas hasta los tobillos, cabezas encintadas, pelucas malvas y solferinas, pestañas y uñas y cejas pintadas de los mismos colores. Frenillos en los dientes con esmeraldas y turquesas. Paisajes marinos, urbanos y futuristas con efectos sonoros adheridos a tersos estómagos, a tono con chalecos de seguridad o bikinis que cambiaban de color bajo el sol y la noche. Había adornos sobre los pómulos y antebrazos, el nacimiento de la espalda, senos descubiertos con aplicaciones de lentejuelas, traseros al aire, o los cuerpos y cabezas cubiertos, como si fuesen monjas o mujeres del islam.

Esta es la moda que ha iniciado el siglo XXI, moda asociada a la debilidad pregonada e impuesta por símbolos como Gema Brunés, un icono que explotaba lo más endeble de la feminidad, los más equívocos deseos masculinos. Esto implica que será otro tipo de mujer la llamada a reinar. Hermosa, impoluta, que nunca hará el amor sin preservativos y elegirá con cuidado al padre de sus hijos. Amante de la salud, la perfección física y espiritual, de la naturaleza, opuesta a sus antecesoras afectas a la carne, capaces de envenenar el organismo con licor, tabaco y drogas, dominadas por la cultura del petróleo. La próxima mujer es la sacerdotisa del agua, la naturaleza y la energía solar.

Las letras circulares comenzaron a diluirse en cascada, la lluvia clarificándose mientras borraba la imagen de Gema y al evaporarse construía una pirámide de mujeres atléticas, fuertes, de cuerpos perfectos: blancas, negras y caribeñas, mestizas de diferentes mezclas, los cabellos tan brillantes que semejaban coronas iluminadas.

—El agua, el sol y el verdor son las riquezas del siglo. La nueva mujer es la depositaria de tales caudales —explicaba Felisa Riera.

—Gema Brunés ha muerto —dijo en la memoria de Aurel Estrada una grabadora telefónica y el niño de Leopoldo Maestre tironeó de su manga.

—También estoy que me hago caca.

—En el fondo no hay cambios auténticos. Las frases son parecidas a las que utilizaba Marlene Tello. De todo esto quedará la moda de siempre —se dijo Estrada.

Sonó un pedo. Estrada tropezó con Catalina y le cedió el paso. Renato Vélez había desechado la silla de ruedas y ocupaba su nuevo lugar en la mesa de juntas.

6

Marlene Tello contempló la cartelera de plástico, fondo negro y letras blancas, sin comprender durante los primeros instantes su sentido: *Gema Brunés - Sala de velación - Cristo Vive - tercer piso*. Había salido del salón expulsada por el olor dulzón de las coronas y arreglos florales, la mezcla de perfumes y lociones que herían su olfato a cada saludo. Lo siento. De malas. ¡Una catástrofe! El colmo. Lo presentía. Destino. ¿Hacia dónde va el país? No somos nada. Otro luto. Los vamos a extrañar. ¡Dios mío! ¿Cuándo terminará la guerra?

Los sonidos eran iguales en todas las funerarias. Pésames y reflexiones, el obligado respeto ante la muerte. Marlene quería fumar, sacudirse la tribulación para no odiar las flores a perpetuidad. Otra media hora allí sería como un siglo. Grupos de empleados, dolientes, partidarios políticos presentaban sus respetos y condolencias a Juana Inés, colocaban rosas, claveles, girasoles y cartuchos junto a un retrato gigantesco del senador. Los cadáveres seguían en Medicina Legal. El aire era sofocante, tanto en la capilla como en las salas. Marlene logró llegar al corredor con dificultad.

—Los que no quieren ni deben morir te saludan.

El rostro pálido de Leopoldo Maestre enseñaba una mezcla de inquietud, desesperación. Un niño agarrado con firmeza a los faldones de su chaqueta arrastraba unos zapatos de charol con las puntas raspadas. Vestía bombachos, una camisa que le venía grande, tan nueva que le colgaban etiquetas, y un abrigo a cuadros con cuello de terciopelo.

—El chico es mío.

—Se nota. Igualito a ti.

—Me tiene rendido.

—¡Hola ti, holaaa, mi tío —el niño soltó la chaqueta y corrió hacia la entrada de la capilla, donde fue recibido por los brazos de Aurel Estrada.

—Aurel es su niñera de honor. Los niños son fatigantes —Leopoldo tenía los ojos opacos y los párpados como despellejados entre limaduras de hierro.

Estrada acarició los cabellos rubio ceniza del niño y examinó la cartelera.

—Gema no es una santa, pero tampoco merece la agresión de una muerte ficticia.

—No sé nada y no es asunto que me importe.

Marlene encendió un cigarrillo temblorosa. No permitiría que Aurel le hablara de Gema. No lo amaba, ya no cargaba con la pesadumbre ni con el deleite de su existencia. Estaba curada. Sin embargo, su aversión por la Brunés continuaba intacta.

—¿Quién estará en el tercer piso? —preguntó

Subió las escaleras de prisa, como si tuviese clavos bajo los talones, un movible techo del mundo suspendido sobre los hombros. Cruzó un corredor adornado con helechos, esquivó a dos mujeres enlutadas, entró a una sala provista de muebles de cuero. Leopoldo Maestre, Aurel Estrada con el niño en brazos, al mismo ritmo. Se ahogaba. Tres chicas que parecían escapadas de una pasarela la miraron desde un sofá. Una mujer pequeña, gruesa, de sastre y zapatos altos, junto a una ventana miraba hacia la calle. Dos coronas trenzadas con catleyas amarillas y violetas, y otra de margaritas, formaban un tridúo junto a las patas metálicas de la base en donde se pondría el ataúd. En las cintas moradas y con letras brillantes se leía: *Helios Cuevas, Familia Gutiérrez, Aurel Estrada y señora, Satín-Gema.* Olía a hojas secas, agua podrida, días sin sol.

—Juana Inés está enferma, ¿verdad? —mientras localizaba un cenicero, Leopoldo le arrebató el cigarrillo.

—Está bien. Su salud no te concierne.

El niño había comenzado a patalear. Tendía los brazos hacia una cuarta chica, un tanto apartada de quienes ocupaban el sofá, atraído por su chal color mandarina y un sombrero turquesa embonado hasta las cejas.

—Linda. Yo quiero linda.

Érica Rainer, los ojos miosotis tras lentes ahumados, se incorporó. Marlene tardó en reconocer a la maquilladora Rosario Navarro, a las modelos de Satín-Gema. No; no había cadáver. Ni familiares, ni lágrimas para Gema Brunés. Marlene estaba liberada de innumerables culpas. Para confirmarlo, un hombre de traje oscuro, camisa blanca y corbata negra, entró deslizándose en zapatos recién lustrados. Aurel colocó el niño en el piso. Leopoldo tomó asiento.

—Lo lamento, hay un malentendido.

Con voz educada, untuosa, ofrecía disculpas. Era una gran equivocación. El cuerpo de la señora Brunés no sería velado en la funeraria. En el curso de la tarde la familia tomaría una decisión. Por el momento, nuevas disculpas, sería preciso cerrar la sala. Gracias por la comprensión. Siempre a la orden.

El hombre se retiró, sus pasos leves hacia otras muertes. El niño danzaba alrededor de la modelo del chal mandarina, como un palomo inmenso empeñado en definir su territorio. De pronto sin los lerdos movimientos imitados de Leopoldo Maestre.

—Eros, grácil y hermoso. El seductor en pleno crecimiento —pensó Marlene.

—Te quiero mucho. ¿Y ti, Aurel, la quieres ti?

Marlene Tello contempló la turbación que enrojecía a la modelo, la incredulidad, sus labios turgentes y expresión maravillada ante la proximidad del milagro. Era Ana Bolena Rojo, la sucesora de Gema, de ella misma; la muchacha de quien Aurel Estrada, sin saberlo todavía, terminaría por enamorarse.

—Quiero que la quieras, ti, mi tío.

—Hola, soy Aurel Estrada.

—Hola —Ana Bolena Rojo sonreía.

Leopoldo Maestre fumaba recostado contra el marco de la puerta, los ojos entreabiertos, su mandíbula oprimida contra el cuello impoluto de la camisa. Disfrutaba de las ocurrencias de su hijo, el cuchicheo de las modelos, la atmósfera liberada de angustia, el sabor del cigarrillo.

—Nos vemos más tarde, en la iglesia —se despidió Marlene.

—Espero que esta noche o el fin de semana. Hay mucho de qué hablar, mi china Musgo. Cariños a papá.

Marlene lo besó. Buscaría una cafetería, en las proximidades, para tomar un capuchino y estirar las piernas, retocarse el maquillaje. La arrolladora cercanía del dolor la impulsaba a pensar en lo suyo. Primero un viaje, lo había prometido a Conrado y a las niñas. En seguida la casa, cambiar muebles y cortinas, alfombrar el salón, enmarcar unos cuadros y restaurar otros. ¿Valdría la pena ceder su programa a otra presentadora? ¿No sería la oportunidad de afianzarse en los medios y licitar un espacio propio? Con el dinero y el poder que los Urbano (y Juana Inés Calero) heredaban, le otorgarían patrocinio.

El murmullo crecía. Había gente sentada en los quicios y escaleras, recostada contra las paredes, rezando en la capilla, dispersa por los jardines exteriores. Pero no las multitudes que merecía la fama de Fernando Urbano. Tres obreros descolgaban una gran valla al otro lado de la calle.

Satín-Gema invita al desfile Gaia

Marlene saludó al pasar sin permitir que nadie la abordara y pudo alcanzar la acera, el aire lleno de helaje, a pesar de la luminosidad evanescente que se filtraba desde las nubes hasta los altos edificios del norte de Bogotá. El chofer dormitaba en el interior del automóvil y ella alcanzó a estirar una mano para golpear la ventanilla.

—Una moneda, madre.

—¿Qué?

—Sí, madre, una moneda —y la voz inconfundible, la enfrentó otra vez a James Osorio.

—Sí, en seguida. Sí, James.

Alguien lo había golpeado con salvajismo y sus ojos hinchados enseñaban el lustre desvaído de los miopes. No tenía lentes. Las ropas parecían revolcadas en fango. Apestaba a orines, leche agria, humareda. Con él, una chica con los cabellos apelmazados por el mugre, las manos huesudas. Ambos la miraban, descarados, hambrientos, como si quisieran acceder a sus más recónditos deseos, a su carne, a su aliento. Un pensamiento espantoso la estremeció. Olían a fieras y actuaban como tales, listos a devorarla. Los dedos femeninos relumbraron con una navaja.

—Tu cartera. Los aretes, el collar —exigió meliflua—. También las sortijas. ¿Sí, mona? Si no la chuzo, la destripo.

Marlene comenzó a gritar, o creyó gritar, sus labios y encías y garganta secos.

—A ella no —dijo Osorio—. A ella no. Es mi amiga —y con decisión le abrió la cartera, buscó en su interior, tomó la billetera. Retiró el dinero; dejó las tarjetas de crédito.

—¡No seas marica!

—La pendeja eres tú —y a Marlene—: ¡No seas idiota! Vamos, a la calle no se sale con tantas joyas, ni vestida a todo dar. Entra en la funeraria, rápido, esta hembra no ha comido ni metido nada desde ayer.

—Lo siento —murmuró.

—Saluda a Juana Inés Calero de mi parte. Me gustaría verla, pero ya no tengo ni humor ni ropa formal.

—¡Gonorrea, arrodillado!

—Compra rosas blancas. La velación de Fernando Urbano y de sus hijos será en el Capitolio —le gritó James—. Gracias por el billete y recuerda que quizá me debes un favor.

Dos vigilantes armados se acercaban. Marlene, aterrada, contempló alejarse a esos fantasmas vivos, a una parte de su pasado, la encarnación de sus remordimientos. Entonces supo que nada tenía que hacer allí. Juana Inés esperaría en vano. Era el momento de enviar al chofer, que no se había movido de su sueño, a comprar rosas. Después se reuniría con Camilo, Simón y Columba Urbano en el Capitolio.

Juana Inés Calero era la imagen del dolor, pero sin llanto, histerismo o exageración. Conservaba su temple, la fuerza que no le permitía desmayar un instante. Estaba en la cima, la lucha había valido la pena y Fernando Urbano le pertenecía por entero. Tan extraña empresa había exigido todas sus reservas espirituales: orgullo, pasión, valentía, ante todo intuición. Esa intuición draconiana, afiebrada, un tanto irracional, bajo cuyo airado predominio anunciara al país la muerte falsa de Gema Brunés y atrajera —como en una tragedia griega— la de su esposo e hijastros.

Los avisos de *Gema Brunés ha muerto*, pese a su número, tres o cuatro por diario, según la importancia del mismo, publicados en Bogotá, Cali, Medellín, Armenia, Manizales, Pereira, Barranquilla, Cartagena, Santa Marta, Cúcuta, Popayán y Bucaramanga, no lograron repercusión, ni suscitaron el confuso y destructivo interés que Juana había anticipado. Nada de eso importaba. De otra manera, Gema estaba muerta.

—Pudiste evitar el gasto —hacia el futuro escuchaba las palabras y risotadas de Leopoldo Maestre.

Tendría razón. El dinero invertido y la satisfacción no calmaban el tornado de angustia, odio y desesperanza (acaso vergüenza) del cual había emergido como una viuda regia. La noche del desfile Gaia, cuando faltaban unas horas para que las puertas de Satín-Gema se abrieran a un público entusiasta, el avión particular de Fernando Urbano explotó en el aire. Los organismos de seguridad del Estado actuaban con suma cautela, reservándose las observaciones. ¿Quién se adjudicaría el atentado? Los medios de comunicación multiplicaban las conjeturas. El motivo de la tragedia continuaba en el limbo de las investigaciones.

—Era un gran hombre. Su muerte es una pérdida irreparable... —se sucedían los pésames.

—Gracias.

Antes de morir, Fernando Urbano había reservado cuarenta sillas en las primeras filas de platea del auditorio de Satín-Gema. Asistiría con sus hijos, socios y amigos, pero sin su esposa, otro desplante. Pero ahora ella, Juana Inés, recibía las muestras de pesar y condolencias.

—La acompaño en su dolor.

—Gracias.

Las otras noticias (conciertos, masacres, invasiones, guerras, ejecuciones, divorcios, huracanes, torneos deportivos, estrenos cinematográficos, terremotos) estaban relegadas a un tercero y cuarto planos. Juana Inés no necesitaba leer los periódicos, mirar la televisión, escuchar la radio, ni siquiera pedir a sus colegas que publicasen la fotografía del senador en la portada de su revista. Alguien de la redacción tomaría su lugar, elogiaría la entereza de la viuda, aislaría el espacio de su columna no escrita con recuadro negro. Nada, nada era tan importante como la muerte trágica de Fernando Urbano. Todos los medios de comunicación le dedicarían importantes espacios. Vida familiar, discursos, escritos, anécdotas. Se enumerarían cargos, amistades, triunfos políticos, la influencia ejercida, el respeto de sus contemporáneos. No faltaría el editorial cauteloso, dirigido a los aspectos que impidieron su ascenso al solio presidencial, como su negativa a la compra de votos, a las promesas electorales, a los pactos con grupos económicos o religiosos, facciones alzadas en armas. A la dignificación de sus banderas, colocadas a la vera de líderes inmolados por la violencia que devastaba el país como un incendio persistente, colosal. Ante todo, la intención de legalizar las drogas.

Ningún medio de comunicación mencionaría la distancia existente entre Urbano y su segunda esposa, a quien desde el primer día de matrimonio dirigía la palabra únicamente en público. Ahora era la viuda, a quien Camilo, Simón y Columba, los hermanos sobrevivientes, respaldarían, olvidadas las antiguas diferencias.

Era la viuda, decidida a mantener vivos los ideales del gran hombre y surgir como símbolo de la fidelidad, la inteligencia, el orden. La número uno sería ella, sin discusión. Otras mujeres, menos capaces, tomaron las riendas del poder que sus esposos perdieran con la vida en lo más cruento de la batalla. La historia del siglo XX así lo enseñaba. Ninguna protegida, ni obsesión, ninguna Gema Brunés le haría sombra.

—Lo lamento.

—Gracias.

8

Luego de escuchar las disculpas del empleado de la funeraria y sin saber a dónde se efectuaría la velación y entierro de Gema, y la impresión de estar atrapada en la broma malévola que ellas mismas iniciaran, Érica Rainer les había manifestado a sus amigas la intención de abandonar Satín-Gema. Quería independizarse, dirigir su propia firma. Trabajaba como modelo desde que tenía quince años y su madre, cajera en una cervecería de Kreutzberg, le permitió viajar a Bogotá —contratada por la agencia Mex— para encarnar un nuevo concepto del modelaje y oponer sus ojos miosotis y cabellos dorados a la belleza trigueña de Gema Brunés.

Tenían que tomar medidas, solicitar una cita con la junta directiva de Mex, plantear cambios radicales. Las alternativas eran o comprar Satín-Gema o establecer la competencia. Ella, Érica, invertiría sus energías, y sus ahorros colocados en bonos y acciones, en el proyecto. Si Gema vivía —y era probable, tenía patas de gato— la obligarían a efectuar un digno retiro. Muerta, otras serían las condiciones. En cualquier caso, los negocios nunca se detenían.

—Yo invitar casa, a todos ustedes invitar. Tú también, Rosario. Hacer un delicio, una rica almuerzo.

—Gracias, pero tengo una cita.

—¿Y ustedes? —se dirigió a Ana Bolena, y con un ademán a Estrada.

—¡Es mía...! —protestó el niño, sentado en el piso y aferrado a las piernas de Ana Bolena.

Paula, Solange y Bella La Luz prometieron acompañar a Érica. No tenían nada más importante que hacer y estaban asustadas. Temían enfrentar la muerte de Gema, sus deudos, entierro, responsabilidad en el suicidio. La alemana, excelente cocinera, tampoco solía invitar a menudo. Pero cuando atendía era generosa y acogedora. Quizá llevara a cabo sus planes, así como había instalado a sus padres en Bogotá y montado para ellos un acreditado restaurante. Las tres envidiaban a Ana Bolena Rojo quien, en esa ocasión ingrata, gracias a un niño, había conseguido atrapar a dos grandes del medio publicitario. ¡Y qué niño! Embelesado, feliz, había tomado posesión.

—Linda mía. Papá, tío Aurel, ¿me la compran?

Leopoldo Maestre, cansado y macilento, con el traje impregnado de humo, aguantó la risa. Ana Bolena recordó haber leído en un libro de Isabela Machado que para sonreír es necesario mover catorce músculos y sesenta y dos para fruncir el ceño. Aurel Estrada, recién afeitado, los ojos enrojecidos y terrosas ojeras, las había invitado a tomar un aperitivo. Si gustaban, un almuerzo ligero antes del entierro del senador. Su interés centrado en el interés del niño por ella. Tenía la camisa mal abotonada, manchado el puño derecho, los zapatos sin lustrar. Por lo mismo transmitía un aura de potente masculinidad. Casi olía a sexo.

—Mía —anunciaba la voz infantil.

Bella La Luz aceptó el aperitivo en nombre de todas, pero declinó la invitación a almorzar. ¿Querían Estrada y Leopoldo acompañarlas?

—Hoy nada es posible.

—Linda china —decía el niño.

—No puedes abandonar al chico —Leopoldo alargó la mano derecha y enderezó el sombrero de Ana Bolena.

—Ella viene con nosotros, conmigo —advirtió Aurel.

En el ambiente bochornoso flotaba el nombre de Gema, sobre los ceniceros repletos de colillas y vasos desechables, las flores y los murmullos, abrumador, punzante. Un cuadro a la entrada de la sala, con una leyenda bermeja y dorada, pregonaba con letras góticas: *El infortunio reaviva tu fe.*

—¡Nooo! —gritaba el niño, mientras bajaba las escaleras, prendido de la cintura de Ana Bolena—. ¡No las quiero a la pata! Ustedes no. Son unas viejas culonas y tetonas, muy feas. Huelen a cucú.

Cuando se separaron, después del aperitivo, para aceptar el almuerzo ofrecido por Érica, salchichas o costillas ahumadas con *chocrut*, a la sombra de Gema Brunés se superponía Ana Bolena Rojo. La verían en las portadas de revistas y magazines, suplementos, páginas *web*, videos, hologramas, cartelones, juegos de computador, autopistas de imagen. Amada, deseada, odiada. Porque su ascenso sería incontenible. Muchísimo más joven, bella, fascinante que Gema. Trabajaba duro, tenía buen humor, dominaba la pasarela y se transformaba sin cesar ante las cámaras. Atraería a la gente del cine y la televisión. Aquel niño, superdotado o tonto, no lo sabían muy bien, al encapricharse con ella actuaba como el genio de la lámpara.

9

Rosario Navarro también apostaba por Ana Bolena, puesto que Gema nunca sería una segundona. En cuanto a sí misma, aunque estaba hambrienta, no tenía coraje para sentarse a una mesa con Érica y las otras modelos, afrontar una conversación dominada por la muerte. Almorzó con una ensalada de frutas, comprada al paso, antes de acudir a una de las citas más importantes de su vida. En unas horas tendría que maquillar de nuevo y ayudar a vestir a Columba, Camilo y Simón Urbano, prepararlos para acompañar los féretros de su padre y hermanos al cementerio Central, recibir los homenajes en nombre y memoria de los fallecidos.

A la funeraria no había acudido por casualidad ni por conveniencia. Gema Brunés le había telefoneado:

—Se dice que estoy muerta. Hay avisos en todos los periódicos de Bogotá. He perecido en el mismo accidente de mi padrino, o quizá cometí suicidio. Da lo mismo. Lo que me interesa saber es cómo recibe el país la noticia. ¿Quién llora por Gema Brunés? No mis padres, ni mi padrino Leopoldo, ni los amigos. Todos los demás. ¿Quieres visitar la funeraria? Necesito averiguar quién espera mis restos, es capaz de velarme y sufrir por mí.

—¿Por qué no aclarar en público la verdad, citar a una rueda de prensa?

—No es el caso. Quiero saber si vale la pena continuar.

—Tengo mucho que hacer.

—No te preocupes por nada. ¿A cuántas personas pintorreteas en una tarde? ¿Amasas diez cuellos y estómagos en un día? Lo que sea que hagas se te pagará el triple.

Juana Inés Calero telefoneó quince minutos después. No se extendió en los detalles, ni mencionó el dinero como Gema. La trató con formalidad, sin admitir preguntas.

—Necesito sus servicios. Es urgente. Mi chofer pasará por usted en media hora.

Rosario dijo «Con gusto» o quizás «A la orden». No le simpatizaba la viuda, pero temía su parentesco con los Urbano. También la excitaba la idea de enfrentarse a aquella mujer arrogante y déspota, a quien las modelos de Satín-Gema trataran como a un perro. No era responsable. Estaba limpia. Así que la petición era un reconocimiento a su habilidad, seriedad, eficiencia.

—No es asunto que involucre los cuerpos de mi marido o sus hijos, sino personal.

Había comprendido. Su arte constituía en embellecer a los demás, otorgar seguridad, autoestima. Esposas, mantenidas, hijos, amantes, invertidos, travestis o andróginos, sus manos no tenían preferencias. Ella sí. A Gema la visitaría en la noche, para hablarle sin adornos o exageraciones, aunque hubiese querido decirle la verdad:

—Querida Gema, el mundo entero te quiere muerta. Si desapareces, todos tus conocidos lo agradecerán.

Después de una larga espera, Rosario consiguió ser atendida por Juana Inés Calero, quien descansaba en una sala privada de la funeraria. La recibió tendida en un sofá, con los ojos cerrados y tan cansada que ni siquiera contestó el saludo. Aceptó un masaje en la nuca, friegas de crema nutritiva y lociones tónicas e hidratantes en el cutis, el cuello y las manos. Asintió cuando el espejo reflejó una piel de porcelana, los rasgos de madona y ojos realzados en violeta. A cierta distancia parecía albergar una manera exquisita del dolor. El verdadero, si existía, no era extremo. Rosario lo había palpado y visto en las facciones de Columba y bajo la ira contenida de Simón y Camilo Urbano. La viuda tenía otras preocupaciones. Todo esto lo sabía con certeza intuitiva e imágenes visuales, más que con frases y conceptos. Por lo mismo acató sus instrucciones.

—Quiero que atiendas a mi hija. Su nombre es Carmiña Luque de Estrada y está deprimida.

—Sé quién es.

El encargo apestaba. Además del trabajo, debía dialogar con ella, pues estaba metida debajo de una cama. Inducirla a salir, bañarse, vestirse, maquillarse.

—Compra un helado gigante. Y que no se te olvide, me debías una reparación. Tengo presente lo de mi secuestro —concluyó Juana Inés Calero, entregándole una tarjeta dirigida a la administración del edificio y las llaves de su apartamento, después de telefonear por un celular.

Rosario Navarro, temerosa, se prometió visitar más tarde a Gema. ¿Cómo decir la verdad? Un absoluto no estás muerta, pero estás muerta, estás muerta, estás más que muerta. A pocas personas les interesaba su cadáver, el sitio del entierro o cremación. En cambio, lo importante era aquella Carmiña Estrada, quien se comportaba como una niña caprichosa y podría minar sus relaciones con la viuda Urbano, señalarla como persona descuidada e indigna de confianza.

—Soy Rosario Navarro, buenas tardes —levantó la voz, en un tono amable, optimista—. ¿Dónde estás, preciosa...? Compré un helado y galletas.

«Helado»: fue como una palabra mágica. Carmiña Estrada abandonó a gatas su escondite y, tendida en el piso, estiró las manos para tomar los empaques de plástico.

—Huyyy, ¡qué delicia!

En la cocina, Rosario buscó platos, cucharas. Había escuchado a Gema y a sus modelos hablar de la esposa de Aurel Estrada, visto sus fotografías en las páginas sociales. No se destacaba como ejecutiva, deportista o anfitriona. Era una belleza y punto. Saboreaba la crema, lamiéndose los labios, su cuerpo en vaivén sobre la alfombra. Rosario estaba agotada. No tanto por el trabajo de ese día y el aire sofocante de la habitación, sino por la sensación de asomarse a una situación demasiado íntima, aterrizar como una avispa entre melaza.

—Más.

—No. Hay que bañarse y salir.

—No se me antoja.

—Necesitas agua en cantidades y un champú, crema humectante, una mascarilla.

—Quiero más helado.

—Más tarde.

—No más tarde. Ahora.

—Tenemos un compromiso. Tu madre nos espera.

Rosario había cedido a la tentación de apresurarse, a la que ninguna profesional sensata debe ceder, no importa lo escaso del tiempo, el calor o las obligaciones. El resultado fue desastroso. Carmiña Estrada, las manos entre los muslos, lloraba con desespero.

—No quiero ir con mamá. Tengo miedo. Odio la oscuridad.

—¿Oscuridad? ¿De qué hablas? Vamos a una funeraria.

—Sí, la oscuridad.

—Hay luz a rodos.

—No es cierto. Todo es negrura y estoy peor que ciega.

10

«La imagen tiene la misma cualidad ilimitada de los números y con ella es posible incursionar en cualquier campo», había escrito Leopoldo en una comunicación destinada a los socios, accionistas, ejecutivos y creativos de Mex. Como todos los teóricos, tenía un enfoque amplísimo del tema. Sus ideas resultaban tan ambiciosas como difíciles de realizar en un país en donde el agua y la electricidad no llegaban a todos los estratos de la población y la violencia esparcía víctimas y desplazados, acorralando a los sobrevivientes.

De cualquier manera, él se haría cargo de la selección del material y la tarea de traducirlo a un lenguaje sencillo. Leopoldo aconsejaba un vuelco radical en la agencia Mex, que se iniciaría con nuevas instalaciones y equipos, ampliación de los negocios en Internet, fundación de sucursales en toda Latinoamérica y estudios de cine y televisión que atrajeran a directores de todo el mundo. ¿Encontraría apoyo en la junta directiva? ¿Quiénes darían el primer voto, en pro o en contra? A Renato Vélez le interesaba filmar, primero sus películas y luego cualquier proyecto que lo ubicara en la dirección o detrás de cámaras, pero filmar. A los Urbano los motivaba la penetración de la imagen con sentido político y, como al resto de los accionistas, el dinero. Catalina Vélez, reconciliada con Renato, vigilaba cada uno de sus pasos y filmaciones, sin descuidar la publicación de sus propios libros y discos.

—Sea Fonseca o Vélez, no tiene necesidad ni de odiarme ni de envenenarme. La tengo aferrada a las huevas —se quejaba Leopoldo—. Estudia al detalle los presupuestos de Renato, aprueba la inversión de cada centavo, se lee todos los guiones y contratos. Esta vez, él ha cambiado la esposa-actriz por la fiera-contable. Yo me he limitado a domarlo. De otro modo, Vélez se comería nuestros hígados y pediría repetición. Es decir, que a estas alturas de mi vida, gracias a la dichosa pareja, me veo obligado a trabajar como un ilota.

Por su parte, Estrada continuaba con la idea de un diccionario visual de regiones y ciudades fantásticas, y en los últimos meses su imaginación había deambulado alrededor de plazas y calles invisibles habitadas por el también invisible Dios Monstruo de Mamurth, y dibujado sin cesar el desierto en donde el autor de la narración, Edmond Hamilton, las situaba. Por una razón extraña, sentía que el desierto, el monstruo y la ciudad estaban relacionados con su propia vida. Después de la muerte de los Urbano, lo sitiaban las pesadillas. A menudo, soñaba con el país dividido por un muro electrificado, la guerra total, el poder tomado por terroristas. Al despertar, estremecido por ahogos asmáticos, lo dominaba un miedo delicuescente que lo impulsaba a encender el televisor, mirar los noticieros, para contemplar los combates, las explosiones, la tierra arrasada y el horror que imperaba en muchos lugares del país.

Por cuarta o quinta vez en la mañana, decidió emprender la corrección del documento. Demasiadas palabras, exceso de entusiasmo, ausencia de conocimientos técnicos. Leopoldo insistía en sacarles mayor partido a los canales de comunicación, abaratar sus costos y usos. Entre otras ideas, proponía el cine-computarizado-autoservicio, que funcionaría como los teléfonos públicos y celulares, cajeros automáticos y máquinas de juego, con bancos de imágenes que le permitirían al espectador convertirse en director. Filmar historias de dos, tres, cinco, hasta diez minutos, para ser creadas en salas de espera, aeropuertos, habitaciones de clínicas y hoteles, bibliotecas, pasillos de edificios públicos, recorridos de autobuses, cinematecas, bares y cafeterías, parques de diversiones. Un negocio que mantendría ocupados año tras año a todos los cineastas aficionados del país y a los ociosos. Historias personales diferentes de la trillada pornografía y los juegos violentos.

Recomendaba a los accionistas de Mex contemplar la instalación de supermercados, parques de imágenes en sitios estratégicos y pantallas dedicadas a cine-al-paso y a juegos virtuales, en todas las calles peatonales.

Muy pronto, decía Leopoldo, cada persona tendría la posibilidad de insertar su propia imagen y actuar en su película o serie favorita. Cada quien podría darse el lujo de suplantar a Rhett Buttler o a Scarlett O'Hara, doblar a Bogart y a la Bergman, a Napoleón o Enrique VIII, a Da Vinci o Lucrecia Borgia, Cristóbal Colón o Cleopatra. A vivir las batallas de los protagonistas de la violencia o la bondad filmadas. Mex necesitaba registrar derechos y adquirir unas cuantas franquicias.

Describía bancos de datos, programas y pantallas triples destinadas a escritores y publicistas, que podrían simular la filmación de sus guiones a medida que escribían.

Estrada detuvo la lectura en un párrafo sobre las calles-pantallas, en donde los usuarios admirarían a París, la antigua o la nueva Roma, Madrid, Calcuta, Estocolmo, Cartagena, Venecia o Guadalajara, Berlín, Kyoto, desde terrazas y miradores, mientras bebían cerveza o limonada, titulado *Proyecto Estrada*. Los capítulos destinados a la radio digital, los usuarios sordos, ciegos, mudos y otros minusválidos, ocupaban tres hojas. Las leería después.

—¿Qué pasará con el libro y la palabra? —se contestó con una respuesta característica de Leopoldo Maestre:

—Los lectores dominarán el mundo y el saber.

El negocio, su negocio, estaba basado en la imagen, pero Leopoldo Maestre les había obsequiado libros a sus amigos y subalternos en las pasadas fiestas navideñas. Un sol de oro rojizo imitaba incendios sobre las azoteas de los edificios y el marco de los ventanales. Desde su escritorio, Estrada veía el jardín interior salpicado de encaje verde, rosas bacará, dalias bermejas, pensamientos, insectos zumbadores. Aunque no podía verlas, sabía que las montañas respiraban en azul y como pintadas al óleo sobre lino.

Se había prometido terminar con el año su trabajo en Mex, sin cancelar la asociación. Cierto grado de independencia le permitiría alejar su matrimonio de la influencia de Juana Inés. Por lo menos lo intentaría. Así que en principio aquél sería su último día como publicista y la primera noche de San Silvestre en que brindaría a solas con Carmín. La reunión formal se celebraba en casa de Leopoldo, y como un homenaje a la costumbre. Pero los principales invitados se marcharían temprano con el propósito de colocar flores sobre las tumbas de Fernando, Francisco, Ricaurte y Antonia Urbano. Después Columba, Camilo y Simón viajarían al Caribe, para evadir los saludos de amigos y periodistas.

La expectativa de intimidad lo conmovía. Ojalá fuese el comienzo de una relación más estrecha de pareja. Frente a frente, no como les proponía Leopoldo a los neuróticos y solitarios, una cita-pantalla con menú para la cena y diálogos programados, donde se tendría la impresión de chocar copas, tocarse y hacer el amor, pero sin olores ni el peligro de adquirir ningún virus. Era el capítulo cinco, página seis, párrafo cuarto. Tal vez ni valía la pena corregir el texto, sería mejor discutirlo, reducir el temario con Leopoldo y enviarlo después a los socios. No era el caso utilizar Internet; ninguna idea con posibilidades de ser registrada, o patentada, debía ser introducida en las redes. Leopoldo Maestre podía darse el lujo de pensar, alardear y joder, acertar o equivocarse, otros trabajaban por él.

Por el intercomunicador, una voz desconocida —al ascender, Felisa Riera había elegido a Ruth como su asistente— invitaba a todo el personal a tomar un vino. Aurel ordenó los papeles. Esperaba que para inicios de año Leopoldo hubiese entrado en razón y aceptado que a la agencia Mex no le convenía el exceso de cambios.

11

Marlene Tello hubiese querido acompañar a los Urbano al cementerio. Luego, respetar la tradición y esperar el amanecer en casa de Leopoldo Maestre. Pero sus relaciones con Juana Inés continuaban tirantes, aunque la viuda interpretaba, ante los amigos y el país, la comedia de unas relaciones armoniosas. Igual hacía con sus hijastros, a pesar de sostener con ellos una disputa soterrada por el legado político de Fernando Urbano. En asunto de bienes, el senador había dispuesto un fideicomiso manejado desde un banco suizo, que convertía a Juana y a Carmiña en acomodadas rentistas, a cubierto de la devaluación y otros problemas derivados de cambios gubernamentales y económicos. También les impedía pleitear por el resto de una multimillonaria herencia que recaía en partes iguales en los hijos sobrevivientes.

Marlene había llegado con retraso y le dolía haber fallado, pero a última hora no pudo soportar la idea de abrazar a la heroína-viuda. No; no aguantaba la altanería de Juana, ni la decisión de cobrarle al país la ausencia de un marido que en vida la rechazaba. Sentía tristeza, porque la figura de Fernando Urbano, benévola, familiar, la había acompañado desde niña. Así lo expresó en uno de los últimos programas del año, realizado con motivo del cuarto aniversario de su muerte, ya que la pena no contradecía su eficiencia, y el nombre del senador parecía crecer y agigantarse con la ausencia. Como siempre, el enfoque de *Famosos con Marlene Tello* tenía el sello de la audacia, también lo esperado por los televidentes. Los Urbano aprobaron la biografía del padre, retratado como político visionario, de una manera firme, coloquial, sin lesionar la figura reverenciada por las masas. Juana Inés era mencionada de manera casual, lo cual no debía agradarle ¿y qué? Las opiniones de una mujer que ni siquiera ante la muerte supo aquilatar la grandeza de su esposo y había pretendido velarlo en una funeraria, en lugar de exigir el Capitolio Nacional, carecían de importancia.

Consultó su reloj. Un Cartier obsequiado por la programadora cuando intentó retirarse. ¿Cómo pudo siquiera pensarlo? Estaba en la cima, le quedaban por lo menos otros cinco años.

—Leopoldo, por favor. Soy Marlene Tello.

La había recibido una chica con un traje de lino agraz y movimientos de pasarela, insolente, que se atrevió a consultar una lista y tachar su nombre antes de permitirle el paso.

—Acaba de regresar del cementerio y quiere descansar unos minutos. No tardará.

—Holaaaa, Marlene, mi Marleneeee... —la exagerada formalidad quebrada por el chico de Leopoldo, quien había crecido en estatura e impertinencia.

—¿Tu papá?

—A papá lo cagan los cementerios y está vuelto moco —indicó una de las ventanas del segundo piso.

Se dirigió hacia la biblioteca por encima de las parejas sentadas en las escaleras y sin hacer caso de Ana Bolena Rojo, quien atendía a los invitados nimbada de seda palo de rosa, estampada en malva y amarillo.

—Leopoldo...

Tendido en un sofá demasiado nuevo y estrecho para resultar cómodo, se había quedado dormido con un vaso de whisky a medio consumir entre las manos. Por debajo de los pantalones de cuero marrón y en contraste con la camisa blanca, la corbata negra y el saco de paño camel, asomaban, arrugadas, unas medias verdes. El sofá armonizaba con la nueva atmósfera de la estancia, ordenada, sin gota de polvo, con persianas de madera y vitrales pintados a mano. Faltaban casi todos los libros y cuadros, e imperaban las novelas de Isabela Machado, las revistas *Vanidades, Aló, Hola, Vogue, Gente, Elle,* y fotografías enmarcadas de Ana Bolena. En dos televisores opuestos rodaban los desfiles de Satín-Gema, una y otra vez con primeros planos de la modelo. El aire olía a cera, alhucema y manzanas asadas.

—Leopoldo... —le respondió un suave ronquido.

Marlene alcanzó a telefonear a su casa, para avisar en dónde se encontraba. Respondieron las voces de Serena y Lina, afanadas, desde sus respectivos teléfonos y alcobas. Prefirió colgar. Todo en orden. La familia celebraría un año nuevo tranquilo, sin extraños. Más unidos que nunca.

—Beso a papá... ¿Y Conrado? —preguntó él entre bostezos.

—¿Qué pasa aquí?

—¿Qué puede pasar ?

—Tú dímelo.

—Si es por la decoración, y acepto que es horrible, me tiene sin cuidado. Voy a cambiarla antes de casarme.

—Mamá sigue viva. No recuerdo que ustedes se divorciaran. Ana Bolena es joven, pero no te será fácil educarla.

—Acepto que mi hijo la quiere, pero te equivocas. No es ella mi futura esposa.

—Tiene a su madre.

—Tenía. Lo abandonó. Tengo testigos.

—Quiso darte una lección. No pretendía hacerlo.

—¿De qué parte estás? Eres como mi hija.

—Del niño, y no seré nada tuyo si vuelves a casarte. Me voy. Quise acompañarlos al cementerio, pero se me hizo tarde.

—¿Por qué, mi Musgo? Apenas ha comenzado la farra. Quédate.

—Voy por mi familia.

—¿Seguro?

—Seguro.

—Beso a papá. Todavía no me han amarrado al potro del matrimonio. En cuanto a tu mamá, aunque ella no quiso firmar los papeles, estamos divorciados. Nos casaron por lo civil en Panamá y allá mismo me indultaron.

—¿Quién es la heroína que cargará contigo?

—Adivina.

VI

IMÁGENES

1

Descendieron al patio en medio de risas, abrazos, apretones, silbidos, bromas. La casa estaba a reventar y los camareros repartían aguardiente, vodka, Tom Collins y ron blanco en lugar de whisky. Juana Inés Calero los detuvo junto a la fuente, los cabellos lisos sobre los hombros, sastre pantalón negro, su rostro tan terso como los geranios que alegraban el patio colonial.

—Quería darte las gracias por tanta generosidad. Me gustó muchísimo tu programa.

—No faltaba más. Eres la señora Urbano.

—¿A qué horas los espero? —interrumpió Leopoldo.

—Hacia la medianoche. Tengo un especial de fin de año.

—¿Trabajar el 31 de diciembre? ¿Acaso no hay grabaciones?

—La moda son las entrevistas en vivo. Multiplican la sintonía.

—Me expulsarán del clan de Los Ociólogos por fraternizar con cierta gente —la broma se heló ante el gesto y los ojos acerados de Juana Inés.

—Tiene que hacer. No fastidies.

Marlene se dijo que Leopoldo no podía comprender a quienes tenían necesidad de trabajar y gusto por hacerlo. A la luz del día que presagiaba lloviznas advirtió una red de venas finísimas extendidas por sus mejillas y pecas en la frente. Se veía más pequeño, cargado de hombros, como si tuviese molestias en la cadera del lado izquierdo.

—Un animal, de esos que abandonan su agujero al anochecer y se deterioran minuto a minuto con el sol —hubiese dicho el poeta Cáceres.

Ana Bolena Rojo, con el niño de la mano, recibía a un grupo de invitados. Leopoldo la seguía con la mirada, divertido con sus aires de doncella medieval. Al despedirse de Marlene, le susurró:

—Esa muchacha no está lista para un compromiso serio. Tiene la cuca en venta y sólo le interesan tus tarjetas de crédito.

—Silencio... Ustedes las mujeres son para lo que son y mejor calladas.

Marlene sentía el mismo afecto por él, la misma simpatía por sus locuras, pero estaba a mucha distancia de sus juegos y manipulaciones. Ya no pertenecía del todo al ambiente en donde medraban los hombres como él, las mujeres como Juana Inés Calero, ni las parejas como Renato y Catalina Vélez, Aurel y Carmiña Estrada.

Felisa Riera acababa de entrar, acogida por los gritos y abrazos efusivos del niño, a quien todos llamaban Junior. No prodigaba sonrisas, apenas le extendió las manos a Leopoldo.

—Es Felisa, ¿verdad?

—No he dicho nada.

—Doña Marlene, llegó su chofer —anunció una criada de uniforme negro, cofia, delantal, guantes blancos.

—Te acompaño, mi Musgo —dijo Leopoldo.

—Hola, churro.

Renato Vélez, con gafas ahumadas, pañuelo de seda al cuello, chaleco y pantalones verde oliva, se dejaba guiar por aquella Catalina Fonseca que una vez había golpeado con una hielera a Leopoldo Maestre. Había otros ociólogos vestidos igual a él, ufanos, burlones, que imponían la moda «director de cine», «las gafas-cámaras», como antes el peinado de emperador romano, la boina del Che Guevara o las frases del poeta Ignacio Homero Cáceres.

—¿Carmiña y Aurel? —se escuchó a sí misma preguntar.

—Aurel me representa en la reunión de la agencia. De mi sobrina Carmín, no tengo idea. Supongo que mojándose en los calzones.

—¡Leopoldo!

—Disculpa, sigo en tono de velorio.

—¿Cómo sigue?

—Mejor, aunque a ratos se deprime, llora, grita su terror a la oscuridad. Si visita al médico y toma sus medicinas con juicio, litio y hierro, extracto de pescado y vitaminas, cosas así, todo marcha bien.

—Me alegro.

2

Mejor tener lejos a Estrada. Eludir su beso cortés, roce de las mejillas, destierro en el olvido. Mejor. ¿Y qué sucedía con Gema? Ni siquiera detestaba su recuerdo. ¿Por qué permitía que Ana Bolena Rojo reinara, en la fiesta, en las pasarelas, revistas y magazines de farándula. ¿Estaría muerta? Imposible. ¿Por qué su ausencia? ¿A quién le importaba? A Marlene Tello no. Si estudiaba el tema a fondo y pedía exclusividad a Mex, obtendría el material para una serie de programas. Era el momento justo. Antes de que otros realizadores le tomaran la delantera. Después de todo, Gema había sido un personaje internacional. Las circunstancias de su extraña desaparición fascinaban a millones de personas y habían generado una leyenda que la imaginación popular, inclinada a endiosar a los artistas que mueren en plena juventud y a magnificar sus vidas, disfrutaba como una droga alucinógena.

Colombia no contaba con el recuerdo de una Marilyn Monroe, un James Dean, un Elvis Presley, una Eva Perón, un John Lennon, ni siquiera un Javier Solís. Carlos Gardel, quien al morir en un accidente de aviación había enroscado su mitología en Medellín, no alcanzaba a convertir la capital de la montaña en un sitio de peregrinación. Las figuras nacionales que provenían de la lucha de la Independencia o los mártires de la violencia política significaban prestigio y veneración, pero no generaban divisas. Valía la pena alimentar el fanatismo y organizar subastas alrededor de Gema: sus juguetes y cuadernos, los vestidos y ropa interior, accesorios exhibidos en sonados desfiles, fotografías, carteles y objetos que obsequiaba a sus amigos. A la zaga vendría la comercialización de videos, cortometrajes y tarjetas postales, hologramas, programas de computador, entrevistas, libretos. Su música favorita. Los artículos y libros biográficos. No sería como iniciar un culto, sino trabajar en un negocio formidable. Era indispensable hablar con Leopoldo sobre la adquisición de los derechos.

3

Aurel Estrada pudo escapar al agasajo ofrecido por Mex al personal después del mediodía. No estaba de ánimo, pero los otros socios se las ingeniaron —en ausencia— para endosarle la responsabilidad del anfitrión. El entusiasmo y la ilusión de cenar a solas con Carmín se volatilizaban. A lo mejor, irían a casa de Leopoldo. Celebrar otro año nuevo lo atemorizaba. El señuelo de la intimidad no era suficiente para atajar el miedo, olvidar a los ausentes y los muertos, oficiar rituales contra la verdadera soledad. Ni siquiera la belleza de Ana Bolena Rojo, quien se le insinuaba sin recato, despertaba su entusiasmo. Era fabulosa, tanto o más que Gema, pero con una meta fija, y el ansia obsesiva de triunfo opacaba sus atractivos. A veces la deseaba. Si no fuera tan complicado la llevaría a la cama. Leopoldo era como un padre descarriado o un tío vagabundo, y no merecía ser engañado ni víctima de la teoría del ridículo. De estar vivo, quizá Fernando Urbano le hubiese tomado la delantera y concretado la frase popular, «Más vale un bombón para dos que un bagre para uno solo». De pronto extrañaba al viejo Urbano, a Francisco, Ricaurte y Antonia, al resto del grupo familiar que lo prohijara durante años y terminara su relación con Gema. Con todos sus defectos, Carmín era agradable, bonita, irreverente, con un especial sentido del humor, e impredecible. Tenía clase. Lo quería y lo necesitaba.

No es que hubiese olvidado a Gema, su verdadera Gema, la del verano en el lago Dahlen y el otoño dorado en Berlín, que ahora flotaba como el polen en una botella de vino. A la nueva la había descubierto por terquedad y a pesar de los consejos de Leopoldo Maestre. Insistió en conocer su paradero, quiso situarla en una vida concreta, pues odiaba convertirla en leyenda. Su curiosidad lejana al amor, la obsesión o el encadenamiento. Quería saber. Necesitaba comprobar dónde, cómo vivía, con quién. Por qué había elegido el exilio profesional, el anonimato.

Después de la muerte de Fernando Urbano, Gema había abandonado el estudio de Isabela Machado, sin dejar una nota, llamar por teléfono, intentar un acercamiento. Como si nunca hubiese pasado un minuto en la unidad residencial de la avenida diecinueve con veinte. Los porteros del bloque 2 negaron haberla visto entrar o salir. Fue inútil ofrecerles una propina. Nada sabían. Les habían pagado bien.

—No hay nada misterioso —le dijo Leopoldo—. Hemos tomado una cuantas medidas de seguridad para resguardar la memoria de mi compadre Urbano. El supuesto suicidio de Gema no debe ser relacionado con su nombre. Ni ahora ni después.

—Necesito verla. Es más fuerte que yo.

—Olvídala. Como si no existiera. Nada tiene que ver contigo.

En las oficinas de Satín-Gema le dijeron que ella había viajado a la Florida en compañía de sus padres, Leopoldo Maestre y Columba Urbano. Cierto. En Miami fueron pactados los términos por los cuales Gema Brunés cedía a sus inmediatos colaboradores y empleados —entre quienes se encontraban Aurel, la cosmetóloga y masajista Rosario Navarro, y la modelo Bella La Luz— un veinte por ciento de las acciones de la firma y vendía los talleres, la casa principal y las sucursales de Satín-Gema a la agencia Mex. Leopoldo Maestre había sido nombrado representante y estaba autorizado para comprar, vender, permutar o hipotecar propiedades, efectuar inversiones en la bolsa y la empresa privada. Sería él quien después de entregarle los documentos, con la firma autenticada de Gema, respondería a sus interrogantes sin comunicarle, no obstante, su paradero.

Ella no lo había abandonado, ni siquiera rechazado por gusto. Sintió que lo amaba en su momento, sin cuestionarse otras emociones y sentimientos. Aurel Estrada significaba compañía en Berlín, alguien conocido, una voz para repetirle que era bella, deseable, amada con intensidad. Igual había sucedido con Renato Vélez en Nueva York.

Se había marchado con Fernando Urbano también porque las circunstancias se lo exigían. Para ella, que al surgir como ídolo había abandonado su adolescencia, su barrio, su colegio, sus amigos, la persona más cercana a su yo, era Helios Cuevas. Si no intentó visitarlo durante sus años de reclusión, en cambio pudo garantizar su comodidad y privilegios en la cárcel durante largo tiempo. No podía imaginar que él obtendría la libertad por sus propios medios o iniciara una nueva vida sin contar con ella. Tal revelación la había llevado al suicidio frustrado, a terminar con su carrera, a buscar la muerte social.

—Tú no pintas nada en este enredo —había concluido Leopoldo.

—Me da lo mismo. Tengo que saber.

4

Gema había ido a visitar a Leopoldo después del entierro de los Urbano, bastante deprimida, con una petición: quería hablar con Helios Cuevas, pero necesitaba su respaldo y compañía.

—Necesito verlo o me voy a morir.

—Es una exageración. Lo rechazaste por años.

—Ahora tengo la oportunidad. No me niegues tu ayuda.

Leopoldo, como abogado y consejero, desaprobó la idea y la calificó de capricho insensato. Gema sabía que Helios Cuevas era un asesino. Así se lo dijo. Pero ella tenía la justificación irrefutable.

—No estoy enamorada de Helios, ni lo amo, sino que soy el mismo Helios.

—¿Te quiere él con tanta verraquera?

—Jamás ha mirado ni querido a nadie más. No puede.

Como su padrino y amigo, no quiso contrariarla. Helios Cuevas, a pesar de las pruebas, nunca confesó el asesinato de Ofelia Valle y el poeta Cáceres, ni de la chica que los acompañaba. Los investigadores no encontraron una sola gota de sangre en sus ropas, cabello, uñas. La versión que señalaba la elección de la vestimenta negra, porque había planeado el crimen con anticipación y después de cometerlo se había cambiado y vestido con prendas iguales, nunca fue aceptada por él. Helios Cuevas, si no ante la ley, ante los suyos era inocente.

¿Cómo podía Leopoldo Maestre disuadirla? ¿Con qué objeto? Sería inútil decirle que corría un verdadero peligro al asediar a un expresidiario. Decidió acompañarla, ya que hasta entonces nunca la había visto luchar ni desear nada ni a nadie con fiereza, amor, voluntad, decisión y apasionamiento. Quizá porque Gema se constituía siempre en el bien deseado y hasta entonces su vida se había ajustado a ese papel.

—¿A dónde vamos?

—Helios tiene un negocio en el sur. Tengo la dirección.

—¿Al sur? Sólo eso me faltaba. No conozco las calles y siempre he ido con chofer.

—Por favor.

Gema suplicaba. Sufría por causa del rencor e indiferencia de Helios. Odiaba la idea, la posibilidad de perderlo. Fuera de la cárcel encontraría a otra mujer dispuesta a darle hijos, llevar su casa y su apellido. No podría soportarlo.

Leopoldo aventuró un débil intento de hacerla razonar. ¿Qué tenía en mente? Irse a vivir con un loco asesino. Nadie se lo perdonaría. No sería más un personaje, una estrella, una institución. Su vida social estaría cancelada. ¿Qué sucedería con Satín-Gema? Era un buen negocio. No era justo echarlo por la borda. Pero ella insistía.

—Está bien, te acompaño, pero ¿no se le ocurre a Cuevas trabajar en otra parte?

Como la mayoría de sus amigos y asociados, Leopoldo Maestre residía en una capital con mapa propio, en donde el centro era como un muro que dividía la ciudad; una franja que partía de la llamada zona internacional y comprendía las calles coloniales y sus edificaciones históricas: el teatro Colón, el camarín del Carmen, la plaza de Bolívar, la Casa de Nariño y el Palacio de Justicia, la Catedral y el Museo del Oro, bibliotecas, universidades, iglesias, ermitas, el eje ambiental de la avenida Jiménez. Leopoldo vivía justo en medio de ese muro invisible. Más allá del parque Nacional, Teusaquillo y Chapinero estaba el norte, con sus edificios y calles arborizadas y grandes hoteles y la zona rosa y los clubes y apartamentos de sus amigos. Al extremo, después de la primera, se extendía un territorio extraño, el sur, a donde en otro tiempo —que ya parecía muy lejano— se asomaba a reuniones y bailes organizados en centros comunitarios, canchas de tejo y fútbol en honor de Fernando Urbano. La última vez había comido fritanga en una fonda al aire libre y escuchado cantar a Saturia Duarte, en una calle sin pavimentar, de casas grandes, con niños y mujeres sentados en los quicios y andenes.

—Odio conducir en Bogotá y tú me embarcas en el sur —refunfuñó.

La avenida Caracas en un largo tramo era una polvorienta línea de cemento con dos carriles y sin verdor. La luz blanquecina de la mañana hacía destacar la aglomeración de vallas, avisos, letreros, chatarra y pilas de neumáticos que se amontonaban junto a las casas, garajes, chimeneas, edificios desteñidos por la lluvia, almacenes de muebles y colchones, fritangas, construcciones a medio terminar, unidades de vivienda popular. A no ser por el cielo deslumbrante y una línea de autobuses rojos, se podría señalar a la Caracas sur como una avenida hacia los precipicios en donde terminan las pesadillas del mundo.

Circulaban entre microbuses, taxis, motocicletas, carretones impulsados por viejos caballos, automóviles seguidos por camionetas y jeeps con escoltas armados, remolques, triciclos de reparto, tractomulas, camiones. El ruido atronador, las estaciones y nuevas construcciones, la basura al paso, los huecos y peatones, resultaban excesivos. Leopoldo estaba cansado, pero si Gema deseaba tanto a Cuevas y era tan valiente como para buscarlo en unos barrios signados por el caos y el peligro, ¿quién era él para oponerse? Que hiciera su voluntad. Con la muerte de Fernando Urbano y la guerra sin cuartel que Juana Inés Calero le había declarado, Gema no pisaba terreno firme. Era su hora de abdicar. Ana Bolena Rojo también merecía una oportunidad como modelo, icono y símbolo de la belleza total.

—Si tienes cojones para aguantar, te lo contaré al dedillo.

—Quiero la verdad, del tinte que sea —dijo Estrada.

5

Como Marlene Tello, millares de personas leyeron los anuncios mortuorios colocados por Juana Inés Calero en la prensa nacional. La noticia *Gema Brunés ha muerto* alcanzó a ser registrada por noticieros de radio y televisión, y también desmentida. Unos cuantos admiradores acudieron a funerarias, crematorios, jardines cementerios del norte y sur. Creyeron sufrir una equivocación. Otras personas, empleados de oficina, sastres, costureras, mensajeros y secretarias de Satín-Gema supusieron que Gema había perecido en el mismo accidente de aviación y con la mitad de la familia Urbano. Y con esa calenturienta imaginación de los bogotanos, las leyendas se multiplicaron y entraron a engrosar el caudal del folclor urbano que nutre por igual las charlas de bares, cafeterías, agencias de publicidad, salones de belleza y mercados, burdeles, saunas y baños turcos, las reuniones políticas y cocteles, tés canasta, fiestas improvisadas y de gala, casas de cita, discotecas, torneos de tenis y golf, chismes de oficina, conversaciones entre taxistas y pasajeros.

En las notas tomadas por Marlene, escuchadas en distintos sitios, una inasible Gema Brunés protagonizaba lo mismo su vida y su muerte: había jugado a morir (y muerto), eliminada con deleite una y más veces.

—Se suicidó acosada por la vengativa Juana Inés Calero, quien había impugnado el testamento de Urbano, sellado la casa de modas Satín-Gema, condenado a la modelo al ostracismo social, embargado sus cuentas bancarias.

—Murió al tropezar con el borde de su chimenea, mientras celebraba la muerte de un hombre que la había comprado, esclavizado, cedido a sus hijas como dama de compañía y a sus hijos como juguete, obsequiado a sus amigos íntimos.

—Secuestrada por la guerrilla, había sido juzgada por sus líderes como ídolo dañino, antítesis del espíritu revolucionario. Fusilada sin contemplaciones según unos, condenada a cocinar y lavar para los alzados en armas según otros y en los días festivos a servirles como desahogo sexual.

—Raptada por delincuentes comunes horas antes del lanzamiento de la colección Gaia, y abandonada a su suerte por familiares y amigos, que se negaron a pagar el rescate, fue violada, asesinada, su cadáver lanzado al río Tunjuelito.

—Tenía el virus del sida, lo que bastaba para explicar su desaparición o presunta muerte.

—Iniciada en las drogas desde su adolescencia por un poeta de apellido Cáceres o Céspedes o Cuevas, falleció al inyectarse una sobredosis de heroína.

—Después de una confrontación con las modelos de Satín-Gema, que exigían su retiro, tuvo que vender su casa de modas a la agencia Mex.

—Falleció en el mismo accidente en que pereciera la mitad de la familia Urbano. El cadáver, carbonizado e irreconocible, se pudo identificar gracias a una pulsera en donde estaban grabados su nombre, tipo de sangre, dirección permanente.

—Trabajaba en una notaría del norte, así de sencillo. Y todos los rumores sobre su desaparición provenían de la firma Satín-Gema y la agencia Mex. Los socios necesitaban revalorizar la imagen e inaugurar un museo en su memoria.

En cuanto a ella, Marlene Tello, Gema estaba muerta. El que una de sus anotaciones fuese cierta, o todas invenciones de la voz colectiva, daba lo mismo. Gema no había sido vista en público después de la muerte de Fernando Urbano, ni en Colombia ni en el extranjero.

Una llovizna tan fina que desaparecía antes de mojar el asfalto retozaba sobre los techos y copas de los árboles. El cabello de Marlene comenzó a encogerse. Toda la carrera séptima burbujeaba, achispada, vocinglera, las zonas verdes invadidas por grupos familiares, floristas, vendedores de globos y ringletes, excursionistas extranjeros. Pasacalles de colores ofrecían tortas, lechonas, pavos rellenos, conjuntos de música, cenas a domicilio. No se veían ni los mendigos ni los drogadictos ni los niños zarrapastrosos que en días normales invadían las calles y acosaban a los automovilistas y transeúntes. Era como si la Bogotá céntrica se hubiese sacudido por unas horas sus basuras, parásitos, lacras, perros, la agresividad y aprensión incesantes que la zarandeaban día y noche. Su Sprint giraba hacia el occidente bajo los puentes de la veintiséis, el cielo respiraba en azul sobre las nubes suspendidas arriba de los edificios, los muros del cementerio Central, las iglesias y campanarios, los techos de tejas y zinc, los barrios de invasión aglomerados en los cerros, los pinos y eucaliptos diezmados por la tala constante. Camino hacia la medianoche sonaban la música, fuegos artificiales, petardos y voladores.

—Buenas tardes —le dijo al portero, frente al estudio de grabación—. Que tenga un feliz año.

—Gracias, aunque faltan unas horas —el hombre sonreía, mientras ella le entregaba un sobre con dos billetes nuevos.

Mientras entraba al edificio, Marlene contempló su reflejo en la puerta de cristal. Las sienes y párpados sin firmeza, notoria flojedad bajo el mentón y un brillo exagerado en su cutis, hasta el día anterior maravilloso.

—La esposa del cirujano plástico necesita renovar su imagen y una cirugía plástica —murmuró desconsolada.

Sólo las actrices en el cine poseían la belleza eterna, sin riesgos de envejecer y morir, imágenes congeladas y capaces de superar la misma muerte. ¿La querría Conrado Gómez lo suficiente para permitirle declinar a su lado? ¿Con el tiempo su piel gastada derrotaría el deseo y la ausencia candente de Aurel Estrada?

—¡Dios mío, ayúdame por favor!

6

ALMACÉN CUEVAS Y LINERO
Repuestos-Ferretería- Artículos eléctricos
Más barato, imposible

El negocio ocupaba la primera planta de un edificio de unos seis pisos, construido como a parches de cemento y ladrillo. Junto al aviso principal se veían logotipos de Renault, Mazda, Toyota. Al lado de la doble puerta de cristal con marcos metálicos se apilaba un rimero de sillas, mesas, tablones, muebles destripados. Leopoldo logró introducir el BMW en la bahía, entre un cerro de virutas y una caneca. En el interior los mostradores eran de madera. Las paredes descascaradas exhibían juegos de alicates, llaves maestras, destornilladores, cinceles y otras herramientas. Se veían bujías, tuberías, cocinetas, tijeras de jardín, faroles, señales viales. También llantas, lámparas de gas, linternas, cafeteras, guantes y cascos, delantales, cuchillos de monte. Al fondo, una rubia de melena y cutis mantequilla, ojos y pecas color cobre, manipulaba una calculadora. Hundía unas uñas plateadas entre los botones y suspiraba después de marcar las cifras. Al «Helios Cuevas, por favor» de Leopoldo, no levantó los ojos. Un hombre con el cabello cortado al rape y camisa bordada, sentado en una silla giratoria y que leía un periódico con titulares rojo masacre, chilló amistosamente:

—¿Quién lo necesita?

—Leopoldo Maestre Escandón.

El hombre bostezó e hizo una seña. La secretaria oprimió otros botones y anunció:

—Lo buscan.

Al fondo del local y tras una puerta desvencijada alguien dijo «¡Adelante!». A una seña de Leopoldo, Gema salió del automóvil y entró en el almacén, la cabeza cubierta por un pañuelo anaranjado. Se había maquillado, pero la piel había bebido el púrpura de los labios, la base ocre, las líneas acentuadas de los pómulos.

—¿Qué? ¿Quién es?

El hombre de la camisa bordada la contempló atónito. Se acariciaba el lóbulo de la oreja derecha agujereada con perlas y corales. Estaba nervioso, anclado en el pavor, como el testigo que se tropieza con el torturador frente a la casa de su víctima y se sabe incapaz de impedir dicha confrontación, puesto que víctima y torturador han convivido indivisibles en su recuerdo y por lo mismo los asocia con una sola persona. En su caso, debía esperar y temer el encuentro.

—¡Es Gema! ¡Gema Brunés! —gritó.

Leopoldo escuchó bramar a Cuevas aún más alto y sin ningún control en la voz que sonaba iracunda, presa de un implacable horror.

—¡No! ¡No la dejes entrar! ¡No lo permitas! ¡Que se largue! ¡No quiero ver a esa arrastrada!

Leopoldo Maestre cruzó la barrera del mostrador y abrió la puerta de la oficina, situada en un extremo de la estancia. Ella lo siguió, el rostro pálido y los dientes castañeando, aprisionada por el temor y la espera, el miedo al rechazo. Helios gritaba enloquecido:

—¡Fuera! ¡Fuera, desgraciada, guaricha!

Manoteaba sobre los papeles y objetos del escritorio. Facturas, folletos, almanaques, clips, rodaban por el piso de madera sin encerar que crujía.

—¡Te largas! ¡En seguida!

Gema se hincó como si estuviese ante un altar o en un patíbulo. No se atrevía a mirar al hombre a quien a pesar de amar había abandonado sin contemplaciones y quien, empujado por su ausencia y en un ataque de furia, cometió un triple asesinato.

—¡Largo!

—Te suplico, lo suplico y suplico, por favor, por favor, perdóname.

—No quiero. No se me da la maldita gana.

—Por favor, por favor, por caridad.

—Vete a comer mucha mierda.

—Perdóname, te lo ruego.

—Puedo matarte. Te moveré la escalera otra vez. Te sacaré los ojos y los sesos si miras a otro hombre.

—No me importa. Aguantaré.

—¿Sabes lo que quieres?

—A ti y a ti.

—No más, ya basta —dijo Leopoldo.

De pronto, como si de súbito su cólera y horror se hubiesen extinguido, Helios tendió los brazos.

—Ven acá, mi Gema. En definitiva, tú haces muchas tonterías. Ven acá. Ven acá, mi cielo, divina, mamá, mi todo, mi vida, mi alma, mi yo.

Gema sollozaba sin decir palabra. Helios temblaba mirándola con ferocidad y adoración incondicional, las manos agarrotadas, como si hubiese perdido el don del movimiento. Leopoldo Maestre la dejó con la frente humillada contra los tablones gastados y sucios, en donde se apelmazaban rastros de barro seco. Cerró la puerta al salir y le dijo al hombre de los corales y la camisa bordada, a quien no había visto antes de ese día:

—Vamos. Yo invito.

—¿Eso es todo? —preguntó Estrada.

—La secretaria también aceptó acompañarnos. La rumba duró hasta el amanecer.

—¿Todo? Yo quiero hablar con Gema.

—No puede ser. No te conviene hacerlo.

—¿Por qué no? En cierta forma tengo derecho.

—Si Dios existe, que Dios te libre de semejante encuentro.

—No exageres. No es para tanto.

—En tu corazón Gema no es Gema, sino la imagen y el recuerdo de Gema. La imagen es voraz, exige y exige, se transforma a cada instante, hasta que devora a las personas y de ellas no deja sino espejos: ojos, iris, retinas, pantallas, películas, poliedros y huevos de mosca.

—No me vengas con frases y sermones. No estoy de humor.

—Me sentí inspirado. Hoy lamento no haberme dedicado a la literatura o a la política.

—De pronto te siento igual a papá. A veces hablas como él y te le pareces hasta en los discursos.

—Es un honor. Fuimos íntimos amigos.

—¿También de mi madre?

—Nunca la conocí.

7

—Por tu bien, hijo, aléjate de Gema —dijo Leopoldo Maestre.

Estaban en la biblioteca. Aurel Estrada, sentado junto al ventanal que dominaba a tramos parte de una calle y otras aledañas. Dos burros amarrados a un poste de la luz. Islotes de verdor y cemento. Frente a él, entre una estantería casi vacía y una consola, se veía la mancha rectangular de una obra de arte desaparecida y entre la mancha una reproducción de *La marejada*, de Diógenes Santana, con un marco metálico. Empeñado en localizar el paradero de Gema, no había mirado a su alrededor. ¿Qué sucedía? El whisky ofrecido por Leopoldo ya no era Buchanan's, Chivas o Sello Negro. ¿Dónde estaban los tiempos de vino francés, trufas, jamón serrano del mejor, caviar gris? ¿Dónde las noches de tres noches?

—¿Qué pasa? ¿Qué sucede aquí? ¿Dónde están los óleos de Grau, Botero, Samudio, Cárdenas, Maldonado, Sierra y Góngora? ¿El dibujo de Diógenes Santana?

—No están.

—¿Y el Obregón?

—Vendido también.

—¿Vendidos? ¿Por qué?

—Tengo un compromiso. Voy a salir.

Estrada se acercó al bar, tomó dos vasos, sirvió del ron nacional que rodaba en las últimas fiestas de Leopoldo. Regresó al sillón que ocupaba frente a la ventana.

—De aquí no me muevo.

Leopoldo aceptó el vaso, que terminó por llenar hasta la mitad, con mucho hielo, como si necesitara un trago fuerte antes de soltar una a una las palabras.

—Está bien. Será como tú quieras, muchacho. Mejor te ahorras las preguntas.

Después de la muerte de Urbano comenzó a sufrir un asedio constante. Perdió documentos de Mex y Satín-Gema, maletas en los aeropuertos, trajes en la lavandería, dólares en sus cuentas bancarias de Bahamas y Panamá. Su automóvil fue robado y devuelto desvalijado dos veces. Las joyas que pertenecieron a su madre y que guardaba en la cajilla de un banco, desaparecieron. En seis meses le acuchillaron dos óleos y su empleada de servicio fue apaleada en la calle. Los solapados enemigos lo sitiaron con amenazas telefónicas y anónimos, y estuvieron al tanto cuando intentó avisar a la policía. Como en esa ocasión no pudieron entrar a la casa, abalearon los ventanales, llenaron el patio y la fuente de excrementos. Así, al recibir la visita de un sujeto de mediana edad con aspecto de burócrata en pleno ascenso económico que le propuso un cese de hostilidades, aceptó en seguida.

—Ahora pago la residencia en Colombia.

—¿Cuánto?

Exigieron quinientos millones de dólares para dejarlo en paz. Se encontraba pagando a razón de cien por trimestre. Distaba de ser un potentado, no tenía gran capital. Los dividendos de Mex no le producían lo suficiente para vivir a su gusto y pagar lo exigido por sus verdugos. El seguro de secuestro no bastaba. Tenía deudas anteriores.

—¿Por qué no te marchaste?

—Viajar por placer implica eso, placer. No es lo mismo huir, moverse al garete sin esperanza de retorno; tener miedo. Al menos, aquí puedo acudir a mis relaciones y a los bancos.

Él estaba demasiado viejo para tomar el riesgo de cambiar. Quería vivir en su casa, en su país, con su hijo y sus amigos, dedicado a negocios concretos. Los nuevos sistemas de comunicación lo entusiasmaban. Tenía buenas ideas. Estaba decidido a salir adelante y convertirse en un intocable.

—Aceptaré negocios que me gusten y pueda atender entre la cama, pero nada más. Cuento contigo y con Felisa.

—No puedes sacar al chico del país sin permiso de la madre, ¿cierto?

—Así es. No puedo. Aunque no sería problema conseguir los papeles. Pero no quiero apartarlo tan pronto de su entorno. En realidad, diga lo que diga la gente, sólo he tenido la certeza de otro hijo, y ni siquiera pude educarlo. Lleva diferente apellido. Venera la memoria de otro hombre.

—No quiero saber nada. No de tales confidencias.

—Haces bien. A propósito, si yo falto, me gustaría que aceptaras la tutoría de Junior. No tengo a nadie en quién confiar. No quisiera dejar sus finanzas en manos de Felisa, así me case con ella; o de la madre, que es una idiota. Ni de Juana Inés o de Marlene. Un chico necesita autoridad masculina —Leopoldo miraba el reloj de pared, al cual afirmaba no consultar nunca.

—Hablaremos después. No tengo inconveniente. Como tú dices, será un honor. De todas maneras, espero que se lo comuniques a Carmiña.

—En el fondo ella no cuenta. Es lo que tú decidas —de nuevo miraba de reojo la hora.

—Por las dudas.

Ante la actitud de Leopoldo y un compromiso del cual no quería alardear, Estrada se retiró. No tenía una premonición, sino casi una seguridad: se trataba de Gema. Así que decidió espiarlo, como se juega a la lotería, sin fórmula para ganar, centinela agazapado en las esquinas y caminos de la suerte.

Leopoldo tenía tanta prisa que a los diez minutos abordó el automóvil solicitado por teléfono, que salió a la séptima por la treinta y dos, en dirección norte. En la cuarenta y cinco dobló a la derecha e hizo un cruce prohibido hacia la carrera quinta y el centro. Después se desvió por la tercera y en la avenida diecinueve viró otra vez por la séptima, camino al norte. Leopoldo descendió frente a los portalones de la iglesia de las Nieves y pasó de largo sin mirar a los mendigos y perros y locos que ocupaban el atrio.

Estrada tardó en localizar un estacionamiento, por la calle veintidós, entre un restaurante chino y una zapatería, y avanzar entre la gente. El gélido interior de la iglesia recordaba amplios socavones; los cirios eléctricos en los altares dedicados a la Virgen María y los santos, activados por los devotos con monedas, emitían luces anémicas. Había rejas en cada nicho. Estrada se deslizó entre las bancas, de travesaño en travesaño. Desde el dorado y fulgente altar mayor la estatua lacerada de un Cristo lo miraba. El aire cargado de incienso, aroma de azucenas, mirra, le produjo una leve taquicardia; ¿qué hacía allí? Un sacerdote con casulla blanca, seguido por dos diáconos y un monaguillo, inició el complicado ceremonial. La misa. Se persignó. Un nutrido e inquieto cortejo familiar, padre, madre, niños, parejas y adolescentes, acogió a Leopoldo Maestre. De seguro gente que insistía en vivir y conservar casonas en el centro antiguo, en donde los azotaban el frío, los olores cálidos y nauseabundos de panaderías, pastelerías, ventas de pollos y buñuelos; la alharaca continua de las manifestaciones, conciertos y desfiles en la plaza de Bolívar. Eran personas acostumbradas al bullicio permanente y que lo soportaban todo para continuar caminando por calles coloniales, cerca del mercado, la iglesia, el billar, la cancha de tejo, la tienda, el café.

Leopoldo debía estar en plan de complacer a otra de sus amigas o ahijadas, a quien en un momento de euforia habría prometido bautizarle un hijo, confirmarle un sobrino, pagar los gastos de una fiesta. En una tablilla, como en sueños, Estrada leyó una petición —*Limosna para los pobres*— y presintió la cercanía de Gema.

Primero, vería el rostro carnoso de Helios Cuevas. Sus hombros, el tórax, la misma cintura se había ensanchado. De los ojos verde agua faltaba la expresión ausente y desesperanzada. Los iris tenían brillo. En ellos reinaban la soberbia y el ímpetu, la determinación del amo, la satisfacción que advirtiera muchas veces transparentada en ojos de gerentes, ejecutivos y socios de empresas millonarias. Su lucha diaria no era para adquirir bienes, sino para incrementarlos. Gema, en el sexto o séptimo mes de un rotundo embarazo y con un bebé en brazos, ocultaba los cabellos bajo un sombrero color narciso. Vestía de blanco e irradiaba una aureola provocativa, voluptuosa. La suya era la belleza de la mujer en arrebatadora plenitud, de caderas anchas y pechos generosos, nacida para la cópula y la maternidad, con várices. Satisfecha con su hombre, las noches que le tocaban en suerte. No era Gema, la amada Gema; de ninguna manera la mujer entronizada en su pasión. Estrada sintió un frío desgarrador. La iluminación mortecina y el olor a incienso lo mareaban; ¿qué hacía allí? ¿Por qué tenía que presenciar aquella felicidad ajena, vulgar? Era obvio que Gema y Helios eran el uno para el otro y el otro para el uno, como las dos mitades y el espejo de una criatura primigenia. Gema-Helios-Gema-Helios. El más vistoso ejemplar del ofiuco abigarrado de donde procedían. No eran los iris de la mosca universal, sino ácaros mutantes y herederos del cambio. Gente en ascenso, armada con ametralladoras y cuchillos; politiqueros, fanáticos del fútbol, de alborotadora y ostentosa prosperidad, burdas maneras. Mujeres como la madre de Gema, Saturia Duarte, siempre a la vera del mandamás que apadrinara a sus hijos y empresas. Hombres como el falso cantante español Antonio de Las Eras o Eras o Brunelés, o vaya a saber cómo se llamaba aquel hombre con el cual estuvo emparentado. Gente de parrandas interminables, campeonatos de tejo, cerveza por cajas, actos violentos, sancocho los domingos. Sujetos capaces de golpear, matar en nombre del honor, el apellido, ofensas arcaicas. Mujeres sumisas. Niños gritones.

No, no. Nada quedaba de Gema. No era ya la diosa Venus que él deseara por encima de todas las mujeres, el temor al ridículo. No era su Gema Brunés, la imagen más cotizada y espléndida del país, de América Latina. Sino la comadre que estaba a punto de casarse con un ferretero panzón, abotagado... ¿A quién le interesaba? No a él, Aurel Estrada. No, no. Comenzaba a olvidar.

En su aturdimiento había salido y cruzado la calle. La iglesia de las Nieves descansaba sobre un atrio estrecho en metros y escalones. Al otro lado de la séptima, en la plazoleta del mismo nombre, Estrada caminó entre los vendedores de lotería y veladoras, corbatas, frutas, libros piratas. Contó las cabinas adosadas a la pared del edificio de la Empresa de Telecomunicaciones de Bogotá, los árboles sofocados por rejas. Avisos de gimnasios, prenderías, ventas de comida rápida. Tomó asiento en un banco metálico para que un muchacho uniformado le cepillara los zapatos. Las palomas picoteaban alrededor.

Contempló el frontón cuadriculado en rosa y terracota, las torres y el campanario engastados en un retazo del cielo blanquecino, un reloj con agujas negras. Contra los portalones de sólida madera grabados por manos expertas, los limosneros —ovillados a sus perros, pulgas, trapos, cochambre— demandaban y exigían, indiferentes a la congestión, el tránsito, los peatones, el ruido y el humo expelido por taxis y autobuses.

Acudían detalles captados en su trayecto hasta el altar mayor. Ángeles custodios, retablos del vía crucis, exvotos grabados en piedra a la Virgen de la Valvanera. Magnolias entre las manos de la novia. El revuelo de las damas de honor. Ramilletes encintados en las bancas delanteras. La luz que luchaba por dominar los vitrales con hieráticas figuras de la cristiandad. Gema y Helios Cuevas que esperaban el mandato creado para suplir la eternidad:

—Hasta que la muerte los separe.

Pagó al lustrabotas y le obsequió el cambio. Le ardían los ojos a causa de la contaminación. Hedía a betún, grasa, incienso, empanadas. Los gritos pugnaban por estallar en su garganta. Caminó como un robot por los andenes atestados hacia el sitio de parqueo, el asfalto, la nomenclatura de una frase de Leopoldo Maestre:

—Ojalá un día y muy pronto, reconozcas las enseñanzas y habilidades del mago de Aladino, y puedas gritar a todo pulmón «Se cambian Gemas usadas por chinas sin estrenar».

8

El vino que había tomado en la reunión de Mex no alcanzaba a entorpecer sus movimientos. Estrada estacionó su VW Golf entre un jeep Toyota y una camioneta de ostentosos colores y ventanillas obscuras, armada con piezas de otros autos, cerca del pasacalle que dominaba la esquina de la trece con ochenta y dos. Bella La Luz, una modelo hermosísima, tendida entre el recuadro de una pantalla gigante, anunciaba que *El computador es el mejor amigo del hombre.* Un robo. La frase, fusilada, les pertenecía a Felisa Riera y la agencia Mex.

Una exhibición de trajes y automóviles antiguos desfilaba con lentitud. Terrazas, cervecerías, bares, estaban al tope. Grupos de jóvenes, sentados en los quicios, a las puertas de las boutiques y negocios de arte, sobre el techo de los autos, chillaban, aplaudían, bebían cerveza y el agua asociada a drogas como el éxtasis y la salamandra. Caminó entre las calles vecinas, en donde había costosas jugueterías y un café Internet, un hotel de cinco estrellas, heladerías, un supermercado y restaurantes con terrazas. A medida que caminaba sonaban música rock, vallenatos, salsa. Hileras de motos copaban las aceras. Hombres con maletines, botas, chaquetas de cuero, vendían joyas esotéricas, relojes digitales, calculadoras y computadores de bolsillo. Otros, en voz queda, ofrecían chalecos antibalas, armas automáticas, servicios de guardaespaldas, cinturones y cápsulas con gases para defensa personal. Frente al letrero y las puertas rutilantes de un casino circulaban muchachas de aspecto exótico, que a cambio de diez dólares o su equivalente en pesos, por adelantado, más otros veinte al cerrar el trato, entregaban información de tipo confidencial. No acosaban, ni la gente las escuchaba con demasiado interés.

—Conozcan la verdad —susurraba una rubia oxigenada, la cabellera repartida en trenzas, pantalones anchos y blusa floreados, alpargatas—: sepa quiénes son, dónde residen, cómo viven y trabajan...

—¿Quiénes?

Agitó un manojo de sobres blancos marcados a máquina.

—Todos están aquí. Los miembros del gobierno, el episcopado, la cúpula militar, la masonería, la Sociedad de San Vicente de Paúl, la junta directiva del Banco de la República y la de Ecopetrol. Clubes como Los Lagartos, El

Bosque, el clan de Los Ociólogos, los rotarios y los Auténticos Liberales, el Gun. Los directivos de los partidos liberal, conservador, comunista, Fuerza Nueva. El Opus Dei, la Superintendencia Bancaria, la Bolsa de Bogotá. Religión, Familia, Patria y Propiedad, la Sociedad de Ganaderos...

Entreverado en sus palabras corría un elemento peligroso. Pese a su frivolidad y motivos de asociación, se suponía que el clan de Los Ociólogos resguardaba celoso la identidad de sus afiliados, y que ninguno de ellos podía admitir en público que pertenecía al mismo.

—Los Niños de Dios, el Cartel de Bogotá, los grupos paramilitares y guerrilleros, las milicias populares...

—¿Qué gano con tanta información?

—Cada quien lo que tiene que ganar.

La gente que había hostilizado y acorralado a Leopoldo Maestre hasta el punto de obligarlo a pagar por vivir en su propio país, conocía todos sus datos y movimientos. Estrada negoció seis listados al azar. Después de apañar el dinero, la chica se esfumó. Los sobres contenían páginas de viejos directorios telefónicos. Otra estafa a la colombiana. Treinta mil, un precio ínfimo por la tranquilidad del fin de año.

Los vendedores ambulantes revoloteaban con sus helados caseros, uvas pasas, artesanías, cosméticos, lentes ahumados, bazuco. Sonaba una balacera. Estrada se abrió paso y entró a Taxi Bar, en donde anunciaban antigüedades y pulgas. Escogió una mesa con incrustaciones de cerámica para Leopoldo, un asiento de madera y cuero para Junior. Estaba a punto de adquirir un espejo tocador cuando vio el collar de turquesas. Era un diseño suyo, con sus iniciales en el reverso del broche. Había sido un obsequio de amor, la joya azul y plata que Gema había lucido en la

boda y que armonizaba con el traje vaporoso, la corona
de flores doradas, los rizos negros.

—¿Un coctel?

Tomó el vaso desechable que una chica de camisa
transparente, pantalones cortos y botines, le ofrecía. Sintió el hielo picado golpear sus papilas, un ligero mareo, el
fulgir de las turquesas engastadas en el desengaño.

—¿Otro coctel?

—Otro trago y otro amor, aunque sea el mismo. A mi
señora le gustará el collar.

—Tiene su estuche. ¿Lo desea en papel de regalo?

—De pronto, sí.

Aceptó un segundo coctel y eligió una guirnalda dorada que colgó del asiento. Con la mesa bastarían un lazo
navideño y su tarjeta. El collar se lo regalaría a la Bolena, a
solas, porque la manzana estaba a punto de caer. El encanto de Leopoldo Maestre no era suficiente para retener
como amante a una mujer tan bella y ambiciosa.

—Tenemos tapices de Marruecos —la chica ondeaba
el trasero, los muslos, una colonia Gema-amor con fragancia a limas.

Al pasar, contempló su rostro en una bandeja. Alargado, el cuello y la mandíbulas como dispersos al reflejo del
acero inoxidable. No era él —Aurel Estrada— sino una
proyección, otro hombre dueño de la impasibilidad que
gobernaba su exterior. Miró su reloj de pulsera. Tomó otro
coctel mientras la administradora confirmaba la tarjeta
de crédito con la central de datos y él telefoneaba a Carmín. No debía contrariarla. Ella había ganado el control.

—Hola, mi cielo. Besos, besitos —sacó la lengua en la
pantalla de su videoteléfono.

No; no, todavía no estaba vestida. Tampoco quería una cena a solas. La nevera estaba vacía. Mejor asistir a la fiesta del tío Leopoldo. Por primera vez en varios años le entusiasmaba.

—Me gusta que Felisa sea la anfitriona. Es encantadora y ojalá se lo gane a esa engreída de la Bolena.

—¿Le gane qué?

—El premio mayor de mi único tío. No te hagas.

No sospechaba, no intuía la fascinación ejercida sobre él por Ana Bolena Rojo. Actuaba, otra vez, como la sofisticada, gentil, elegante Carmiña Estrada. Tan comprensiva que había aceptado, sin replicar, el nombramiento de Estrada como tutor y albacea del hijo de Leopoldo. Al saber la noticia, dijo:

—Será como el hermano menor que nunca tuvimos.

La palabra «hijo» estaba desterrada de su vocabulario, quizá de su cerebro. Aunque no quería entrar en polémicas, menos hacerla llorar, no pudo contenerse.

—O nuestro niño mayor. ¿Por qué no? Un hijo adoptivo es mejor que ninguno. A Leopoldo hay que darle una mano.

Lo dijo como si el suyo fuese un matrimonio antiguo, desencantado, que hubiese agotado todos los medios para crear una familia. No dos personas que nada tenían en común, excepto la piedad y la ternura entronizada por la Carmín niña en su interior, en otra fecha lejana de año nuevo. Excepto, también, el miedo a la oscuridad que gobernaba el entorno alrededor de ellos desde la muerte de Fernando Urbano, o de Gema Brunés que, en esencia, era lo mismo.

—Oiga... tengo de la blanca. La mejor de la mejor, de la fina... —lo atajaron.

Había salido de Taxi Bar en dirección opuesta a donde estacionara su VW Golf. Tenía que regresar por la mesa, demasiado costosa como para propiciar un hurto y de pronto compraría la bandeja para su escondite de soltero.

—Invítame al cinebar, capullo. Te matará la danza de mi mano bajo las sillas.

—No puedo. Tengo esposa e hijos.

Rodeado de curiosos, un muchacho negro de traje blanco y cabello engominado danzaba a ritmo de bolero con una muñeca de trapo tan alta como él. La alegría del movimiento destruida por unos zapatos destrozados. Cine-cine. Lo más importante de sus propósitos de año nuevo. Filmar una película para entretener y contrarrestar las complicadas historias de Renato Vélez. La primera de muchas. Como la historia del ejecutivo con un matrimonio estable que sostiene relaciones con tres mujeres de distintos medios sociales hasta que se enamora de una ciudad legendaria. Tenía que colocar sus notas en el computador. Comenzar a trabajar en seguida, contratar a un guionista, a partir del 7 de enero. No, más bien del 15.

El sector estaba invadido por sujetos de *jeans*, blusones, chalecos, sandalias, tan flacos como sus mujeres, sus niños y sus deliquios. De movimientos lentos, adormilados, regateaban con los últimos compradores las mercancías extendidas sobre trapos en la hierba y el cemento. Mochilas, dados, pedrería, chumbes, pirámides de acrílico, tallas, ocarinas, capillas de barro y tagua. En el aire flotaba dulzón el humo del sándalo, el bazuco, la marihuana.

Ceñida por una trusa color petróleo, cabellos negros y labios rojos, Bella La Luz lo miraba seductora. El holograma colocado en el frontón de un edificio circular, recién construido con módulos de plástico transparente y goznes de aluminio.

—Fabuloso Museo de la Imagen. Precios de inauguración. Abierto las veinticuatro horas. Niños media boleta. Coctel de bienvenida con las modelos más hermosas del país: Érica, Bella La Luz y Paula García en persona. Celebre su noche de año nuevo en la plaza de San Marcos de Venecia o en el Carnaval de Barranquilla. Sienta el golpeteo de las olas junto a las playas de Cannes y la avenida de los Ingleses. Sea el protagonista de su propia película. Destape su botella de champaña en la fabulosa Cartagena, París, Cádiz, Nueva York, Katmandú, sin moverse de Bogotá. Contemple mil besos de amor y filme los suyos. Estamos en el reino de la imagen, del placer, los viajes al misterio, al pasado y al porvenir, la ciencia, los universos paralelos, la aventura interplanetaria.

Estrada miró su reloj. La feria no tenía importancia, nada que mereciera su atención o se comparara con los eventos realizados en Nueva Orleans, Montreal, Melbourne. Tokio, Miami, Francfort, Berlín, donde la imagen generaba transacciones por millones de dólares. Pero sería estupendo hablar con Bella La Luz. En la fiesta de Leopoldo contemplaría el amanecer antes de polarizar otras rumbas. Podía dar un vistazo. Una hora o dos de espera no le ocasionarían daño a Carmín.

Compró la boleta. La columna vertebral, los riñones, el cuello le hormigueaban como si fuera a tirar. Una claridad opalina resplandecía en la tarde de Bella La Luz. Preferible una Luz para él solo y no una Bolena entre dos. La sacaría de allí para convertirla en una diosa viviente, la anfitriona de la serie sobre la Atlántida, Abdera, Agadé, Akakor, Alejandría, El Dorado, Tikal, Théleme, Malagana, Memphis, Susa, Camelot, Mohenho-Daro, Selinunte. La mujer que iría de su mano por los mapas de Eridu, Utopía, Arcadia, Ítaca, Liliputh, Matecumbe, el laberinto de Minos, la ruta de Marco Polo, y por el Jardín del Edén a lo largo de la orilla del río de cuatro ramales. Ayutia y On, las resplandecientes.

Bella La Luz era la mujer perfecta. Hacerle el amor sería como navegar en la mente por el mar del tiempo, la cosmogonía y los hemisferios del placer, una caminata virtual a través de los puntos cardinales, los territorios fantásticos, las múltiples pantallas que dominarían —como una red de imágenes e información sin principio ni fin— los muros y la vida cotidiana de las ciudades del futuro, a semejanza de millones e insomnes ojos de Argos. ¿O de un omnipresente y terrorífico ojo-de-Dios-pantalla-mosca? A comienzos de enero presentaría su renuncia a la junta directiva de la agencia Mex. Iba a fundar su propia compañía cinematográfica. Lo prometía. Filmaciones Estrada presenta:

FIN

ÍNDICE